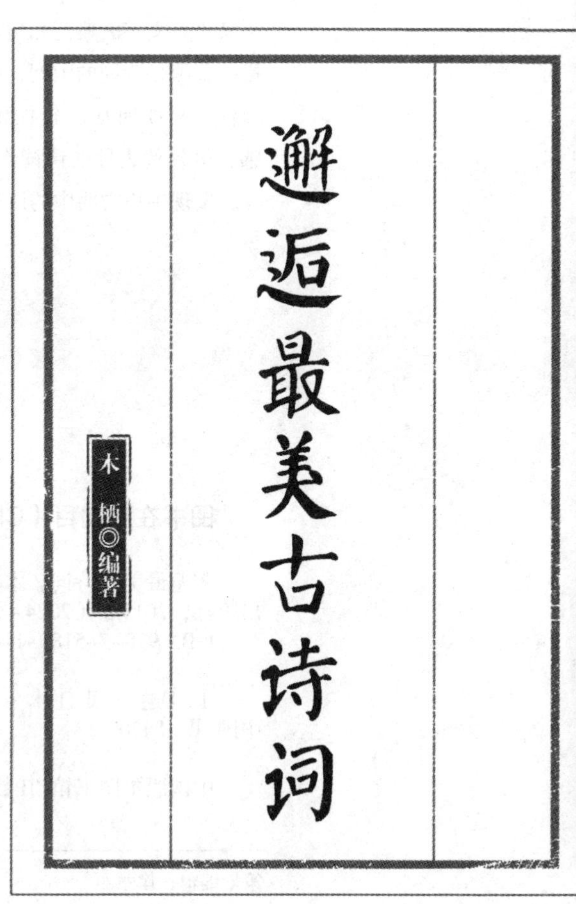

邂逅最美古诗词

木栖◎编著

中国纺织出版社

内 容 提 要

古典诗歌是我国文学艺术殿堂一朵美丽的花儿。它不但是汉语言文字的典范和精华，而且蕴含着中华民族的精神和品格。我国是诗词的国度，诗词的历史源远流长，名家辈出，名篇佳作浩如烟海。本书甄选我国古诗词史上各个时期最富美感、最具代表性的诗词作品，让读者重温古典诗词的精髓所在，发现中华文明中的诗词之美，找回自己的心灵家园。

图书在版编目（CIP）数据

邂逅最美古诗词 / 木栖编著. --北京：中国纺织出版社，2015.2（2024.4重印）
ISBN 978-7-5180-1143-8

Ⅰ.①邂… Ⅱ.①木… Ⅲ.①古典诗歌—诗歌欣赏—中国 Ⅳ.①I207.2

中国版本图书馆CIP数据核字（2014）第242346号

策划编辑：徐丽丽　　　　责任印制：储志伟

中国纺织出版社出版发行
地址：北京市朝阳区百子湾东里A407号楼　邮政编码：100124
销售电话：010—67004422　传真：010—87155801
http：//www.c-textilep.com
E-mail：faxing@c-textilep.com
中国纺织出版社天猫旗舰店
官方微博http://weibo.com/2119887771
北京兰星球彩色印刷有限公司印刷　各地新华书店经销
2015年6月第1版　2024年4月第2次印刷
开本：710×1000　1/16　印张：16
字数：210千字　定价：75.00 元

忆旧年

一盏清茶，悠悠茗香，诉不尽多少离愁别绪，道不尽多少喜笑颜开。

流转的温润华光，载着千古的爱恨情仇，自顾自向前走，不问朝夕。多少心事和秘密，尘封在岁月的角落，落满灰尘，等待一个有缘人来触碰那一段段陈年往事。

古人的哀与乐、悲与欢，都刻印在简短明了的诗词歌赋中，或清新婉约，或豪迈洒脱，或激昂澎湃，或淡雅悠扬，随着每一字、一句的排列变换，将内心涌动的情思跃然纸上。

后人有幸从洒落一地的瑰宝中，去寻得一缕精魂，去体味一段人生，总有些许片段与今生今世不谋而合，带着默契，与千百年后的光阴重合，那年明月照在此时，良辰美景，如此相得益彰。

泛黄的纸页上，有来自遥远时代的气息，一双双灵动的眸子，一颗颗跳跃的心脏，于无声之中，向后来人讲述着旁人不曾留意的故事，特定时刻的人，特定时刻的景，特定时刻的挣扎，特定时刻的彷徨，都在此刻展现在眼前。

端起手中的酒杯，与诗人酣畅淋漓地大醉一场，将怀才不遇的愤懑，生不逢时的辛酸，抑郁不得志的无可奈何，一切不甘与执着，都化在酒中吧，知己难求，又何必再去苦苦追寻得不到的种种，既定的命格如此，无需多言。

埋藏在字里行间的凌云壮志，激荡着多少后来者无畏无惧，在看不到尽头

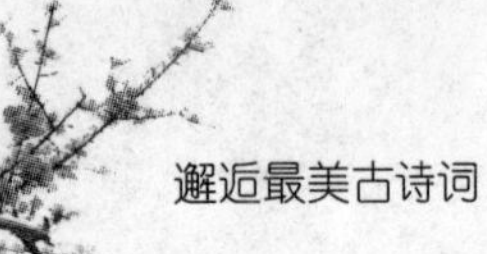

的人生旅途中，乘风破浪、披荆斩棘；镶嵌在长篇短篇中的坚贞不渝，鼓舞着多少有情人不顾天高地厚，用生命破除封建的枷锁，将两个人变成一个整体，同甘苦，共荣辱。

流传至今的文字里，有太多忧伤，像一场淅淅沥沥的雨，淋湿了心头上的渴求和希望，带着不容人反驳的理由，教会人们欣赏紧蹙着的眉头和点点离人泪，品尝生命前行过程中不可抗拒的转折，唯有遍历周折，才能领略到各式各样的风景，看懂或晴或阴的天气。

每一阵风都有一段往事，谁能得知它刚刚经历过一场离别，秋分时刻，给予了它萧瑟，硬生生教会它远行和分别，留下难以弥合的落寞，孤零零走南闯北，学会了爱，也学会了恨，真正体会到命运的强大。

磅礴的群山有绿水环绕，婉转的流水让巍峨的高山明白，每一次流转，都是她对他轻轻柔柔的想念，不管他是顶天立地的英雄，还是卑微无名的尘土，此生此世，就这样与天同荒，与地同老。

文人墨客的笔书写下往昔的繁盛与衰败，用飘然于世外的情怀，做历史的旁观者，看这天地变换，看这更迭起伏，每一个细微的不同都逃不过他们的眼睛，冷静地思索着，沉吟着，揣测着上天的用意，笑对风云变幻。

一首首诗篇是衔接古今的隧道，任由今人穿梭其中，历史的厚重感沉甸甸地堆积在心头，那是不得不铭记于心的过往，值得久久回味，一探再探，一品再品，如酒般醇香。

这不是简单的文字堆叠，而是一缕缕鲜活的魂魄，风流倜傥的才子，倾人城的佳人，傲然挺立的英豪……他们活在诗中，活在自己构筑的梦里。

一首诗，一阕词，几十字而已，却承载着千年的月光，以及月光之下的动人故事。静静去听，打破时间、空间的局限，看一看过去，再比较一下未来。

木栖

2014年冬

目 录

1. 项羽 / 垓下歌——力拔山兮气盖世

力拔山兮气盖世，时不利兮骓不逝。

骓不逝兮可奈何，虞兮虞兮奈若何！

这世上有这样一个人，你为他可悲，为他可叹，又为他可怜。几千年前的垓下，这里到处是人，有一股说不出的压抑，殷红的鲜血映照暗沉的天空。远处的旌旗在风中飘扬，被固定在横杆上，跟着怒吼的风猛烈地挣脱，最后甩落在地，无人理会。

帅旗下的项羽，看着桌案上的地图，再也无能为力，多年的战争，今天就要在此地终结，曾经和伙伴酒醉之后一起畅谈的理想，那些为国、为天下、为黎民苍生立下的壮志，从今不会有人再记得，都说成王败寇，项羽虽然在这场楚汉之争中战败了，但他依然是当之无愧的英雄。

项羽的一生是短暂的，但是留给人的却是漫长的思考，他死在了人生最好的年华。

公元前232年，项羽出生了，他家境优渥，周身自有一种与生俱来的傲气。其威名来源于他的傲气，折败于他自己的英雄主义。

当年，鸿门宴，项庄舞剑，意在沛公，明明是箭在弦上，只要一声令下，这天下就是他一个人的了，可是他偏偏说不。他不屑别人帮他完成，这人，这么些年的征战戎图，不是傻的，但也不是个奸猾的。如果当时可以保持沉默，甚至不需要他多说一句话，后世的历史对刘邦的评价将不过是寥寥几言的，而

项羽必定名传青史，由他来结束这战火纷乱的王朝。

只是，世事没有如果，如果有那么多的如果，选择错了还可以重新来过，那么就不会有那么多令人悲叹的悲壮故事了，历史也就是一滩死水。波澜不惊，每个人都是英雄，一生风光霁月，不曾错过一回。

很多事，过去就过去了，假设也没有意义，正如千年前的项羽，在乌江前踌躇不知该去何处，而如今的我们，端上一杯温热的咖啡，坐在摇椅中看阳光洒落，映射在《项羽本纪》上，刺眼得让人看不清书面上的字，可是过后再去看，却不记得当时的心情了。

喜欢一个人，很多时候都不是因为完美，天长地久相处后的喜欢，那是习惯不能分割、不能离舍，所以就成了喜欢；喜欢一件小玩意，可能就是那个花色，那个纹络入了眼，其他的残疵，就全都视而不见。

许多人喜欢项羽，其实就是因为一首诗。

项羽在穷途末路所作，他一生最后的一个作品，无法在言辞格律上来评判这首诗有多好，因为这首诗的作者，是真正地走了心，把临死前一刻的心情用这样的诗来表达。不看文采，不看韵律，确实真真正正地打动了心里。

今人的许多作品，不能说不好，但却是一杯无味的茶，拂去了上面的残叶，清淡到不会尝出曾经有茶叶在水里浸泡过。就是淡而无味，鲜嫩清透的淡黄色，给了视觉的艳丽，入口却毫无回味。浮华列于表面，或许有一刹那的惊艳，可是过后却一句一字都不记得，那到底是说了什么。

项羽，在人生的最后一刻，寥寥几语，浓缩了他的一生，如平地惊雷般让人震撼，这样的一首诗，如此得悲壮，如此得无可奈何，又如此得短暂，可是偏偏代表了一个英雄的一生。

力量，可以把大山拔起，这样的豪气世上无人能比，但时局不利，疲惫的乌骓马已经没有力气奔跑了，乌骓马无法带我离开这个险境，我该如何？虞姬，虞姬，我自身不保，又该把你怎么办！

生当作人杰，死亦为鬼雄。这是历史对项羽的评判，在垓下之战无路可走的情况下，项羽可以预知到自己的后路，可是生命怎能由别人主宰？称雄一世，怎能让自己的生命成全了那些宵小的功就？所以他拿起了一生征战、染过

无数鲜血的武器，选择在乌江自刎。

项羽为楚国名将项燕的孙子，自小在军事上受过家传的熏陶，似注定一生戎马征途。在战火硝烟中，一杆长枪遥指前方，那样的一往直前，帅气的面容上全是冷气冰霜。

霸王当时的面容，我们今天无缘得见，但是可以想象得到，因为他是英雄，是顶天立地的英雄，自然是冷面银枪才更显霸气，威震敌人使其不敢越雷池一步。

世人，不能因为垓下的那一次战争，就否定了项羽的军事才能。秦末动乱，秦二世残暴不仁，天下苍生深陷水深火热之中，这个时候，有些胆量的，爱国的，或者是看到了前路的，都纷纷举起手中的武器，向昏庸的王朝开战。

项羽是其中一人。最初，随同叔父项梁于公元前209年于吴中——今天的江苏苏州起义，不久，项梁去世，项羽接收了这支起义大军，带领江东子弟继续攻克腐朽的王朝。巨鹿之战，是历史上著名的以少胜多的战役，也算是项羽扬名的开始。

项羽的叔父项梁，被当时秦朝上将军章邯杀死后，章邯认为楚地义军首领已殁，剩下的人不足道尔。于是率领大军渡黄河，与王离军的20万大军汇合，一起向赵国进攻。

而赵国的国王和大臣，都逃进了巨鹿城，章邯为了彻底消灭赵国，命部下包抄钜鹿城，自己则在钜鹿城南边扎营，为部下军队供应粮草。赵国将军陈余，带领几万军士驻扎在钜鹿城北侧，在当时被称为河北军。

赵国的军队后无退路，前有敌军，只能在原地死守，可是粮草尽绝之日，也就是不战而败之时。彼时，赵王派遣使者去各诸侯国求援，当时情势危急，可秦军人多粮足，这时有一诸侯派了5000名士兵对秦军进行试探，最后全军覆没，从此也无人再敢去管，各诸侯大多自扫门前雪。

或许，在高喊起义的时候，是为了摆脱这种压迫，也可能是真得想带黎民百姓走出如今水深火热的生活，可一个人在有了权力之后，在自己的需求被满足的时候，最开始被压迫的日子，就被慢慢埋在记忆深处了。

这就是人的劣根性，一旦迈出了拥兵自立的那一步，没有几个能走到最

后，其心神似乎迷于那巍峨皇城中，在那九十九步台阶之上金灿灿的宝座上了。这也是为何腐败的王朝覆灭了，当初合作和有共同征战目标的人，却反手攻向曾经合作的伙伴的缘由。天下，只是一家的天下，最后称王成皇的，也仅此一人。

当时，项羽是在楚怀王营下，这是当时最强大的一个诸侯国。面对气势如虹、士兵如潮的秦军，也只有楚怀王的军事力量可与之相比。

公元前208年，楚怀王派兵，兵分两路，其中一路是项羽一行，而另外一路主帅是刘邦。发兵前，楚怀王就曾说，谁先攻下关中，谁就是关中王。

项羽率领全军渡过黄河，破釜沉舟，烧掉了所有粮草和帐篷，大有视死如归之势，如果此战不能胜利，那么也没有任何退路，所以在杀敌之后得以生存，还是自弃于此等死，只有一种可能。

项羽的举动让人不解，战争的结局却出人意料，他的步伐比刘邦慢，但他最后成了关中王。

对于这个关中王，历史上的意见不尽相同，很多人认为，项羽不应该做这个王，不应该被刘邦蛊惑。可是，项羽本身就是骄傲的，在他的世界里，最好的是留给强者的，刘邦的弱小让他不屑一顾。刘邦退让得主动，项羽接受得怡然自得。

有人说，这是项羽的败笔。可正因如此，他才更显英雄，更让人敬佩，正是那不战而屈人之兵之勇，才更让人觉得他英雄。

只是，这样强大的人，自信到刚愎自用了。他是最强的将军，所以他的命令所有人都应执行，不得反抗。他的自以为是，让他输了所有，不知道在自刎的那一刻他想到的是什么——是否在鸿门宴时杀掉这“小人”就好了，那样就不会有如今的狼狈。也许，重来一次，他依然不会那么做。

因为他是骄傲的，为了一生的追求去征战，为了心爱的女人去拼搏，为的是心目中的英雄梦。最后，殷殷的血液流入乌江，一缕一缕，最后颜色淡去，乌江还是那个乌江，只是，曾经项羽死在了这里。

大风起兮云飞扬，威加海内兮归故乡。安得猛士兮守四方！

项羽的悲壮成全了另一个小人，消灭了争夺皇位的最大对手，刘邦黄袍加

身，带着一身华贵，回到曾经的故乡，向这里的人炫耀——衣锦还乡是功成名就后的最大荣耀。

只是江东子弟全部覆灭于垓下，曾经一起喝酒吃肉的兄弟，闯荡四方的人都已远去，而项羽也不能独活，可能无法面对战败后内心的羞愧，他说他无颜面对江东父老，所以选择不再回去。

远离了江东，没有了皇位，只是在黄泉路上，虞姬一直相随左右，不曾离弃。

曾经的人走远了，曾经的事在记忆之中模糊了，某一时的思想，在某一刻于脑海中擂鼓般轰响，只是一个打岔，什么都过去了，什么都不记得了，那一句“过眼云烟”，是不记得得失输赢，还是退一步就海阔天空?

项羽的一生，哪怕有一次退让，可能就是另一种结局，可是往事当真如云烟，飘忽不可追，只能感叹。

2. 北朝民歌 / 木兰诗——唧唧复唧唧，木兰当户织

唧唧复唧唧，木兰当户织。不闻机杼声，惟闻女叹息。

问女何所思，问女何所忆。女亦无所思，女亦无所忆。昨夜见军帖，可汗大点兵，军书十二卷，卷卷有爷名。阿爷无大儿，木兰无长兄，愿为市鞍马，从此替爷征。

东市买骏马，西市买鞍鞯，南市买辔头，北市买长鞭。旦辞爷娘去，暮宿黄河边，不闻爷娘唤女声，但闻黄河流水鸣溅溅。旦辞黄河去，暮至黑山头，不闻爷娘唤女声，但闻燕山胡骑鸣啾啾。

万里赴戎机，关山度若飞。朔气传金柝，寒光照铁衣。将军百战死，壮士十年归。

归来见天子，天子坐明堂。策勋十二转，赏赐百千强。可汗问所欲，木兰不用尚书郎，愿驰千里足，送儿还故乡。

爷娘闻女来，出郭相扶将；阿姊闻妹来，当户理红妆；小弟闻姊来，磨刀霍霍向猪羊。开我东阁门，坐我西阁床，脱我战时袍，著我旧时裳。当窗理云鬓，对镜贴花黄。出门看火伴，火伴皆惊忙：同行十二年，不知木兰是女郎。

雄兔脚扑朔，雌兔眼迷离；双兔傍地走，安能辨我是雄雌？

纵观古今，当得起“巾帼英雄”四字的能有几人？而花木兰，必定是提及这个词时，人们最先想到的名字。

脱下红装，身着戎装，从此便是日日夜夜驰骋边疆，看大漠荒凉。留名史

册奇女子每个朝代都有，或以忠贞不渝闻名，或以君临天下闻名，但如花木兰一般，策马扬鞭征战沙场的又能有几人？

花木兰的故事始于北朝，当时北朝正处于战乱之中，民众普遍习武，养成了尚武的民风。在北朝，女性习武并不罕见。曾有诗“李波小妹字雍容，褰裳逐马如卷蓬。左射右射必叠双。妇女尚如此，男子安可逢”记载。花木兰的形象就是在这种环境下产生的。

兵荒马乱的年代，人民根本没有选择的权利，国家一声号令，就要抛下妻儿，抛下生死，奔赴沙场。

一纸军帖对于一个没有壮丁的家庭，无疑是千斤巨石。木兰年迈的父亲曾经是一名军人，但如今年事已高，平日在田间劳作已气喘吁吁体力不支，何谈上战场与敌人生死搏斗。木兰还有一个弟弟，不过几岁光景，尚未懂事，又如何能参军。

吱吱呀呀的织布声婉转悠长，还未出阁的姑娘的叹息声被这冰冷的机器声敲打得支离破碎，原本只专注于女红的豆蔻姑娘，现在却要考虑如何撑起这个家的脊梁。

年迈的老父亲固然是不能再参军的，而弟弟作为唯一的男丁年纪尚幼，木兰心里暗暗做了决定：男扮女装，替父从军。

在今天看来，这个决定仿佛并不是那么惊天地泣鬼神，但在那个年代，这便是双重的违逆之举。女子要有三从四德，虽然处在女子习武的时代，但女子从军从未被允许；而女扮男装混入军中，就是欺上。

一个十几岁的姑娘，冒着战死沙场和被加以欺君之罪的风险，毅然决然地奔赴沙场。

家里的老父亲万般不舍、满心自责，竟然要让自己如花似玉正当嫁人的年纪的女儿替自己走上生死未卜的战场。但是又能怎样，老人家作别女儿的手已颤颤巍巍，又如何跨得上战马，拿得起钢枪。

东市买骏马，西市买鞍鞯，南市买辔头，北市买长鞭。东南西北都跑遍了，这是何其匆忙。接下来踏上离乡的路，这一路，风餐露宿，不知吃了多少苦，千里之外，年迈的双亲殷殷呼唤女儿的名字，日日夜夜盼着女儿回家来。

每一个日升月落，对于家中等待的人，都是度日如年，时间流逝，离人未归。

不闻爷娘唤女声，但闻黄河流水鸣溅溅。

不闻爷娘唤女声，但闻燕山胡骑鸣啾啾。

这几句充斥的全是家中双亲呼唤声，沐浴在同一轮明月下，望穿秋水却不得相见。孤身一人在军中的木兰，耳边时时回响起母亲的叮咛和父亲的教诲，却往往被山中飞鸟的凄厉叫声生生扯断。

呼唤的声音被一遍又一遍地提到，读至此，殷殷切切的呼唤声仿佛在耳边一声声响起。即使已过千百年，今天也能在字里行间看到家中老父母颤抖的手，拄着拐杖，相互搀扶着，站在门口，望向远方。每一个字都是悠长而悲伤的呼唤声，思念、担忧、惆怅，所有的情绪都混在一声声呼唤女儿的名字中，心中五味杂陈，不知女儿是否平安，只有等待。

战场即是血比海深的修罗场，难以想象一个弱女子如何提起沉重的剑，在刀光剑影中穿梭杀敌，屡立战功。

无数人战死沙场，而木兰披荆斩棘，毫不退缩。多少次受伤，多少次看着战友阵亡，她一个女儿家，却没有丝毫畏惧，没有慌张，没有逃避。每一次战斗的号角响起的时候，她都毫不犹豫地披上战甲，握起刀枪，飞身上马，同身边精壮的汉子们一起，杀进敌军阵营。

诗中对于木兰离家时的细节做了不厌其烦的描写，对于她征战沙场的英姿却一笔带过。读经此处，每位读者都不禁在脑海中看到一个画面，无尽的疆场，尘土飞扬，每个人都在殊死搏斗，鲜血淋漓，人群中突然冲出一位战士杀出一条血路，厚重的铠甲之下，是一张清秀的脸，丝丝秀发从鬓角处悄然滑出，好似一朵染血的莲花。

屡立战功的木兰凯旋而归，龙颜大悦，要赏赐木兰高官俸禄，却被这位年轻的战士一一谢绝，只求还乡。

传奇之所以是传奇，不仅因为她以女儿身代父从军，不仅因为她骁勇善战战功赫赫，更因为她不慕容华，金衣霞帔加身也不看一眼，只愿早日还家。她所挂念的，只有家中的父母。

战争伴随了花木兰多少年我们今天不得而知，只知道当年木兰年幼的弟弟

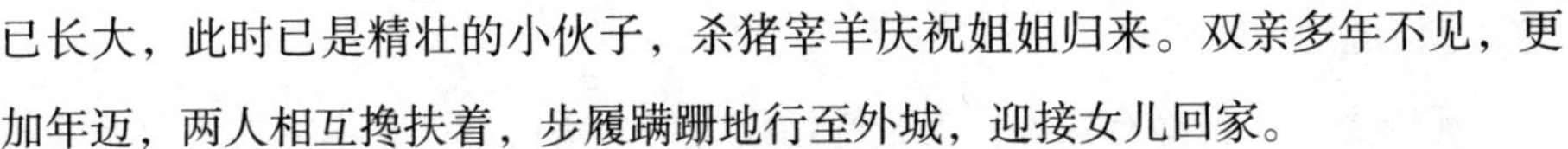

已长大，此时已是精壮的小伙子，杀猪宰羊庆祝姐姐归来。双亲多年不见，更加年迈，两人相互搀扶着，步履蹒跚地行至外城，迎接女儿回家。

木兰以女儿身在军中的辛苦程度可想而知，处处小心谨慎，每日必以纤弱的身躯撑起沉重的盔甲，而如今佳人告别沙场回到故乡，卸下伴随自己多年的冰冷战衣，再着红装。

久违了，轻纱罗裳；久违了，胭脂红妆。

推开掩映的门扉，昔日并肩共生死的兄弟的表情可以作为一幅搞笑的图画了吧。

同行十二年，不知木兰是女郎。

十二年并不是个确切的数字，或许更多。木兰的故事也不只是诗中这般简洁，一定有许多惊心动魄的故事。

关于《木兰诗》产生的确切年代，通常说法是产生于北朝后期，余冠英先生认为，应该在五胡乱华之后，在陈代之前。这首诗最早出现在南朝陈僧人智匠所编的《古今乐录》中，后来才被《乐府诗集》收录。

关于花木兰的姓氏以及籍贯，史上众说纷纭。有观点认为木兰本姓魏，并非姓花，为亳州人。木兰的籍贯说更是百家争鸣。《中华活页文选》中写道："关于木兰的姓氏和籍贯……后世有多种传说：有人说她是谯郡人，有人说她是宋州人，有人说她是黄州人，有人说她是商丘人。"一种观点认为木兰故里黄陂，《太平环宇记》中提到："木兰山，黄陂县北六十里，旧木兰县，取此为名。"明嘉靖《黄陂志》也载："木兰山，在县北七十里……传尝产木兰，隋曾以此山名为木兰县，故有木兰将军亦因此名。其墓即在此山以后，一邑之名山也。"这两种说法都是基于木兰山的名称判定，并无其他依据。另有一说木兰祖籍山西，出自"木兰姓花，延安有万花山"。这一说法也并无充足依据。

明代徐渭著有《雌木兰替父从军》，其中写道："妾身姓花名木兰，祖上在西汉时，以六郡良家子，世住河北魏郡，俺父亲名弧，字桑枝，平生好武能文，旧时也做一个有名的千夫长。娶过俺母亲贾氏，生下妾身，今年才一十七岁。虽有一个妹子木难，和小兄弟咬儿，可都不曾成人长大。"自此，木兰姓

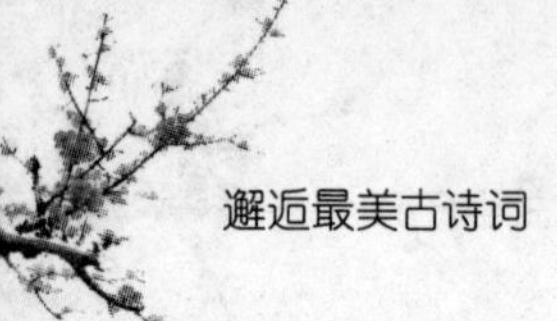

花籍贯河北的说法便深入人心。

无论史上是否确有其人，无论她姓氏为何祖籍何处，花木兰的形象始终历久弥新。在古代，这个形象无疑是所有人心目中的巾帼英雄。之于男子，她的勇气、豪气令须眉也自惭形秽；之于女子，她是冲破封建枷锁、树立女性不倒地位的榜样。

花木兰这个人物之所以如此深入人心，在于她的真实。钟惺曾经评价说："英雄本色，却字字不离儿女情事。"木兰是当之无愧的英雄，但不是冷血英雄，她是有血有肉的、鲜活的。她可以在战场上奋勇杀敌，置生死于不顾，也可以温婉地坐在明镜轩窗前，拈花理红妆。木兰的形象不是一个寂寞的英雄，她也会思乡，也会有少女的私密心思。最后对于木兰还乡的描写，更是轻松诙谐，全家人一片欢乐繁忙，我们的战场英雄打理一番，"出门看火伴，火伴皆惊忙"，多么啼笑皆非的场面。

历史有着滤沙淘金的作用，能够保存下最经典的文化，《木兰诗》就是其中一例。它是构建于那个时代之上的，体现民心的故事。在乱世之下，朝廷强制征兵，民不聊生，这样的时代，就需要这样一个英雄，冲破封建束缚，顺应时代却又在反抗时代。有诗赞美道："世有臣子心，能如木兰节。忠孝两不渝，千古之名焉可灭！"

花木兰是一个传奇，是在封建社会中顺应时代潮流的华丽转身，忠孝两全，她是当之无愧的典范。

3. 李白 / 把酒问月——青天有月来几时？我今停杯一问之

青天有月来几时？我今停杯一问之。
人攀明月不可得，月行却与人相随。
皎如飞镜临丹阙，绿烟灭尽清辉发。
但见宵从海上来，宁知晓向云间没。
白兔捣药秋复春，嫦娥孤栖与谁邻？
今人不见古时月，今月曾经照古人。
古人今人若流水，共看明月皆如此。
唯愿当歌对酒时，月光长照金樽里。

眼前仿佛展开了一个画卷，皎皎明月，云山掩映，月色时而清亮时而斑驳，一人立于天地之间，大须飘飘，衣袂飞扬，恍若仙人。

古往今来仅此一人，独行驰骋于天地间，把酒作乐，与明月为伴。权势为何，金钱为何？一切皆为身外之物，活在自由与自我造像之中，是为谪仙人。

明月对世人，尤其是诗人来说，是神秘的、令人心驰神往的，世人不禁发出了“青天有月来几时”的疑问，浩瀚苍穹，唯有着一轮明月最为耀眼，这该是怎样的奇迹。

我今停杯一问之。

把酒问月，带三分醉意，笑问苍天。

如此直指苍天的气势，这便是仙人了吧，所以能当得起诗仙称号的，数千

年来仅李白一人而已。

他这一生，得到的很少，留下的却很多。时至今日，有多少人心中的盛唐，是李白的盛唐。他大袖一挥，研磨挥洒，便是一段耀眼的历史。

李白，字太白，号青莲居士，其诸多作品世人皆知。有人称之为狂妄，有人赞之曰洒脱，在唐朝本已如此开放自由的风气下，李白的个性还是如此突兀地展现出来，仿佛每次呼吸都在传达对于传统束缚的反抗，对于高官权贵的藐视。

李阳冰《草堂集序》记之曰："李白字太白，陇西成纪人。凉武昭王暠九世孙。蝉联珪组，世为显著。中叶非罪，谪居条支，易姓与名。然自穷蝉至舜，五世为庶，累世不大曜，亦可叹焉。神龙之始，逃归于蜀，复指李树，而生伯阳。惊姜之夕，长庚入梦，故生而名白，以太白字之。世称太白之精，得之矣。"

李白生于公元701辛丑年，其父李客，为任城尉。《把酒问月》这首诗作年不详，题下注为"故人贾淳令予问之"，可知是应友人邀请而作，通常认为作于唐玄宗天宝三年，即公元744年。

纵观李白生平，开元二十三年（735）年初进长安，胸怀大志，渴望建功立业，却始终不得赏识，此时的李白有些心灰意冷。虽然此时李白极不得志，但也就是在这段时间，李白结识了贺知章。贺知章对于李白来说是前辈，李白自然前去拜访，并呈上诗赋作品。贺知章看到李白的《蜀道难》后，十分赞赏，讶异地说："你莫非是太白金星下凡？"自此，贺知章称之为"谪仙"。

此次长安之行，虽甚为失意，却也因得到了贺知章的赏识收获不少。之后，李白离开了长安。

而就在李白离开长安的几年后，李白得到了道士吴筠的引荐，再加上贺知章对其的赞誉，再一次来到长安。这一次，唐玄宗看中了他的才华，予以重用。李阳冰《草堂集序》中提到此事时说"降辇步迎，如见绮皓""以七宝床赐食于前，亲手调羹"。李白对于社会事务的独到见解令唐玄宗大为赞赏，于是让李白供奉翰林，虽然这个管委仅是皇帝的御用文人，并不能实现什么宏图大志，但在他人眼中，李白已是平步青云、顺风顺水，自然而然地，羡慕和妒忌的眼光聚集到李白身上来。久而久之，不会官场争斗的李白在政治与人心的双重夹击中对官场失望了，政府的黑暗自己无力改变，却要时时承受着同僚的排挤和诋毁。李白何许人也，仗剑把酒天下，谁人能束缚他、诋毁他？于是李白书《翰林读书言怀呈集贤诸学士》以表请辞之意，而恰巧就在此时，玄宗下令赐金放还李白。

于是在天宝三年，也就是744年，李白行至洛阳。此次出行，意料之外的有了划时代的意义，中国历史上最伟大的两位诗人——诗仙和诗圣再次相遇。此时的李白没能建功立业，但已凭借才华名扬天下；而此时的杜甫，青年才俊，困守洛阳。两人虽有不同的身份地位，但一见面即有相见恨晚、惺惺相惜的感情。于是在未来的几年间，两人相约，在各地开始了访道求仙的旅程。

而这首《把酒问月》，就是作于这个阶段。这首诗深刻体现了对宇宙积极的探索，对世界有意识的思考。

“青天有月来几时？我今停杯一问之。”

这一句颇有寻仙问道的气息，把酒言欢中，抬头忽然看到无尽苍穹，被其深邃吸引，不由得看的入了神，放下酒杯，整个心神漫游至宇宙中去。李白到底是浪漫之人，自顾自的开始与苍穹对话，与明月相邀。你从何而来？你的存在始于何时？在问天的同时，何尝又不是在问自己。这个时代是繁荣的，却也是封建而禁锢的。官场始终容不下李白这样不会阿谀奉承、溜须拍马的人，始终容不下他这种一意孤行、放浪形骸的人，容下他的地方只有江湖，而有他的地方，也就是江湖。

“人攀明月不可得，月影却与人相随。”

明月始终是古往今来人类的梦想，传说中嫦娥吃了长生不老之药飞升明月成仙，明月变成了人类长生不老的梦想。但是无论人类如何追随，月光始终清冷，如明镜高悬，追而不得，好似无情，却又伴随着夜行的人们岁岁年年。

“皎如飞镜临丹阙，绿烟灭尽清辉发。”

皓月如同明镜，如水月光飞泻而下，月光中沐浴着朱红的门扉，月光轻盈得如烟一般，相映成趣。世人眼中的月光柔软近乎妩媚，似在游曳，似在飘荡，如烟如雾，沐浴在月光下，仿佛进入了修道成仙的境界。

“但见宵从海上来，宁知晓向云间没。”

不禁感慨月升月落，不知踪迹，一个恍惚间，高悬天空的明月就消失不见，取而代之的是浮云蓝天。日复一日，年复一年。万物皆与人相似，人生又何尝不是如此，不知不觉间，岁月流逝，还未等看到时间的痕迹，便一去不返。人生在世，时光蹉跎，这是无奈而又无法抗拒的事。

“白兔捣药秋复春，嫦娥孤栖与谁邻？”

人生在世悲寂寥，短短几十年也难免孤独，何况身处清冷月宫，长生不老的嫦娥呢？春去秋来，玉兔始终重复着捣药的动作，仅有它与嫦娥相伴。深邃的夜空，放眼望去没有生命的痕迹，嫦娥该有多么的孤寂？神仙如此，人类亦如此。半生郁郁不得志，雄心和抱负未能实现，又厌倦于世人的阿谀奉承，不愿与之同流合污，自己与那月宫中的嫦娥，一定有着相同的孤寂吧，无人理解，无人倾诉衷肠。

“今人不见古时月，今月曾经照古人。”

两句诗回环错综，一语道出了深刻的哲学思想。高悬天空的这轮明月照耀着千秋万代，但物是人非，世代更迭，前不见古人，后不见来者。生命是多么的短暂，稍纵即逝，而明月却存在了一年又一年。

“古人今人若流水，共看明月皆如此。”

人的一生一晃而过，如指间流沙、东流江水，然而明月亘古不变。相比之下，人类是多么的渺小，在历史的洪流中，不过是一粒细沙。思绪至此，心中涌上一丝无助，自己左右不了时间，左右不了时代，只好眼睁睁地看着朝廷腐败，世人愚昧，而只能叹息作歌。

“唯愿当歌对酒时，月光长照金樽里。”

只愿每当我对酒当歌之时，都能有明月相伴。李白的诗句中，与明月共欢共饮的诗句颇为丰富。夜色下对酒当歌，便吟出“举杯邀明月”；与友人作别，便吟出“与人万里长相随”；怀古伤今时，便吟出“欲上青天揽明月”。明月在古人眼中，可以代表离别，可以映衬失意，可以思人思乡，可以抒发壮志。

李白不仅是诗仙，还是酒仙，又一生与月有缘，其众多诗作中望月有感的作品数不胜数。关于李白的仙逝，有一种传奇的说法，李白醉酒后乘一叶扁舟行至江心，忽见水中明月，月光随着湖水起起伏伏，柔软得如同女子的纤纤细手，见此情形，他把一切世间烦心事都抛之脑后，满目月光的清凉，水中的明月越看越真实，李白伸出手去，想拥抱那一轮明月，却飘飘忽忽跌入水中，追随那皎洁的月光去了。这对一个浪漫一生的世人来说，大概是最好的告别方式了吧，追寻一生，终于在最后触碰到了伴随自己仗剑行天涯的月光。

李白的一生，之于中国历史，是一颗璀璨的明珠；之于绚丽浮华的大唐，是不染尘埃的笔墨丹青。李白生来便是传奇，他虽以诗词留名青史，但是，在剑术、道术方面也是极少有人能与其相比，其剑术在唐朝仅次于裴旻，位居第二。

时间是风沙，历史无数的零星片段都被带走，而李白，是风沙中屹立不倒的雕像。无论过去十年、百年、还是千年，他的形象都如同刚刚完成的工笔画一般鲜明。画中他须髯飞扬，迎风而立，这样的姿态，保留了千年。

这样的一个人，有剑，有酒、有诗，独自行走江湖，路遇三两知心朋友。

这样的一个人，既然无法融于如此厚颜的官场，那就拂袖离去，不被世事沾染。

这样的一个人，时而高傲，时而洒脱，一生都在苦苦追寻理想与自由。

这样的一个人，看透了世事便毅然抽身而出，醉心于山林与江河，四海为家。

这样的一个人，他本身，就是江湖。

4. 王勃 / 送杜少府之任蜀州——海内存知己，天涯若比邻

城阙辅三秦，风烟望五津。
与君离别意，同是宦游人。
海内存知己，天涯若比邻。
无为在岐路，儿女共沾巾。

提及送别的名篇，多数人会瞬间想到“海内存知己，天涯若比邻”吧。挥洒下这样诗句的，是一位风华正茂、雄姿英发的少年。他的道别中，没有杨柳依依，没有水流潺潺，虽然悲切却又豪情万丈，他的心中，无论行至何处、身在何方，天下只不过是一个路途更远的家。

王勃的一生短暂而传奇，在他生命短短的二十六年里，留下了无数的优秀诗作，瑰丽篇章，当得起天才的名号。《旧唐书》中曾提及王勃，写道：“六岁解属文，构思无滞，词情英迈，与兄才藻相类，父友杜易简常称之曰：此王氏三珠树也。”王勃自小就被冠以神童的光环，他的才华初露锋芒。

诗人的一生通常是坎坷的，或许是因为他们一身才华却学不会圆滑和阿谀奉承，又或许是他们刚正不阿不愿与腐朽的当世同流合污，王勃与众多诗人的命运一样，一生起起落落，忽而意气风发，忽而郁郁不得志。

王勃少年得志，年仅14岁就与杨炯、卢照邻、骆宾王并称“初唐四杰”。当时，王勃胸怀报国的宏图大志，上书刘右相，在上书中说：“辟地数千里，无益神封；勤兵十八万，空疲帝卒。警烽走传，骇秦洛之甿；飞刍挽粟，竭淮

海之费。”即告诫朝廷，朝廷征战高丽的政策劳民伤财，给国库和人民带来了巨大压力，使得人民反战之心与日俱增，对朝廷产生不满。王勃的这次上书得到了刘右相的赏识，后被举荐为朝散郎。这时的王勃，可谓春风得意，平步青云。

在王勃任沛府修撰时，有次恰逢沛王与英王斗鸡，于是王勃为了给沛王李贤助兴，作《檄英王鸡》，虽此文为玩笑话，但在天子眼中，却是不务正业挑拨离间。于是，王勃被逐。

年少得到重用，一路顺风顺水的王勃，遭遇此打击，心情十分沉重。后王勃离开长安，在蜀中游历三年。这三年使王勃的精神境界得到了很大提升，将山川作为精神寄托，借景抒怀。在这三年中，王勃谢绝了所有朝廷的征召，醉心山水，留下了很多壮丽的名篇。

王勃后来的经历实在是戏剧化，他回到长安，又自请参军，在军中因犯下罪行锒铛入狱，本该判为死刑，却因大赦重获自由。此后，王勃拒绝了所有官职，南下探父，此间完成了大量的创作，留下了他人生中最宝贵的财富。

本诗作与王勃身在长安期间，纵观王勃生平，应该是作于他再次回到长安期间。

这年，王勃已不再是初出茅庐的毛头小子，与初到长安时的恃才傲物不同，经历了贬黜，经过了自然的洗礼，他更加懂得人情世事，心中也多了一丝豪放与豁达。

在自己经历了一番颠沛流离之后，更能够理解作别都城远行的惆怅。

立于帝都的城墙之上，看着三秦之地拱卫着神圣的长安。曾经在这个城墙之中，意气风发，胸怀改善这个国家、改变这个时代的宏伟梦想，而如今，不得不挥手作别这片寄托了太多理想和希望的土地，远行他乡。

或许是城墙之外万里长路上扬起了风沙，风烟遮了眼，如何也望不到路的尽头那座城；或许是心中尚未实现的理想产生了迷茫，迷茫遮了心，眼中看尽皆长安，不愿去想另一条归程。

立于盛世长安的城墙之上，望尽天下，何处为国，何处为家。

立于盛世长安的城墙之上，过尽千帆，天下皆是国，处处都是家。

古来圣贤视知己为珍宝，王勃与杜少府，同为离家在外为官的人，怀着同样的报国理想。为了仕途离家千里，本就萦绕着思乡的思绪，淡淡的离愁。而今，视若知己的朋友又将远行，远离家乡。背井离乡的人，朋友就如同家人，长安是他们的第二故乡，两人依依惜别的愁苦可想而知。双重的离愁相互交织，心中五味杂陈，不禁悲从中来，涕下沾襟。

虽然作别友人心中悲伤不可自持，但王勃的与众不同之处在于他的霸气。无数的诗人，在别离时留下了无数的离别佳作，但大多数的，都擎一枝杨柳枝，软绵绵的，执手相看泪眼，说一声留下吧；或是独自立于风中，伤怀于一去不返的滔滔江水，涕零于过尽千帆却留不住。

而王勃是何等的豪气，纵然心中万般不舍，但还是大袖一挥，说："海内存知己，天涯若比邻。"

古代这个文学圈子里多出天才，而王勃，是极其特别的那一个。

骆宾王写离别，是"昔时人已没，今日水犹寒"。孟浩然写离别，是"欲寻芳草去，惜与故人违"。王昌龄写离别，是"洛阳亲友如相问，一片冰心在玉壶"。李白写离别，是"我寄愁心与明月，随风直到夜郎西。"……

古代文人墨客的细腻心思也许今天无人能体会，千年前这片土地上发生的各种悲欢离合，如今看来已不足为道。那些不舍的、痛苦的心情，以文字的形式流传了下来，字里行间都是悲情。

送别的时刻天总是昏暗的，乌云极具压迫感地掠过头顶，风也萧萧，水也潇潇。挚友举杯共饮，看杯中陈酿逐渐见了底，便悲从中来，联想到了即将离去的友人，或许今生再无缘相见，此去便是永诀。

寄离思与杨柳，飞扬的柳絮被心中的惆怅沾湿，风缠缠绵绵，仿佛世间万物都在牵住离人的衣袖，不让他离开。送行中是缠缠绵绵的不舍，依依的留恋。

寄离思于明月，清冷的月光总让人神伤，月光穿过树荫斑驳地洒在地上，总让人不禁联想，那位远走他乡的知音，与我沐浴在同样的月光下，望着同一轮明月，明明在同一片天地间，却又如此遥远，思念爬上心头，绵延悠长。

寄离思于山水，江水奔流东去，不再回来，如同江上一叶扁舟载着的远行

的朋友，行至天边，渐渐看不见。想要望尽万水千山，与你对视，却看不到眼前这座山的另一边。思念绵延如山，起起伏伏，永不断绝。

在这些软绵绵的、柔情的送别诗中，王勃大笔一挥，致杜少府的，是泼墨的思念。没有阴雨绵绵，没有杨柳依依，他没有将不舍和万般情谊寄托于任何身外的事物，如江湖侠士一样直来直去。王勃没有挽留，没有情意绵绵、执手相看泪眼，他知道要走的人留不住，少年豪气冲天，丝毫不愿做多余的挽留，说多余的动人的话语。

面对离别，他说的不是“留下吧”，而是“去吧，你的面前，还有天下之大”。

兄弟，你要离开京城，去往蜀州任职。蜀州路途如此遥远，我身处长安，无论如何也看不到那云烟对面的蜀州。甚至都无法想象，如此遥远的地方，要经过多么崎岖的路，翻山越岭，甚至渡河过江，要多久才能到达。山高水远，此去也许无法再见面，路途遥远，任何方式都无法传达对彼此的思念。

王勃的绝妙之处在于将两人放在了同一杆秤上，都是远离家乡，在仕途摸爬滚打的人，深知这种处境的艰难。王勃毕竟才二十几岁，年纪轻轻就离开家乡，对家乡更加怀着深深的思念之情。王勃本也不是在官场顺风顺水的得意之人，更加体会到杜少府此时离开长安的惆怅。

壮志未酬，却远走他乡，实在令人唏嘘不已。

但是王勃风华年少，他的忧愁，仅一句“同是宦游人”立马带过，无需多言。王勃浑身上下充满少年豪气，绝不会在离别之时悲悲戚戚，哭哭啼啼。

在他心中，天下不过是一片辽阔疆土，怎能比得上他心之大？四海之内，五湖之间，有杜少府这位知己在，路途遥远算什么，所谓知己，心是连在一起的，不论身在何方，只要互相思念，心就近在咫尺。

实在是首豪气冲天的离别诗。也许只有王勃，才有这番将离别的悲苦化为无尽力量的手笔吧。毕竟年少轻狂，他眼中所见的世界，雄伟壮阔。未来无限大，何来时间去顾忌悲欢离合？

没有被泪水浸透的离别，更加回味悠长。少年意气风发的挥手作别，更能激起人心中的涟漪。也许是为了掩盖心中柔软的悲伤情绪，想要更有气概的见

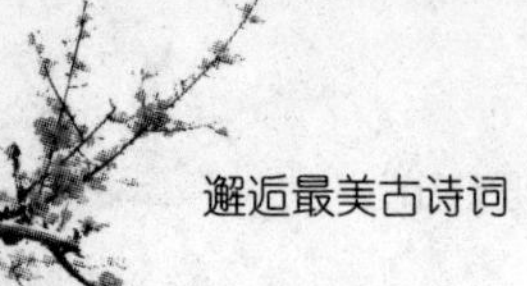

朋友最后一面；也许心中认定了自己的归宿。

后来，王勃回乡探父途中，路经滕王阁，阎都督新修滕王阁，大宴宾客，王勃不请自到拜访。阎都督本准备在宴会展示女婿的才学，令其女婿事先备好序文，好在宴会上大展才华。席上宾客一一会意，都谦虚地摆手推脱写不出。可王勃一到，这年少轻狂的少年不懂主人用意，毫不犹豫地抢过风头，提笔便写。王勃虽在官场多年，却依然保持着高傲的文人风骨，不会圆滑处事。但也正是他孩子气的举动，成就了不朽名篇《滕王阁序》。

这样性子的一位少年，又怎能让他在送别时执手不放，泪水涟涟？虽然依依不舍，但在王勃眼中，离开长安不足以惆怅，地处遥远不足以惆怅，活在这世上，全天下都是他实现抱负的舞台。

王勃的生平，展示了什么叫做生而为传奇。

以这样的诗篇送别，实在无愧于“壮而不虚，刚而能润，雕而不碎，按而弥坚”的评价。王勃一生，失意过，甚至临近被斩首的死亡过，命运跌宕起伏，大起大落，但他从未为此惆怅过。这短短二十几年，着实没有辜负，让他停留在那个时刻，也好。

5. 白居易 / 长相思——思悠悠，恨悠悠，恨到归时方始休

汴水流，泗水流，流到瓜洲古渡头，吴山点点愁。

思悠悠，恨悠悠，恨到归时方始休，月明人倚楼。

朦胧月色，婆娑树影，清冷的明月和山水倒映在伊人眼中，极目所见尽是哀愁。船经汴水，再经泗水，一去不返。月光倾泻，美人凭栏远望，摇曳在脸上的不再是眉弯浅笑，不再是倾世温柔，仅剩下月下斑驳树影，将心中的离愁一丝一丝抽出。

樊素，诗中的女子，冷冷清清的名字。樊素乃白居易的家姬，极有才华，能歌善舞，有诗云：樱桃樊素口，杨柳小蛮腰。在《旧唐书·白居易传》中樊素也被提到：樊素、蛮子者，能歌善舞。能在以严谨著称的《旧唐书》中留下颇具赞赏的一笔，足以证明此女子非同一般。

白居易，自乐天，号香山居士，唐代宗大历七年生人，祖籍山西太原，生于河南郑州新郑东郭宅，家中世代为官。白居易幼年时期河南地区爆发了一场战争，民不聊生，为了让白居易躲避战乱，家人将他送至宿州符离，白居易就是在这里开始了读书生涯。

公元807年，白居易出任进士考官、集贤校理，授翰林学士，又经多次升迁，814年于长安任左赞善大夫。后又贬谪江洲，任职苏杭，最终仙逝于洛阳，可谓一生跌宕坎坷，起起伏伏。而在白居易跌宕起伏的一生中，樊素的相伴给他的一生留下了浓墨重彩的一笔。

樊素初为白居易家姬时，不过十几岁，小女子初出深闺，情窦初开，虽然那时的白居易已约半百，但老爷子对樊素的珍爱樊素看在眼里记在心里，直至白居易病卧床榻，催促樊素速速离开快点嫁人，樊素依然依依不舍不肯离去。古代女子的忠贞在樊素身上体现得淋漓尽致，她虽然只是家妾，没有正当的名分，但是却始终不忘最初的、自己自年少时就服侍的那个人，不论日月轮转，不论生老病死。

白居易对樊素可谓是视为掌中宝，当时刘禹锡曾想将樊素从白居易手中买去，作诗云“终须买去名春草，处处将行步步随”。就是表达了想将樊素变为已有，并将她更名为春草，时时刻刻带在身边的意愿。但是白居易果断回绝，虽然对方是多年好友，但要夺走自己心爱之人，那可不干。于是白居易回诗道“还携小蛮去，试觅老刘看”。小蛮是当时白居易身边另一位备受宠爱的家姬，白居易毫不犹豫地告诉老友刘禹锡，我不能离开樊素，要是非要不可，就把小蛮给你吧。

由此可见，白居易老爷子对樊素姑娘情深意切，无论如何都不忍离开。要知道，古时女子地位之低，男子是可以随意将自家的家妾送予他人的，更何况是刘禹锡这般好友。

直至白居易被岁月带至生命尽头，在病榻上依然念念不忘樊素的相伴，并作诗云：“病共乐天相伴伍，春随樊子一时归。”

随处充斥着恢宏霸气气势的大唐，诗人们大都或吟咏河山，或抒发壮志，而白居易，数首诗中都流淌着有关樊素的点点滴滴，她的美，她的温柔，她的离开。

汴水流，泗水流，流道瓜洲古渡头。

一连的两个“流”字啊，这是多么深切的哀愁，江水流走，樊素乘着一叶小舟，随着江水消失在视线尽头，过去的点点滴滴，两个人相伴时的温存，都随着江水一并流走，留下的人，和离开的人，都是满心缠绵悱恻的无尽哀愁。

樊素祖籍杭州，吴山地处杭州，白居易远望吴山，不由心生离愁。与至亲至爱之人分别，极目所见都能引起无尽相思，江水不再是江水，山川不再是山川，全部都幻化为相思的寄托之物。在这时的白居易的眼中，逝去的江水倒映

着离去的你，汹涌的江水载着安静的你，一去不返；远望到吴山就想起了你，与你的距离，同吴山一样远。

白居易在六十多岁光景的时候，罹患风疾，导致半身麻痹，自己思量着无法照顾樊素后半生，要为她寻一个后路，于是将自己最好的马卖掉，为樊素筹了盘缠，要樊素离开自己，找一个好人家嫁了。

白居易当时内心的悲痛与不舍可想而知，曾经无论如何也不愿割舍的至亲之人，需要何等的决心，才能这样放手，让她去寻找别处的幸福。

有灵性的马儿似乎感受到了白居易心中的悲痛，仰天嘶鸣，如泣如诉，徘徊不去。

樊素见此情景，悲从中来，止不住的落下眼泪，满心悲切地对白居易说："主人乘此骆五年，凡千有八百日。衔撅之下，不惊不逸。素事主十年，凡三千有六百日。巾栉之间，无违无失。今素貌虽陋，未至衰摧。骆力犹壮，又无虺隤。即骆之力，尚可以代主一步；素之歌，亦可送主一杯。一旦双去，有去无回。故素将去，其辞也苦；骆将去，其鸣也哀。此人之情也，马之情也，岂主君独无情哉？"

樊素此言，字字句句都透露出对白居易的深切感情。与白居易相伴数十年，十年之情哪能轻易舍下？这份感情，是马儿都难以舍下的，何况樊素呢？一旦离去，便是永别，樊素苦苦哀求，我和马儿都舍不得离你而去，难道你偏偏要强迫我们离开吗？在旁人看来，这位女子着实有着极高的文采，语言恳切又不失修养，如此女子，如何叫人舍得下！

此时的白居易，虽病卧在床，但并没有寿命将尽，此后又过了十余年，才驾鹤西去。但在此情况之下，白居易义无反顾地决定让樊素离开，想必考虑甚是周全。此时樊素二十几岁，虽在古代已不是女子嫁人的最佳年纪，但也还是年轻貌美，不难嫁个好人家。但若再等待十余年时光过去，三十多岁、年老色衰的樊素又如何能再为自己寻一个安稳人家。

虽然人已老去，疾病缠身，几乎自身难保，但心里确实在为樊素考虑，执意要看到她生活安稳了才肯老去似的。樊素的一片心意没有白费，白居易也对她倾注了几乎毕生的感情。一个人能将另一个人的幸福摆在自己的生死之前，

这该是多么深厚的感情。

后来，在种种原因的影响之下，樊素依依不舍地离开了白居易。白居易作《别柳枝》："两枝杨柳小楼中，袅袅多年伴醉翁。明日放归归去后，世间应不要春风。"

伴君千日终须一别，离别是世间最无法避免的事情。

樊素陪伴白居易多年，直至老爷子半截身子入了黄土。想必当年两人相遇时，白居易虽年事较高，但也是英姿勃发的吧。

然后有这么一个女子，陪伴他到青丝白发，枯骨成沙。

樊素离开的时候，白居易痛彻心扉地作了《不能忘情吟》：

"骆骆尔勿嘶，素素尔勿啼；骆反厩，素返闺。

吾疾虽作，年虽颓，幸未及项籍之将死，何必一日之内弃骓兮而别虞姬！

乃目素兮素兮！为我歌杨柳枝。我姑酌彼金，我与尔归醉乡去来。"

马儿呀不要再悲鸣，樊素啊不要再流泪。马无论奔驰多远，终究要回到马棚歇息。而樊素你，终将归属一个安稳的家，儿女绕膝，两人共同终老。

这首诗中，白居易引用了霸王别姬的典故，将自己和樊素与项羽和虞姬相对比，对樊素说，虽然今日你我分别，我老病缠身无法再照顾你，但是相比霸王和虞姬的生死离别，我们要好得多，还好我没有像项羽那样直到离开人世前一刻才向爱人告别。

《杨柳枝》是樊素最常唱的曲子，白居易在诗中说，再为我歌舞一曲《杨柳枝》吧，我要一醉方休，送你离开。

几年之后，两人分别许久，而白居易对樊素心心念念，始终不能放下。开成五年，即公元836年，白居易作《春尽日宴罢，感事独吟（开成五年三月三十日作）》思念旧人：

"五年三月今朝尽，客散筵空独掩扉。病共乐天相伴住，春随樊子一时归。

闲听莺语移时立，思逐杨花触处飞。金带缒腰衫委地，年年衰瘦不胜衣。"

此时的白居易已是古稀之年，常年的病痛折磨得他如枯叶般萧索。一次

宴请宾客结束后，看着杯盘狼藉、宾客一一离去，在繁花盛开的阳春三月，屋外是万物繁荣，而屋内是人去楼空，顿时伤怀，悲从中来，无法停止地思念樊素。

无法想像白居易是如何度过人生的最后十几年的，十几年前，送走了樊素，迎来了缠身至生命终结的病痛。然而，身体的疼痛远远无法与内心的苦楚相比，思念太盛，就成了心病。

“思悠悠，恨悠悠，恨到归时方始休。月明人倚楼。”

思念是没有尽头的，离愁也是没有尽头的，绵绵悠悠。白居易在诗中说，这痛彻心扉的离愁，直到樊素有一天回来，才会结束。但是他心里明白，伊人一去不返，这一别，就是永远。白居易始终幻想着两人再次相聚，登上亭台楼阁，相互依偎，凭栏远望。

《长相思》中没有像以往的诗一样直接提及樊素，描写她的曼妙姿态，满篇尽是萧瑟的山水景色，悲悲切切，如泣如诉，倾吐内心如刀绞般的离愁。

我看山，山是你，我看水，水是你，唯有你归来，再看我一眼，才能断了这离愁。此时的白居易，大概是如此的心境吧。

时至今日我们看到《长相思》这首词，仍能感觉到情感的翻腾，仿佛能够看到满眼离恨立于江边久久不肯离去的白居易，和泪眼婆娑心痛地离去的女子樊素。此时此刻，此情此景，尽现我们眼前。

唯愿这对离人至死相互惦念，黄泉下相见，再续前缘。

6. 诗经 · 小雅 · 采薇——昔我往矣，杨柳依依

采薇采薇，薇亦作止。曰归曰归，岁亦莫止。
靡室靡家，猃狁之故。不遑启居，猃狁之故。
采薇采薇，薇亦柔止。曰归曰归，心亦忧止。
忧心烈烈，载饥载渴。我戍未定，靡使归聘。
采薇采薇，薇亦刚止。曰归曰归，岁亦阳止。
王事靡盬，不遑启处。忧心孔疚，我行不来！
彼尔维何？维常之华。彼路斯何？君子之车。
戎车既驾，四牡业业。岂敢定居？一月三捷。
驾彼四牡，四牡骙骙。君子所依，小人所腓。
四牡翼翼，象弭鱼服。岂不日戒？猃狁孔棘！
昔我往矣，杨柳依依。今我来思，雨雪霏霏。
行道迟迟，载渴载饥。我心伤悲，莫知我哀！

这是一个人的历史，也是每个人的历史。战争是时间洪流中最耀武扬威的环节，它的可能永远存在，永远不可避免。无论是最繁荣昌盛的时代，还是最腐败昏庸的王朝，或是征战侵略，或是抵御外敌，战争，几乎是每个朝代不可或缺的组成部分。

战争大多始于某方统治者的贪婪，通常结束于触目惊心的大量伤亡。对于每一名驰骋疆场厮杀的将士，战争的残酷不仅在于突然的死亡，还有为国而离

家千里，缠绵悱恻的思乡之情。

战争是梦魇，也是壮丽的画卷。一片荒凉的边疆之上，军营突起，旌旗飞扬，号角声，操练声，此起彼伏。犹如上苍摆了一盘棋，原本荒无人烟的边疆瞬间变为井然有序的军营，爆发出震慑人心的气势。

军营中的每位将士，雄赳赳气昂昂，充满着无尽的战斗力量。每个人都为拼杀战场不断操练，似乎不知疲倦，不知悲伤。但是，阵势之下，每位将士都遥望着远方，日夜思念着家乡。没有人是泥土做的心，都是血肉之躯，都有着柔软的感情，感知着人情冷暖。

驻守的日子里，将士们在山坡上采集野菜，这本该出现在农家小院的温馨场景，再现在边关，以无边的荒原和清冷的苍穹为背景，令人不禁苦笑。

采薇采薇，这样的字眼，看在他人眼里，便是一幅妇人嬉笑劳作的温暖画面。然而采薇的主角摇身一变，成为一身戎装、满面风霜的戍卒，眉宇间写满了凄凉和愁苦。

此时约为周宣王时期，北方蛮族猃狁逐渐发展壮大，凶猛彪悍的民族向来有着征战的欲望，屡次入侵中原，北方人民民不聊生，日日生活于战乱和灾难之中。周天子派遣将士驻守边疆，抗击猃狁入侵。我们故事里采薇思乡的戍卒，同样也是献身祖国的英雄。

也许英雄都是寂寞的吧，无论是世人传颂的帝王将相，还是默默无闻的边关将士，都是当之无愧的英雄，走上这一条保家卫国的道路，就注定今生诸多思念与孤苦无人诉说。男人，尤其是军人，怎可能眼泪轻弹，思及故乡，父母、妻儿，满心牵挂却不得不继续驻守满目苍凉，唯有借以歌谣，述说予天地听。

边关的环境中，时光的流逝是难以察觉的，只看着每天日升月落，却不知今夕何月何日。初到边关，漫山豆苗刚冒出嫩芽，绿油油的，生机盎然。时间流逝，将士们眼见着山坡的野菜由嫩绿到肥美，再到干枯泛黄。在没有工具可以参考时间的条件下，这边是看得见的时间，初春入夏，再由夏进入深秋，漫坡的野菜无声地诉说着时光，不知不觉中，一年将尽。

参差的野菜诉说着的不仅是季节的轮换，还有万物的生死轮回。在战场

上，看了太多的生死离别，再放眼去看世界，万物都在上演着生老病死、相遇离别。对于每个将士，战争最为残酷之处在于，谁都无法预料明天是胜利还是死亡，几年之后是荣归故乡还是枯骨疆场，就好似山坡上的野菜，今日还在被戍卒采摘，也许明日就开始枯黄变老。

倘若留心，生命的轨迹是看得到的，戍卒们采薇的画面，仿佛刻上了时间的印迹，身处如此荒凉的环境下，自然而然的，思想自己开始成长。戍卒们本都是一身蛮力的粗人，哪会去思考什么生命和苍老，而在豆蔓一岁一枯荣的伴随下，也许曾经目不识丁的将士，眼神中也多了柔软和思想的光芒，吟出“采薇采薇，薇亦作止”的歌谣。

或许这位将士家中没有妻儿，为了参军驻守边疆，无暇考虑终身大事，告别家中父母，开始了居无定所，日夜征战的日子。今天驻扎在这里，也许明天就到了百里之外，总是想写信回家报个平安，却因为居无定所无法实现。在军中，想家的时候，大家总是互相安慰说：就要回家了，就要回家了……但是眼看年关将近，却没能回家与家人度过一个春节；又说就要回家了，就要回家了，眼看又过去了一年半载，行军却越来越远，没有丝毫收军返乡之意。

作出这首诗的将士，该是有多么深厚的情怀。也许是一个人，也许是一群人，共同在边疆唱出了这首诗。对于这些将士来说，战争带来的痛苦、困顿数不胜数，然而，他们没有在诗中无尽地抱怨战争，没有将心中的愁苦怪罪于战争，而是升华了自己的思想，由思乡思考到了时间和生命。这样的精神，便是民族发展的脊梁。所谓经典，不问出身，不问地位，它源于真挚感情的流露，从一个人的思想中剥离孵化出来，引起无数人的共鸣和传唱。从作品中，可以看到一个人流动着的生命，他的故事不是静止的，同时间一起流淌，经过岁月的洗礼，无比得饱满而富有魅力。这就是永恒的经典。

思念至此，情绪急转，变得十分矛盾。思想情绪已溢于言表，恨不能立即返回故乡，然而，使命感告诉将士们，自己的生命就等于国家的存亡，岂能因自己的思绪就放松了警惕。

如果仅仅是诉说思乡之苦，这首诗也许无法成为璀璨的诗歌文化中的一颗明珠，一位无名将士的思乡之情，也许不足为道。然而经典就诞生于这位将

士的崇高思想。也许在这行军的路上，有些人当了逃兵，但这位士兵，在这漫漫长路上，没有被思乡的心绪动摇了意志，他坚定地奔赴疆场。这就是平民英雄，他有着小人物的细腻情感，不会说什么为国捐躯的豪言壮语，没有舍小家为大家的豪迈气概，他时刻挂念着自己的小家，没有想过战死沙场，他时刻想着要回到自己那个温暖的小家。但他也有责任心，荣誉感，国家有难，身为一名将士，理应为国赴难。

这就是《诗经》“雅”的魅力所在，艺术不一定要辞藻华丽、气势恢宏，艺术也可以是平凡人的纯粹歌谣，心系祖国却不说什么宏图大志，表达的是人心中最真切的思想，能够真正感染人、感动人。

如果至此还不足以体现第一口吻叙述诗歌的将士的丰满形象的话，那么接下来的场景必定可以使这个形象瞬间高大起来。经过了思乡离愁、矛盾纠结之后，场景一转，变换为真实的战场。

透过他的眼睛，我们可以看到隆隆的战车拖着笔直的车辙，猎猎作响的旌旗飞扬在尘沙之上，将军一声呼喝，所有战士整装列队，号角声、振奋士气的呼喝声，响成一片，整个气氛昂扬起来。

高大的马匹，雄壮的战车，伴随着声声车轮巨响开拓出前路，士兵们在战车的掩护下整齐地列队前进。每位士兵都骁勇善战、装备精良。每位将士都沉浸在振奋的情绪中，自豪感油然而生——我们的装备如此先进、我们的将领运筹帷幄、我们的军队如此强大，在将士们心中，这是一场必胜的战役。

此时都不再沉浸在思乡的情绪中，不再凝视着漫山野菜满目惆怅，野菜太不适合衬托将士的英姿了，披上战甲回首发现，这个季节，已是春末，棠棣之花盛开，迎风招展，恭迎将士们归来。

这便是真男儿的豪爽，每位将士都胸怀保家卫国血洒疆场的豪情壮志，无论家中有多少牵挂，都被号角响起所激起的一腔热血冲淡，家这个字眼，在此刻不再仅仅是牵挂、是离愁，更多的，它是港湾，是支撑自己奋勇作战的坚强后盾。

外敌的入侵令人为之愤怒，一场恶战过后，一切归于平静。这场战斗打赢了，全体将士的欢呼声余音不绝。营帐内摆起了简单的庆功宴，相识的、不相

识的将士都互相报以憨厚而欢乐的笑容。然而喧闹褪去，迎来的又是荒原中寂静而孤独的一天又一天。

当豪情暂且褪去，疲惫和寂寥汹涌袭来，遥望夜空，不禁想象战争结束后归乡的场景。

当年出征时，春色正好，柳枝飘荡，柳絮飞扬，家人就站在家门口的柳树下，向远行的将士挥手道别。而今我自硝烟中归来，漫天大雪将来时的路掩埋，将士们摸索着道路徐徐前进，满目雪白，仿佛前方尽是虚空，看不清回家的路。

不知当我荣归故里时，会有亲人相亲奔走相迎，摆一桌丰盛的晚宴，为我庆功；还是会看到自己故乡的村落，已荒芜凋零，了无人烟。

前方的道路愈加崎岖，谁也无法预知下一步会留下怎样的脚印，对于未来的迷茫令人感到更加的疲惫。最令人惴惴不安的是未知的死亡，自己的，以及亲人的。没有家人的消息的时光如同悬空着，心是慌乱的。他们多么希望明天就听到返程的消息，看到家人的脸庞。

唯愿所有的将士都能在战场上披荆斩棘，载誉而归，望等待他们的，是故乡温暖的怀抱。

7. 苏轼 / 春宵——春宵一刻值千金，花有清香月有阴

春宵一刻值千金，花有清香月有阴。
歌管楼台声细细，秋千院落夜沉沉。

世上总有那么一个词，仿佛是为了一个特定的人而创造出来的。苏轼的整个人生，都被冠以豁达的名号：他做事是豁达的，他写词是豁达的，似乎他生来就是为了无拘无束。对他而言，万事皆可入诗词，他写烟雨，写楼阁，写荒原，写人世百态。

后人痴迷于苏词的数不胜数，皆沉浸于他天地任我驰骋的广阔胸怀。读苏词，仿佛立于万丈悬崖之上，迎接一阵狂风，时而乌云密布，时而晴空万里。这是苏轼独有的人格魅力，他的一首词，甚至一句话，都可以激荡起读者心中的惊涛骇浪。

然而这个人又是多面的，像一颗水晶，每一面都折射出不同的光芒。他的豪放背后，是起起落落的坎坷人生，时而平步青云而又多次被贬黜。在来来往往起起伏伏的人生中，他纵情高歌，就算处于人生的低谷，他也“一蓑烟雨任平生”。

古来文人，各有各的不同，而文人们在官场上的命运，却又惊人的相似。他们都是骄傲的，骄傲到明知不随着风气顺流而下就会遭到致命的排挤，却还是坚定自己的信念。在这一点上，苏轼并不是特立独行的。

他之所以特别，之所以为人称颂，是因为他从不在意时代给他压上的枷

锁，他无所谓身处杭州或汴州，无所谓身处都城或偏远，他无论行至天涯何处，都可以“千骑卷平岗”，横扫所有所到之处。

苏轼仅仅是这样的吗？当然不是。

我们心中的经典苏词，是从哪里开始的？是“但愿人长久，千里共婵娟”，还是“大江东去，浪淘尽，千古风流人物”苏词之所以令人痴迷，是因为它包罗万象。自晚唐五代以来，词只不过被称作“小道”，而自苏轼起，词的魅力迸发出来，延展出了无尽的可能。

没有他，宋词也许会暗淡许多吧。

这首七言绝句，似乎并不是苏轼惯有的豪放风格。然而细细品味，其字里行间，都是苏词的韵味。

花有清香月有阴，文字仿佛不再是横竖撇捺，而是细致描摹的工笔画，牡丹花下，青石街旁，晓风残月。这样的美景，即使仅仅存在于想象，就足以令人醉了，更何况是身临其境。如此花好月圆的春夜，多么宝贵，应倍加珍惜。今夜过去，就再不会有相同的月色。

苏轼的诗词有着令人难以捉摸的情怀，他在汗青史册中是一个高昂着头永远向前的形象，在这个昂扬的光环之下，苏词有时也会流露出婉约的一面，苏轼刚毅的眼神也会凝视飞鸟花虫、亭台楼阁。

整首诗都飘荡在绵绵柔情中，树丛掩映中的贵族庭院，穿过曲曲折折石板路，尽头是华美的楼阁，青砖汉瓦，朱门飞檐，工匠巧夺天工的技艺将其雕琢得宛若仙境。在这仙境当中，必定也住着高高在上的仙人吧。

透过窗棂，可以看到楼阁内灯火通明，丝竹声声，笑语声声。婉转悠扬的古筝，激昂清脆的琵琶，与舞女身上的音铃声声声相和，飘飘如仙乐。人世最极致的享受也莫过于此，月色配美酒，醉卧软榻，醉眼赏美人歌舞，何其乐哉！

“千金”这个词，用得岂止是精准，至于此情此景，简直可以说是天衣无缝。这堪称奢华的享受，千金难觅。

苏轼毕竟是苏轼，不是什么御用文人，怎可能只着重于描写糜烂与浮华。

此时夜已三更，这座官宦院落，已在夜色中静静睡去，草木无语，花落无声，吐出的气息吹开一片氤氲，在夜色中显得无比凝重。府中的下人们，在偏僻的院落和衣睡着，屋内没什么特别的摆设，有些墙角还挂有蛛网，屋外摆放着杂物，甚不讲究。长工们直接侧卧在草棚下，拉过半张草席盖在身上，发出阵阵鼾声，鼾声被微风扫过，穿过树木枝桠，消失不见。

月色下的庭院，仿佛熟睡的婴儿，没有一丝声音，偶尔冒出一阵树木的沙沙声，飞鸟的振翅声，在寂静中划开一道裂口，然后悄然愈合，重归寂静。

然而歌舞升平的声音是一道愈合不了的伤口，透亮的烛光撕开黑夜，在黑暗的院落中突兀地摇曳；婉转的歌声穿破寂静，在寂静的宅院里悠悠地回荡。

这确实是一道伤口，贵族鞭打在平民身上的伤口。纵然宋朝是高度开化，经济文化极其繁荣的朝代，但封建的顽固思想无法根除。平民始终是被压榨的对象，日日辛苦劳作，却无法获得与付出相应的回报。他们的劳动成果，化为统治者、奴役者的资产，用于无尽的挥霍，无尽的奢华享受。

苏轼深深地厌恶醉生梦死的生活状态，对于贪图享乐、奢华糜烂的权贵十分鄙夷，虽然字面在说如此美妙的春夜值千金，但是却在暗讽沉醉于美酒歌舞的人。

真正宝贵的，是寸寸光阴，理应用宝贵的时间去感受自然感受生命，或去实现远大的抱负。人生来被赐予的时间是公平的，每一秒每一刻都是美妙的，但时间又是不公平的，有人用来游历山川，有人用来诲人不倦，有人用来报效国家，而有些人，依仗权势，依仗财富，用宝贵的时间沉醉于糜烂浮华，饮酒作乐，荒淫无度，无法自拔。

苏轼摒弃这一切糟粕，甚至恼怒于这些肮脏的事物毁坏了本应好好享受的良宵。这个时代、这个社会本该美好，就如这良辰美景，值得人细细品味，慢慢享受。而这些美好，被恼人的银铃丝竹打破，仿佛花容月影都被吸入一个深深的漩涡，令人无从享受。

苏轼的性格就是如此，誓死不趋附于权贵，永远在自己的路上走。

也正因他固执地走自己的路，为自己的人生增添了很多波折。

在王安石变法时期，与王安石政见不和，极力反对新法，遭到排挤而被迫离京。被贬黜后又多次上书表明新法弊病所在，而此刻王安石正为宰相，手握

大权，苏轼此番举动触怒了王安石，于是屡次遭贬，从杭州到密州到徐州再到密州，在偌大的中国土地上来来往往。

在熟稔于人情世事的人看来，也许这种心境是无法理解的。为了实现自己的政治目标竟能做到如此坚定，决不让步。当时的苏轼，深受欧阳修的赏识，在欧阳修的举荐之下名声大噪，顺风顺水。若他在变法时期没有“站错立场”，投入了王安石的阵营必定可以平步青云，大展宏图的吧。然而他的思想与旧派相合，他坚持自己的政治立场，最后却落得孤身离去的下场。

天下已不是当年的天下，变法带来了巨大的革新，也出现了巨大的弊端。被贬黜后的苏轼，依然上书反对变法维新。也许以有些人的眼光看来，这份执着实在有些孩子气。在这段时期，苏轼因政治斗争被一贬再贬，却还是坚持旧派的政治理论。

文人在政治中总带有很多的浪漫情怀，总渴望着改变时代，将其变成自己理想中的样子。可帝王不这样想，权贵也不这样想。宦官们眼中没有什么未来的蓝图，他们眼中是当下的利益。

苏东坡他如何会看不破？他冷静地看透了世事，看透了一些昏庸的官员仅仅在追求金钱的享受，浮华的生活。这让他深深地厌恶。行走官场这些年，从最初的雄心勃勃，渴望一个平和的时代，到望穿世间百态，经历了多少坎坷。或许，若他成为一个圆滑处事的人，今日亭台楼阁间，他也是举杯畅饮、把酒言欢的其中一员吧。

人生在世，人人都有渴望、有追求，而每个人的追求又大不相同。苏轼这一生，追求的是精神境界的提升，无论流落至何处，他的精神不倒，苦中作乐，“左牵黄，右擎苍，锦帽貂裘，千骑卷平冈。”

苏轼活的是一个“苦”字，品的却是一个“乐”字，这个人一生颠沛流离，62岁高龄时还被放逐海南，这在常人眼中是多么无法忍受的屈辱和痛苦，然而苏轼却能苦中作乐，把放逐之地作为自己的第二故乡，开办起了学堂，大批学子不远万里拜至他门下。苏轼实在是不可多得的奇人，几乎全中国都留下了他的脚印，所到之处，为人称颂，最后还能桃李满天下，这样的人生，岂不快哉。

所以苏轼有理由蔑视权贵，摒弃糜烂的生活。曾在官场走过，被中伤、被排挤。被迫离开，这样倔强的人，官场不顺并不是因为个人能力不足，只是他没能随波逐流。他厌恶这种虚度光阴的生活，厌恶这种破坏了良辰美景的莺歌燕舞。文人眼中的美，在乎山水之间，在乎花前月下。也许只是一片落花，一缕月光，就能使人触景生情，潸然泪下。然而再美妙动人的乐曲，加上了金钱物质的渲染，都令人想要敬而远之。

春宵一刻值千金。在苏轼的一生中，真的贯彻了惜时如金地做事情，被贬至苏杭就修筑苏堤等诸多长堤；行至常州，便尽享山水美景，吟诗作赋。与其说他作出了贡献，不如说他会玩会享乐。他的享乐，要么造福了人民，要么璀璨了文化，真是一举两得的快事。所以他最有底气，抨击当朝权贵夜夜笙歌，寻欢作乐。

多年之后，无人再讨论苏东坡一生是否失意过，是否失败过，只记得他一腔豪情，功名利禄皆不入他眼，起也好落也好，挥挥衣袖如过眼云烟。

在他眼中，世间无崎路，只要美景依然，山河壮丽，他东坡居士定能仰天长笑，笑看世间万事。

8. 李益 / 写情——从此无心爱良夜，任他明月下西楼

水纹珍簟思悠悠，千里佳期一夕休。

从此无心爱良夜，任他明月下西楼。

古人的失恋是怎样的？思绪至此，不禁隐隐发笑。时间过去千年，时过境迁，在我们眼中，古代遍地皆圣人，尤其是文人，仿佛呼吸着与常人不同的空气，他们有离别、有思念，纵然有各种男女之情，但时至今日仍脍炙人口的失恋之诗并无几篇。而这首语言如此简练，着实别具一格。

人生在世，总逃不过儿女情长，爱情始终是个聊不完的话题。织女为了与董永长相厮守，不惜破坏天条，下界与他相恋；梁山伯与祝英台的爱情备受阻挠，两人至死都不离不弃，双双化为蝴蝶比翼双飞；刘兰芝与焦仲卿经历了悲欢离合，仲卿最终自挂东南枝追随心爱的兰芝去了。

翻开泛黄的书页，为人称颂传诵至今的，大多都是凄美的爱情故事。正印证了那句话："幸福都是相同的，不幸却各有各的不同。"幸福没有给恋人设置考验，只有在遭遇困苦时，在面对所有人的阻挠时，才能让相恋的人用行动做出证明。

有些残酷，也有些讽刺。

李益所经历的爱情故事，并不足以令世人称颂。女主角的名字叫霍小玉，而李益在这段故事中，并不是个为爱至死不渝的角色，甚至在蒋防的《霍小玉传》中，对李益持以了批判的态度。

虽时至今日，本诗作于何情何景已无从考证，但每首诗背后，总会有一个故事。李益生平仅有过两个女人，唯一深爱过的，就是霍小玉。

当年李益奔赴长安赶考，仿佛是上天安排，发生了戏剧性的一幕：进京的少年半路偶遇倾国倾城的女子，与其相恋。简直是剧本中的剧情。

而这位女子，也如大多数故事中的身份一样，恰巧，是个青楼女子。

这是段不可能被承认的，甚至见不得光的爱情，注定没有结果。然而霍小玉却在这段感情中投入了所有的力气与勇气。她毅然决然地立下誓言，与李益终身为伴、白头偕老。自然当时的李益也爱霍小玉爱得死去活来，发誓非她不娶。

此时的两人，两情相悦，恨不得马上比翼双飞。

若此刻两人喜结连理，也许就不会有这首悲苦的诗，更不会有结局悲惨的故事。

可以揣摩一下当时李益的心思，他或许是想，等自己高中后取得功名利禄，有了男人该有的一切，有能力与束缚自己的封建礼教对抗，再来与霍小玉长相厮守；也或许是不知未来该如何面对，沉醉于当下的欢愉。

然后，也许是坚定地，也许是犹豫着，李益选择了暂别霍小玉，进京考试，继续自己接下来的人生。

依然如戏剧中一样巧，李益中了举，踏上仕途。此时的李益，依然是深爱着他的姑娘。

霍小玉出身卑微，自知无法与郎君相配，并没有指望李益将自己明媒正娶进门，便在心中暗暗许下八年之期——我与郎君相伴八年，许给你我最好的青春年华，当我老去，你也该与门当户对的姑娘喜结连理，而我将归去空门，不问世事。

这个姑娘，将所有的赌注都压在了这个男人身上，却不求回报，只求在自己最珍贵的岁月与他相伴。

她或许是认了自己的卑微，所以不求回报，能够得到对方的爱已经是实现了莫大的奢望，认为这份感情本身就是上天的恩赐，便不再奢求更多，甚至不求一个名分。

她真的是完完全全的付出。虽然是青楼女子，无法像大家闺秀那样风风光光地出嫁，但她还是有机会为自己赎身，将自己的下半生安顿妥当的。但她偏偏选择了李益，一个本该是过客，却坠入爱河的人。他给她的，只有空口无凭的誓言，她在他那里没有得到任何的保障。但霍小玉无怨无悔，宁可赌上自己的下半生，也要与李益相守。

实在是个痴情的女子。常言道“人不为己天诛地灭”，而她所做的，全都不是为了自己。爱一个人竟然可以到这种程度。

故事至此，两人真是天作之合，都在为彼此付出，悉心呵护着这段感情。

悲剧总是产生于无数个巧合。

李益回家探望双亲，回到家中才得知，母亲为他许下了婚事。姑娘是李家的表妹卢氏，两人门当户对，这是一份家人都十分满意的婚事。

然而李益不满意，他满心愤怒无处发泄，每日沉浸在抑郁之中。他心中只有霍小玉，两人在花前月下无数次发过誓，李益非她不娶。这门婚事无疑是给了李益当头一棒，这岂止是对霍小玉的失信，更是对她的不忠和背叛。

李益极力要推掉这门婚事，母亲日日夜夜苦口婆心劝说。当母亲得知李益之所以拒婚是为了一名风尘女子，不禁勃然大怒，甚至施以家法，教育这个“不孝子”。

悲剧发生的根源是男人的软弱。最终，李益屈服了，接受了这门婚事。

这首诗，大概就是作于此时。

李益幻想出一个与霍小玉相约，小玉却没有赴约的场景，表达内心离别的痛苦，无法再见到自己心尖上的人，一生无法见到，这是多么无法排遣的愁苦！这虚构的场景，也许包含着对小玉的歉意吧。

这首诗的场景仿佛是一个梦，梦中李益再次与霍小玉相约，他早早地等在桥边，想象着小玉到来时的样子，她会穿什么颜色的衣服，梳什么样式的发型？许久未能相见，她是否消瘦了？她还会为自己弹奏自己最爱的那首曲子吗？

然而月已升至树梢，仍未见小玉的身影。这时李益意识到，她怕是不来了。

最终在自己编织的梦里，也没能见到自己的心上人。

这兴许是他为自己设定的故事吧，只有给自己这样的结局，让自己深切地体会失恋的感觉，才能与心上的姑娘共同承担永别的痛苦，稍微弥补一点心中的愧疚吧。

回到住所，卧于床榻，夜已深，却辗转反侧夜不能寐。自己对这场约会期待已久，却在一夕之间全部落空，今夜没能见到她，今后，也许也见不到她了。从此所有美景与他无关，撩人的月色与他无关，再无心思去看世间繁华。

失去一个人的感觉就像被抽走了一缕灵魂，整个人没有了力气，浑浑噩噩、魂不守舍地度日。每天都会念叨两人在一起时常有的对话，常常独自坐在镜子前，回想为她描眉画眼的场景，然而对面已无人应。

失去一个人的感觉就像生了一场大病，失去的那一刻难受得犹如山崩地裂，回过神来的时候，还带着这场大病的尾巴，茶不思饭不想，病好了，留下的病根还要让人难受好一阵子。

能让一个堂堂男子痛彻心扉至此的感情，可以算得上是刻骨铭心了吧。

此诗或许是作于离别之后，对旧人的思念、愧疚，一齐涌上心头，宁愿给自己营造一个自己失恋的故事来痛苦。

也或许是作于两人相恋之时，有那么一次约会，姑娘迟迟未到，这件小事情，让他难受了一整夜。

不论处于哪种情况，诗中的李益都称得上痴情。《霍小玉传》中蒋防对李益加以批判谴责，称其负心，而霍小玉，是为悲苦被抛弃女子的典型。

今日看来，李益的选择是在某种程度上可以被原谅吧，他在父母和恋人之间，选择了孝道。封建礼教有着残酷的一面，使很多人忠孝不能两全。要么无法忠于恋人，要么无法遵循父母的意愿。他只不过是没能挣脱开枷锁的普通男人而已，他对霍小玉的情真意切、渴望永远不离不弃的感情，在诗中，已经令人充分的感受到了。

若他最终做到了与恋人相守到白头，那么他是敢于冲破一切的英雄，但与此同时，他也违逆了生养自己的父母的意愿。

而最终他与心上人分离，另为他人夫，他心中的愁苦又有谁能体会？

李益离开后，霍小玉最终含恨而死。至死她都在怨恨，自己没有强行夺取

他一生，仅仅想陪伴他八年的愿望都无法实现，当年的那些誓言，都算什么？

小玉走了，李益没有随她而去，他们的故事中没有同生共死，黄泉下相见，而是阴阳两隔。所以最终，他们的爱情，没能成为忠贞爱情的范本，而是成为了一个失恋的故事。

李益是霍小玉一生的挚爱，是她至死都全心全意挂念着的男人。爱情不一定有结果，对于一个青楼女子，可以说爱情一定没有结果。男人可以给她爱可是无法给她家。出身，是自小就消除不掉的烙印，霍小玉身上的烙印，甚至剥夺了她获得长久爱情的权利。

霍小玉是李益心中一生的挂念，他离开小玉时到底在想什么，我们不得而知，但从诗中可以确定，这份深沉的爱，会成为他一辈子的怀念。

诗中的李益在等，千里佳期，相约的女子是他终生的等待，他想要看到她窈窕的身姿、轻盈的脚步、如画的眉眼，在空气中无数次勾勒出女子的样子，想象她笑着走来，轻拈起手帕，掩在唇边，笑出声来，娇嗔他太早等在这里，惹人瞩目。他牵起她的手，她笑着轻轻挣脱开来，害羞地躲开，就在两人嬉笑欢闹中，时光不知不觉地溜走。

李益回过神来，眼前依然是沉静的夜色，清冷的石板路，偶尔路过的行人。他忽然发觉，她不会来赴约了，今夜，以至今后，都不会来赴约了。

这便是古人的失恋场景吧，安静的失恋。没有争吵，没有打骂，仅仅是一个人在安静地等，随着时间流逝，另一个人迟迟没有赴约，他就明白，她离开他了。

9. 孟郊 / 游子吟——慈母手中线，游子身上衣

慈母手中线，游子身上衣。
临行密密缝，意恐迟迟归。
谁言寸草心，报得三春晖。

时间像刀刃，在风卷云涌走过的几千年中，改变了时代，改变了地位，改变了观念，改变了习惯，改变了身边所及的无数点滴，唯一没有改变的，是温暖的亲情。

母亲的唠叨未曾改变，母亲的叮咛始终如一。

中国人有着最深厚的、最无法比拟的故乡情结，故乡如同一个标志，诉说着我是谁，我从哪里来，我到哪里去。故乡情节使得华夏儿女在远行时无比钟爱"老乡"这个词语。

狐死依然向丘，更何况人呢。

母爱是一个绳结，将丝丝缕缕的思乡之情凝聚成一股，思念不再是茫然的、飘渺的，而是真真切切看得到的。游子云游在外，母亲是最深沉的牵挂。

小时候，牙牙学语，蹒跚学步，母亲寸步不离，用她最质朴的耐心，引导孩子。年轻的母亲们此时正值青春年华，在带给孩子生命之前，也有着曼妙的身姿，爱美的少女心。然而为了孕育一个可爱的小生命，她们放弃了青春的一切享受，不能自由自在地玩乐，不能每天精心打扮，甚至为此失去了女人最值得骄傲的美好身材。年轻的姑娘迈出了成为伟大母亲的第一步。

长大些后，母亲的手掌是最温暖的呵护。她穷尽自己所有的能力，教导孩子。或许这位古时的母亲未曾受过教育，目不识丁，不会吟诗作对，但她努力地教会孩子人生的道理。她在孩子身上倾注了殷切的希望，教导他要有远大的志向。她不辞劳苦，为自己的孩子创造读书的条件，让他成为一个有学识的人。彼时的年轻姑娘，完全成为了爱子心切的母亲，为子女付出了自己的一切。

子女长大后，有母亲在的家，是最深的牵挂。随着成长，稚气未脱的孩子成长为青涩的少年。有些告别故乡，远行千里，奔赴自己的人生理想。彼时，母亲是他们最坚实的后盾，混沌失意时，给他们力量，给他们鼓励；顺风顺水时，告诫他们要步履稳重，高处不胜寒。有些扎根故乡，选择了与土地为伴，辛勤劳作，母亲总烹饪了最可口的饭菜，送至田间，幸福地看着儿子大口吃完，再回到家中去忙各种琐碎的家事。此时母亲年近五十，温和而慈祥，目光中包含了岁月的力量，冷暖自知，是子女心中唯一的故乡。

思乡的情绪是每个游子不可避免的惆怅，是心中最为柔软的牵挂。

行走在他乡的路上，看着身边的风景，就会联想起行渐远离的故乡。他乡的精致都是陌生的，映入眼中，再美的风景也牵扯出内心的惆怅。

身上流淌的血脉，注定了这个民族的子孙都是恋家的人。即使在他乡定居扎根，也总是向着家的方向，自己的根，永远还是在出生的地方，那个有着自己老父母的地方。

母亲是个等同于幸福的名词，无论高官俸禄、富贵荣华，不能在母亲身边，就心中盈满孤苦，行至何处，皆是漂泊。

古来圣贤，皆能做到常人所不能及，或忍辱负重，成就大业，或豪放豁达，不畏失意。但无论何路圣贤，皆不能过思乡这一关。

或许正是印证了那句话，"古来圣贤皆寂寞"。遍品思乡名诗，如漫步河滩，河蚌微微张开贝壳，吐露遍地珍珠。

孟郊不是名扬天下的诗仙诗圣，没有霸气的魄力，博大的胸怀；他也不是年少有为的天才鬼才，没有与生俱来的豪情，天生我才的高傲。他思乡的心情是柔软的，表达的方式是质朴的。

他没有寄乡愁于明月，没有托感情于杯酒。他有着独一无二的淳朴，他的思念，有着明确的寄托，是对母亲的深深眷恋。

这首诗有一则题下自注：迎母溧上作。

孟郊无论作为官宦，还是作为诗人，一生都过得极其平凡。他早年孤苦伶仃，漂泊无依，仕途不顺，始终没能取得一星半点的功名。他前半生穷困潦倒，颠沛流离，饱尝生活的艰辛。直至五十多岁，才谋得一个卑微的官职，到溧阳县任县尉的微职。

一个人直到五十岁才结束了自己漂泊无依的生活，这是多么艰辛悲苦的人生。所以在经历了这些之后，孟郊更加对家和母亲深深地眷恋。

此时孟郊将母亲接至溧阳县与自己同住。写下了这首字字质朴却又饱含深情、脍炙人口的诗。

诗人早年的经历奠定了这首诗的情感基础，换做他人，绝无可能作出如此细腻的诗作。孟郊的这种仕途失意的经历也是与众不同的，他深切地感受到了人性冷漠，世态炎凉。在缺乏世间温暖的环境中，挣扎几十年，身体疲惫，心里更加凄苦。于是，便愈发感觉到亲情的温暖和珍贵。

有时失败也是一笔财富，人在郁郁不得志时，总会迸发出思想的火花，成就不朽的绝唱。

慈母手中的一针一线，另一头牵着游子的心。那条细细的丝线，看似细若游丝，却是母亲的殷殷寄托。这条丝线承载了母亲无数的叮咛与担忧，她一面穿针引线，细细缝补，一面唠唠叨叨，嘱咐着每一个细节。

儿子与母亲的心，就是通过母亲手中的丝线，紧紧地连在了一起。这是一条无形的牵挂，可以无限地延长，无论今后走到哪里，都有这根线牵着，儿子的一举一动，一进一退，都牵动着远方母亲的心。

诗人心中，母亲手中的缝衣的线，与自己身上的行装紧密地联系在一起，而这两者的联系，也是自己与母亲的联系。儿子与母亲的心，如母亲细细缝的每一针，紧密相连。

可怜天下父母心啊，儿子即将远行，做母亲的，恨不得为儿子打点好路上的每一餐饭，甚至为他规划好未来的每一步路，生怕孩子跌倒、受伤。

母亲是个温暖的名字，也是个辛苦的名字，从孩子出生的那一刻起，她的生活中心，便不再是自己。她甚至不敢睡沉任何一觉，孩子小时候，她时刻听着，孩子一点动静她就会从睡梦中醒来，第一时间冲到孩子面前；孩子大了，她依然不能睡个好觉，每天伴着夜色，站在家门口，一遍又一遍地温上晚饭，等孩子回家。

而这次，送走儿子之后，她便不用再每天守在门口待他归来了。但她依然无法睡个安稳觉，甚至彻夜难眠，时刻都在担心，儿子在路上，是否吃好睡好了，是否安全抵达了。

一旦获得了母亲这个称呼，便是穷尽一生的操劳。

“密密”“迟迟”，两组叠字戳在心上，如针扎一般痛。夜已渐深，母亲还是不肯放下手中的劳作，将儿子的行装，一遍又一遍地反复检查，一遍又一遍地缝补，生怕任何一条线断开，衣服破损，令儿子在路上穿不暖。母亲将衣服缝了又缝，不肯停下。她最担心的，是儿子迟迟不能回来。若他一去多年，衣服不够结实，时间久了，都破烂了，不够穿了怎么办。她甚至想到了儿子冽冽寒冬中受冻瑟瑟发抖的情形，不由得加快了手中的速度，恨不得将行装缝成刀枪不入的盔甲，在她无法保护自己的孩子的时候，她的这份心意、这份努力，也能保护儿子免受伤害。

她似乎忘记了，此时她的儿子，已经是个中年人，能够照顾好自己，并且照顾好自己的母亲了。可在她心中，儿子永远是需要她保护的、需要她照顾的孩子。

母爱的伟大，不是战场上的厮杀，不是政治场上的斗智斗勇，不是为孩子奋勇杀敌、斩妖除魔……母爱的伟大在于生活中的点点滴滴，就那么自然而然地流露出来，不做作，不遮掩，将一颗坦坦荡荡的心，交付自己深爱的孩子。

她不求回报。天下母亲，都是一样，只知付出，不求回报。她把自己的青春奉献给了孩子，把自己毕生的精力奉献给了孩子，不求孩子这一生取得多少功名，不求孩子赚取多高的俸禄，只求他一生平平安安，能够吃饱穿暖，无助的时候，随时有家可归。

孟郊一生，可以说不是成功的，他尝尽人间冷暖，深知人心险恶。他不是那些天生的英才，年少就深受赏识，游走于朝廷高官之间；他也不是那些出生显贵的贵族，凭借家族势力就能够仕途平稳。他是普通人，没能实现远大的仕途理想的普通人，所以他更看得懂母爱的悉心呵护，更感受到母亲倾尽全部的付出。

也许人走的太高太远便无法看到最靠近自己身边的事物，名声大噪的诗人通常珍视友情，看重知音，古来无数的送别诗，大都送别挚友；思乡诗，大都思念整片故土。

正是孟郊的平凡，成就了他。他没能走到高处，没有体会到“高处不胜寒”，所以他知人间冷暖。

平凡的人，最能引起平凡人的共鸣。

诗人的心中，他自己就像是一株不起眼的小草，而母亲的关爱，是整个春天的明媚阳光。母亲这一生，将整个春天给了他，用尽自己一生来照亮他。这是多么无私而巨大的馈赠，诗人迷茫了，不知所措，他实在想不出，自己区区小草一般，要如何，才能报答母亲给自己的这一切呢？

孟郊对于母亲发自肺腑的爱，都藏在这句话里。也无需多言，进行多余的慷慨抒情，母亲的爱，儿子尽自己所能也无法回报万一。

真情总是搭载在平凡之上，越是华丽的语言，便越是浮夸，而朴素的、真挚的话语，最能体现最深沉的爱。

游子对母亲的爱，多年藏在心底，今日灯下母亲劳作的身影，引发这一切感情喷薄而出。字字是真情，一字一呜咽。

10. 李清照／武陵春·春晚——物是人非事事休，欲语泪先流

风住尘香花已尽，日晚倦梳头。物是人非事事休，欲语泪先流。

闻说双溪春尚好，也拟泛轻舟。只恐双溪舴艋舟，载不动，许多愁。

她背靠着窗棂，窗外西风呼啸。窗户打开着，风吹进来，卷起窗帘，打翻桌上的杯盏，而屋内的人却毫不在意，任窗户敞开着。

她的发丝有些凌乱，簪子斜斜插在发髻上，松松垮垮的，挽起的秀发摇摇欲坠。她的头上没有发饰的点缀，就这么慵懒地挽着。

屋内的女子，面容清丽，然而细细端详，却发现眼角已爬上了丝丝皱纹，倦容满面。眉目间仿佛可见她当年的风华绝代，神采飞扬。她的眸子，如同打开的窗，满心悲戚就摆在窗前，毫不掩饰。这双眼睛当年也一定是闪着光、灵动跳跃的吧。而今，这眼睛中写满了故事，故事中有与志同道合的夫君共度的幸福时光，也有战火和颠沛流离的逃难生活。

看着眼前空荡荡的房间，女子不禁陷入深深的回忆。

李清照实在是个奇女子，她的才情无人能及，堪称千古第一才女。

李清照早年过着舒适优越的生活，她出生于书香门第，从小接受着良好的文学熏陶。李清照生于济南，成长于汴京，年纪轻轻就在文学方面崭露头角。

汴京对于李清照来说，不仅是成长学习的地方，也是关乎她一生幸福的重要之地。在汴京，当时18岁的李清照嫁与太学生赵明诚，一段千古传诵的志同道合的知己姻缘就此展开。

这是一对古往今来无人能及的神仙眷侣，李清照才华横溢，年纪轻轻就备受称颂，赵明诚博学多才，身为太学生，前途光明。李清照在这段婚姻中，由涉世未深的懵懂少女成长为一个幸福的小女人。

时至今日，每当后人谈到他们的婚姻都不禁啧啧称赞，这称赞中，还包含了诸多的羡慕。

他们的婚姻不仅是情投意合，而且门当户对，就是我们今天戏称的“你家人同意，我家人同意，得到大家祝福的爱情”。李清照的父亲是礼部员外郎，而赵明诚的父亲为吏部侍郎，都是朝廷的高官。他们的喜结连理，简直是天作之合。

李清照和赵明诚，虽都贵为高官子弟，却没有一丝的纨绔傲慢的性格。两家虽当朝为官，但李、赵两家都秉持着清正廉洁的传统，李清照夫妇二人生活极为简朴，两人没有任何奢华的享受及穿戴，唯爱好古玩碑文，用典当衣物换来的钱置办古玩，细细研究。

这对夫妻令人艳羡之处数不胜数，志同道合便是最令人称道的一点。李、赵二人都酷爱金石古玩，两人生活简朴，家中从未有用于日常享受的花销，但凡有积攒下的银两，都用于金石古玩的研究，甚至为了收一件字画，把手边能当的东西通通典当掉。他们的家中，除了古玩字画，摆放的全是书籍，甚至为了收集珍本，逐字逐句地手抄。

这个期间李清照的的诗作，悠闲诉说着生活中的悠悠乐事。

这样的知音相遇，并结为夫妻，是何等乐事。如果这段姻缘相扶相持到最后，将是多么了无遗憾的人生。

也许李清照人生的开始阶段太过顺利，名誉和婚姻都收获了，上天都感到妒忌，所以在接下来的人生里，给她设置了一个又一个的坎。

幸福的生活没过几年，李清照的父亲李格非因政治斗争遭到迫害，不得不携妻子离开边境，回到明水。在这期间，李清照数次上书救父，却未能如愿，反而将自己卷进了这场政治斗争，被莫名扣上了罪名。对一个二十多岁的女子来说，无论她如何有政治见地，被迫害事小，婚姻事大，李清照沦为朝廷的罪人，婚姻也一并陷入了被拆散的境地。于是，李清照只好离开汴京，

投奔家人。

之后没过几年，赵明诚的父亲赵挺之也遭到迫害，抑郁而终，赵家在汴京也无了立足之地，离开京城，奔赴青州。李清照也随赵明诚来到青州，隐居乡村。

至此，这两人的婚姻依然美满，虽没有了在京城时的优渥生活，日子过得更加困苦，但两人痴心研究金石古籍，苦中作乐，享受着另一番人生乐趣。

李、赵二人在清贫但却悠然自得的田园生活中，互相扶持，完成了《金石录》。而此时赵明诚的仕途也有了起色，逐渐升迁。

天有不测风云，就在二人的生活重新步入正轨的时候，金军入侵，战乱不断，两人遂南下逃难，在逃难的过程中，赵明诚病逝。

这对李清照来说是晴天霹雳，然而战乱催促着她不得不继续赶路。李清照带着丈夫留下的大量珍贵字画古籍，一路南下，行至浙江。这一路的颠簸，藏品被损坏、被遗失的比比皆是，然而当她暂居绍兴后，本以为可以暂时安顿下来，结果几乎所有的书画都遭到盗窃，散失殆尽。

颠沛流离这些年，什么都失去了，都找不回来了，这时的李清照，已不会再写出年少时那样柔美婉约的诗词，风格转而悲悲切切，如泣如诉。

最后李清照逃难至金华，此时李清照已步入中年，看尽了人间沧桑。她没有停止对丈夫的遗作的编写整理工作，她孤身一人，无人相伴，只能沉醉于文字古籍中，聊以自慰。

凄惨悲切的《武陵春》就是作于此时。

李清照的一生太坎坷了，一个弱女子，竟能承受这么多的悲欢和离愁。也许只有细细品味她的过往，才能体会到《武陵春》中“欲语泪先流”的惆怅吧。

此时风已经停了，李清照缓缓起身，走到窗前。窗外的繁花已被狂风打落，铺了满地，散发出最后一丝香气，化为尘土。天色已晚，夕阳已滑落至天边，映得云彩一片殷红。发丝已散落，但却懒得梳理，梳起云鬓，点染红妆，又能给谁看呢。

此情此景，睹物思人，不禁潸然泪下。如今已物是人非，昔人已不再，只

留她一人独守空房。满院的落花，曾经看来美丽芬芳，而今却觉得苦闷伤感。花瓣离开枝头，落入泥土，化为尘埃，就像人生一样，变幻莫测，也许一个意外，如一阵狂风，就可以带走一个人。战乱中的生命脆弱得如枝头的花朵，摇摇欲坠，随时都会坠落枝头，湮没于尘埃中。

赵明诚的离世是李清照人生的转折点，之前无论如何困顿，都有相知相随的夫君为伴，两人醉心于研究，不问世间战乱，仿佛身在世外桃源。而今沦为孤身一人，突然感觉到了生活的困顿，以及孤苦伶仃。

人生的落差太大了，早些年，命运对她太过优待，良好的出身，优质的教育，美满的婚姻……然而命运总是善于开玩笑，在她步入中年的时候，将一切都夺走。是否文人只有经历坎坷世事，才能迸发出更加灿烂的思想，于是上苍安排这没有尽头的颠簸的路。

李清照毕竟是修养深厚的才女，不是平凡红尘女子，一个又一个的重担没能将她击垮，反而促使她取得了更高的文学成就。

她对孤苦无依的生活深表哀愁，一个人蹒跚前行，不时感到万事皆休，万般无助。但她没有绝望，她还有信念，她还有思念之人。李清照直到晚年还在进行《金石录》的编撰整理工作，这是她活下去的信念，她要为所爱之人，做她力所能及之事。

赵明诚离去多年了，多年来，李清照有万语千言想要对他诉说，想对他说这些年自己撰写一部作品时的欣喜，如同完成了一项使命，如同在与他通过笔墨纸砚对话；也想对他说这些年自己无依无靠，颠沛流离，无处安身，最终定居在了这个寂寞的小院中，只有细雨秋风，花开花落与她为伴……

她有好多话要对他说，但是，对面没有他的身影，她只能说给天地万物听。刚要开口倾诉衷肠，眼泪已止不住地流下来，泪如雨下。这么多年过去了，终于不需要再整日奔波，每天为活下去发愁，曾经要拼命去保护的与丈夫的珍藏品也已不在，时间久了，曾经让她夜不能寐的悲痛也淡去了，但却没有消失，融入到了她的骨子里。

日升月落，江水东流，繁花飘落，都会激起她心中的万千思绪，这些事物在她眼中，都被看作流逝的生命，逝去的故人。

生活太过冷冷清清，已让人失去了打扮的兴致，天色已晚，却还是不想给自己梳理一个精致的发型。

一个女子，颠簸几十年，最后，至亲挚爱的人离去了，最珍贵的收藏也丢失了，将她逼至崩溃的边缘。一个人承载了这么多年的忧愁，一定累了，倦了吧。

古代的女子，容貌倾城的，或是富有才情的，都被命运安排了璀璨的人生，以及与之相当的坎坷。多少红颜因遭遇困顿而渐渐憔悴，而又有多少人郁郁而终。李清照是不同的，她所经历的战火、离别，像缕缕丝线，缠绕在心房，如何也解不开，但她坚定地活着，她的哀愁中，是夹杂着独有的乐观的。

前一刻还泪流满面，下一刻转念想起听人所说的双溪。都说双溪风光秀丽，春色烂漫，是春天游玩的好去处。李清照是个热爱游山玩水的人，想至此处，心情不禁稍微明媚起来，动了去游玩的念头。

悲戚不能总占据着生活的所有时间，总会有那么一刹那的喜悦，给她暗淡的生活投进一丝光。李清照脸上浮现出一抹欢快，也罢，去双溪驾一艘小船，赏一下春景吧。

惆怅和喜悦交织在一起，心中想着水上泛舟放松一下心情，却又黯然神伤，满腹的忧愁，不知那一叶扁舟能否载得起！

11. 荆轲 / 易水歌——风萧萧兮易水寒

风萧萧兮易水寒，壮士一去兮不复还。

探虎穴兮入蛟宫，仰天呼气兮成白虹。

万里荒原之上，云飞风起，尘土飞扬，愁云惨淡，燕太子丹和他的宾客们，身着白衣白帽，泪流满面，呜呜咽咽，声音无比苍凉。高渐离击筑，荆轲合着节拍唱歌，歌声决绝而悲怆。

“风萧萧兮易水寒，壮士一去兮不复还！”

唱及此处，荆轲回身上车，头也不回地渐行渐远。

荆轲的歌中表达了他视死如归的气魄，对于太子丹的知遇之恩，他无以为报，唯有为其赴死。他深知这是一次有去无回的冒险，他仿佛能看到前方迎接他的是惨烈的搏斗，是以一敌百的较量，但他没有回头，只留给送别的人一个伟岸的背影，坚定前行。

荆轲，是个鲁莽的英雄。

前人通过刺杀而达到政治目的的例子并不在少数，专诸刺杀吴王，豫让刺杀赵襄子，都是载入史册的刺杀故事。但他们都是成功的，达成目的之后，功成身死。与他们相比，荆轲是个彻头彻尾的悲剧英雄。

他的任务失败了，败在帮手秦舞阳懦弱到上不了台面，败在秦王强大的护卫手下。今天细细品读《史记》对这个震惊时代的刺杀行动的描写，可以发现荆轲的行动，并没有万事俱备。

荆轲是个讲义气之人，太子丹信任他，为报知遇之恩，他不惜献出生命——来捍卫一名刺客的荣耀。

荆轲的一生，如同烟花，只有那么一瞬的爆发，吸引了所有人的目光。

荆轲本为卫国人，后漫游至燕国，在这里，结识了高渐离。两人相见恨晚，结为知己。那时的荆轲，行为放荡不羁，整日在燕市与高渐离饮酒，完全不拘小节，喝得酩酊大醉，高渐离便开始击筑，荆轲随着节拍唱歌，时哭时笑，好不疯癫，引来众人侧目而视，却浑然不觉。

不同寻常的人，通常有些令人不解的疯癫举动吧。荆轲，实在是真性情。

虽然荆轲常以酒徒的形象走街串巷，其实他有着很深的城府。他饱读诗书，结交贤士，周游列国，有着独到的政治见解和抱负。他的才能，被田光看中。而田光的赏识，成为了差点改变历史的一念。

正当时，燕太子丹在秦国作为人质已被扣押多年，千难万险逃回燕国。在秦国的日子，太子丹深知秦国吞并六国统一天下的霸图，回国后始终忧心忡忡。燕国面临着被攻占的危险，此时燕太子丹四处求助宾客，希望能找到救国方案。

要哀叹荆轲的命运，必须要从太子丹说起。燕太子丹虽身为太子，有鞠武做他的老师，但却不够远见卓识，没有机智的政治头脑。他看待政治的眼光，过于心急，而正是他的急切，断送了荆轲的生命。

太子丹惜才、爱才、肯听谏言，但并不是全部都听。这位太子多少还是任性的，当时樊於期从秦国叛逃到燕国，太子丹不顾老师鞠武的劝说，将其收留。他实在是孩子气，仅因为对樊於期的同情，就不顾政治大局，将燕国陷于危险境地。他空有救国之心，却没有救国之策。太子丹对于鞠武与齐楚结盟共同对抗秦国的建议果断否定，在他的眼中，结盟的做法拖泥带水，太慢了，他想要一举解决忧患。

古往今来，亡国之君大都如此，他们不明白政治靠的是头脑，靠的是运筹帷幄。在政权斗争中要取得胜利，凭借的是稳扎稳打建立起来的实力。而太子丹，却是想求一个如魔法一般瞬间解决秦国威胁的妙计。

就是太子丹的这份急切，断送了荆轲。

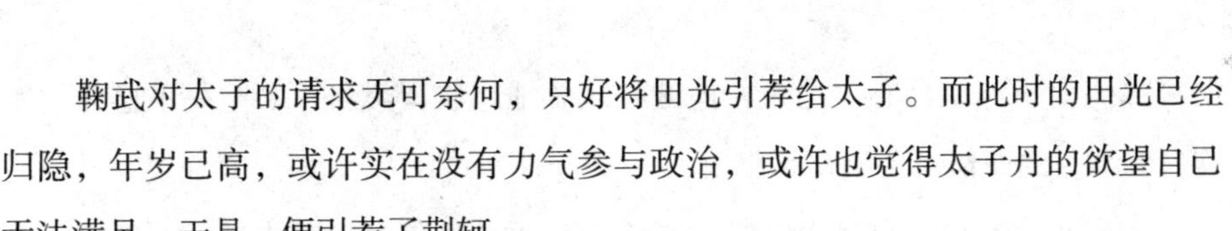

鞠武对太子的请求无可奈何，只好将田光引荐给太子。而此时的田光已经归隐，年岁已高，或许实在没有力气参与政治，或许也觉得太子丹的欲望自己无法满足，于是，便引荐了荆轲。

自此，一场声势浩大的赴死行动拉开序幕。

太子丹见到荆轲后，十分急切地对荆轲诉说自己的计划。他想要以重金利诱秦王，引诱他归还所侵占的土地，不再侵略他国，若此计不成，便将其刺杀，到时秦国群龙无首，便可趁乱将秦国击溃。

多么荒唐幼稚的政治策略啊。荆轲内心十分纠结，自己来到燕国，虽已名声在外，但毕竟只是个毫无成就的普通人，然而太子丹如此看中他，将整个国家的生死存亡交给他，荆轲满心感激。但是太子丹的计划，显然十分不可行。秦王是何许人也，怎可能为了金银财宝而放弃称霸天下的欲望。而要刺杀秦王，也与前人的刺杀行动大有不同，此时的秦国已强大到没有任何一个国家可以独自与之抗衡，秦王身边的护卫有多强可想而知，怎可能凭他荆轲的一点小计谋就刺杀成功。

荆轲的头脑是清醒的，他清楚地知道这个计策是幼稚的、注定要失败。荆轲犹豫再三，想要推脱，但太子丹却一再坚持，上前叩首请求。一国的太子对自己叩首，这是怎样的大礼。荆轲百般无奈，只好应允下来。于是太子丹奉荆轲为上卿，以最高礼节款待，献上珍宝美人，并每日亲自问候。这般礼遇，令荆轲感受到了太子丹的情谊，他并非圣贤，却受到如此待遇，受宠若惊，暗下决心，一定不会辜负太子丹的一片期望。

荆轲深深地知道，要靠金钱令秦王心软绝不可能，所以只有刺杀一条路。要刺杀秦王，除了要有敏捷的身手、周密的计划，还要有出色的计谋，以进入秦王宫面见秦王。

这时秦国已攻下赵国，太子丹心急如焚，前来催促荆轲快点行动。荆轲心知时机已到，但是如何进入秦王宫是个问题，于是便建议将樊於期将军交出去——提樊将军首级面见秦王。樊於期身为叛将，秦王必定会龙颜大悦，接见荆轲。

太子丹着实是个优柔寡断之人，既火急火燎地要刺杀秦王，又不愿做出任

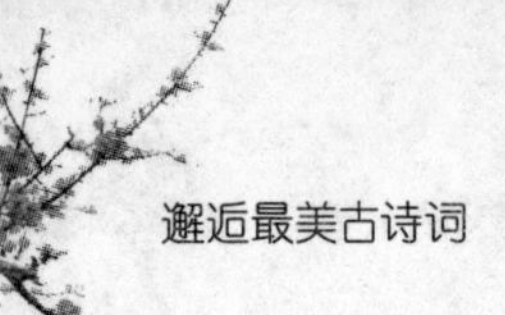

何牺牲。太子丹也是心善之人，他诚心诚意地想收留樊将军，坚决不愿为了实现自己的目的而伤害了樊将军。

太子丹舍不得让樊将军牺牲，却不假思索地催促荆轲前去赴死。他并不是心太善，也不是心狠，只是没有掂量清楚摆在他面前的问题孰轻孰重。

荆轲私下里找到樊於期，单刀直入的说明了自己的来意。樊於期回想起自己被株连九族的悲惨情景，毫不犹豫地交出自己首级，希望能通过荆轲之手，为自己复仇。

樊於期的自刎促成了太子丹的刺杀计划，太子丹听闻此事，痛哭流涕。

太子丹的仁慈是妇人之仁，多少人为他而死，他于心不忍，内心极其悲痛，但痛哭过后，他最终并没有让这些人死得其所。

太子丹已为荆轲准备了淬毒的匕首，并请到勇士秦舞阳助荆轲一臂之力。此时万事俱备，荆轲打点好行装，相约一位友人，准备出发。

而这位友人迟迟未到，最终也没有及时赴约。历史总是对将成的大事开致命的玩笑，没有史料记载荆轲的这位友人是何许人也，或许，若当年这位友人成行，便可所向披靡，刺杀秦王，颠覆整个历史。然而，这位友人没能到达，荆轲一人没能力挽狂澜，历史的洪流滚滚向前，不曾停止。

而使得荆轲未能与同伴共同上路的，正是燕太子丹。

太子丹看荆轲明明已打点好行装，却迟迟不动身，心中便产生了疑虑，猜疑荆轲是否后悔答应协助他的计划，是否会临阵脱逃。太子丹又一次催促他，并有意令秦舞阳先行。

荆轲听到这些话，心中愤怒不已，并且很不是滋味。自己一心为太子丹赴死，拼尽全力想要完成他的计划，他却怀疑自己，这令荆轲心中十分愤懑。

也许是一时赌气；也许是为了气节，为了证明自己的忠心，荆轲不再等待，毅然上路。

出发的那天天气一片阴沉，风冷得彻骨，易水河畔，一片萧索。送行的队伍身着白衣，缓缓而行。呜呜咽咽的声音回荡在天地间，分不清是风声还是送行的人的哭声。

荆轲面色凝重，一步一个脚印地走着，景象无比苍凉。高渐离为他击筑，

像以前一起喝酒玩乐时那样，荆轲合着节拍开始唱歌。

这次的歌不再是曾经欢快而放荡不羁的，字字掷地有声，直指苍穹，留下了荡气回肠的千古绝唱——

“风萧萧兮易水寒，壮士一去兮不复还！”

唱及此处，荆轲的情绪顿时起了万丈波澜，抛开心中的顾虑，仰天长啸，气势如虹。高渐离紧跟着改变了击筑的调子，慷慨激昂，犹如猛虎穿林，蛟龙过江。英雄向着苍天长叹一声，呼出的气化作一道白色的虹，贯穿天际。

易水边的送行，为整个行动奠定了悲壮的基调，似乎从这一刻起，就注定了荆轲是个悲剧英雄。此刻他的内心，是平静的，泰然面对生死；还是悲壮的，感慨于自己的命运；亦或是汹涌澎湃的，考虑了无数种可能，决意颠覆秦朝的霸业？

最终他失败了，秦王身边的护卫身手敏捷，使他无从下手，最后被秦王的宝剑刺中，筹谋已久的刺杀计划以荆轲的死亡拉下了帷幕。这也许是他意料之中的结局，虽然以悲剧收场，但他没有后悔，他没有愧对太子丹，也是死得其所了。

易水河畔的一曲悲歌，覆盖了荆轲功败身死的惨烈结局，让后人记住了这位为报知遇之恩，舍生取义，毅然潜入虎穴的勇士。他不是失败者，他是最纯粹的忠义之人。他虽知太子丹的计划不是良策，却为了回报这位太子的礼遇而赌上性命。有这番胸怀，便是英雄。这首离别之歌，便成了千古绝唱。

12. 诗经 · 北风 · 击鼓——死生契阔，与子成说

击鼓其镗，踊跃用兵。土国城漕，我独南行。
从孙子仲，平陈与宋。不我以归，忧心有忡。
爰居爰处？爰丧其马？于以求之？于林之下。
死生契阔，与子成说。执子之手，与子偕老。
于嗟阔兮，不我活兮。于嗟洵兮，不我信兮。

世间情为何物？亲情令人时刻牵挂，爱情令人生死相许，而友情——“死生契阔，与子成说。执子之手，与子偕老。”

这句被后世用于形容不离不弃的忠贞爱情的诗句，在《诗经》的歌谣中，是生死与共、并肩一生的友情的见证，这份战场上结下的友谊，穿越了生死，凝结了时间，定格为一个不朽的永恒瞬间，流芳百世。

透过字里行间，仿佛回到了古代的现场，擂鼓声声，旌旗猎猎。风烟平地起，天地间尘土飞扬。厮杀声，呐喊声，充斥着耳膜。

战争有它独特的魔力，身处其中的人，感受到的是纷乱嘈杂，步步惊心，每一刻每一秒，都关乎生死，都惊心动魄；身处其外的旁观者，虽眼观万马奔腾，尘土飞扬，耳听鼓声震天，厮杀声不绝，却感受到寂静的苍凉，仿佛一切声音皆不入耳，万籁俱寂，生死存亡也许只在一念之间。

战争是一场残酷的哑剧，它选中的角色没有话语权，甚至无法决定自己的生死。战争带来了什么？是生灵涂炭，民不聊生；是士卒无法归乡的痛苦，是

家中守望的人深深的牵挂。

诗中是最纯粹的战争，它没有歌颂统帅的伟大，没有表明自己的报国之心。战争就只是战争，对于辗转于其中的每个人，每位士兵，无暇顾及它有多少政治意义、历史意义，对于他们，只是生和死两种结局。

诗人是这场战争中的一份子，是主宰不了自己命运的人。这场战争，在统治者眼中，有它的外交意义、政治意义，于是基于一种被描绘的崇高的理由，无数人走向沙场，失去闲适的日常生活，日日夜不能寐，枕戈待旦。

于是我们的主人公，毫不掩饰，诉说着自己反战的心情。他没有长远的政治眼光，没有为国家献出生命的伟大抱负，他只是个普通的将士。在离家之前，他的生活就是孝敬父母，疼爱妻儿，从未想过自己的命运有一天可以与国家命运息息相关，随时有着为国捐躯的机会。

这样的机会他是不想要的。他无法与所谓的主流意识苟同，他不曾理解，也不愿去理解复杂的政治大局。他厌恶战争，本能地抵触战争。这并不是贪生怕死，这是来自普通人的，最朴素的呐喊。他们渴望自己的生命受到关注，受到关怀。透过硝烟战火，看到了战争的本质。

战争的本质是个体。战争并不只是国家之间，军队之间的厮杀，更应当是战争中的每个人与命运的搏斗，为生存而挣扎。

战争源于卫穆公时卫国救陈，平定陈宋之难。当年文公营楚丘，动用诸多人力物力，后来到了穆公时期，又为漕邑筑城，劳民伤财，大量民众被征去劳役。这都是使得人民怨声载道的事。但是，劳役毕竟还是在国境之内，民众虽苦不堪言，但不至于离家千里，生死忧患。然而，南行平定宋陈之战，其苦难以用任何劳役比拟——告别家人，远离故国，独在异乡。战争本就深深侵蚀着每位将士的身心，再加上远行的苦楚，使士兵的悲戚深至骨髓里面，对战争产生了深深的抵触情绪。

这位主人公是鲜活的，他不能够大义凛然，不能够云淡风轻，他有着对战争最真实的感触。“我独南行”，读至此句陡然伤悲，漫天孤独纷纷扬扬涌上来。这位将士关注到每一个独立个体的角度令人心酸，浩浩荡荡的远征队伍，对于每一个人来说，都是陌生的，前方都是未知的。

战争是孤独的。征战是漫长的。

倘若战争快些结束，早日归乡，心中愁苦必定减少几分。然而，军中命令不可违抗，军令不允许将士回国，就必须坚守现场，誓死抵抗。

悲怆是将士的诗歌的基底，他们拒绝战争，渴望和平，怀着对故土深深的眷恋。诗起的调子是哀伤的，令人酸了鼻子，红了眼眶。然而此刻情绪一转，开始念叨大男人们的小心思。

长年征战在外，无处歇脚。将士们一路上走走停停，脚磨起了泡，无法继续行军，便停下来安营扎寨，稍作休整。约摸两三天时间，士兵疲劳退了，马的粮草喂饱了便继续上路。路迢迢，何处为家，何处是归程？年轻的将士们如同无家可归的孩子，始终没有地方让他们安身下来，孤苦伶仃的感觉浸染了思绪。

人在心有戚戚之时容易捕捉细腻的小动作，一粒沙也会引发愁苦的思绪。

马儿志在奔腾万里，战马生性恋着奔跑，纵横驰骋是它们的天性。然而，征途的劳顿令骏马也疲惫不堪，甚至奔跑不动了。于是战马在将士们不知不觉中逃走，逃离战乱和无休止的奔波。

这是何等的劳苦，令为奔跑而生的骏马也支撑不住。而士兵是最不愿终年奔波于硝烟之中的，是最渴望回家的。马儿尚且如此，何况有血有肉的人呢！

主人公的诉说中提到了一个细节，众人随着马离去的痕迹寻找它的行踪，最终发现战马的脚印延伸到了森林深处。没有思想的动物都渴望着回家，回到自己本该属于的那片土地。战士们见此情形，心中不由得像堵上了万斤巨石，压得无法透气，心中痛苦不已，思乡之情霎时决堤。

这位真性情的、有血有肉的将士，抵触战争，却珍惜战友。战场上结下的过命之交，与平日结下的友情有着天壤之别。它不同于仕途中结下的朋友，只有永远的利益，情意永远排在金钱地位后面；它不同于文人骚客的知音，他们因艺术而惺惺相惜，因共同的抱负而相见恨晚；它也不同于市井凡人的相互交好，偶然做了邻居，或是在集市上多碰了几面，或是结伴一醉方休，性格相合就结为朋友。

战争中的友谊，比亲情动人，比爱情长久。

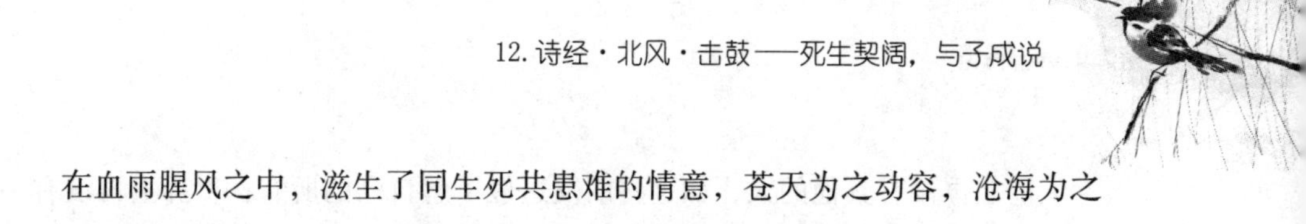

在血雨腥风之中，滋生了同生死共患难的情意，苍天为之动容，沧海为之哭泣。今生今世为兄弟，一份情意比爱情更配得起“至死不渝”这个字眼。

从最初的应征入伍，与陌生的人们共同走上陌生的路。最初的日子心中委屈而且拥堵，在陌生的人群里，冲向敌人的那一刻，仿佛是一场孤独的一个人在战斗。

然而，那些个陌生人，在他落马的时候拉了他一把，在他腹背受敌的时候为他挡开刺来的长枪，在他受伤的时候用粗糙的手悉心地为他包扎……也不知从什么时候起，他开始在作战中冲在这些“陌生人”前面，为他们排除危险，杀开一条血路；在这些“陌生人”身负重伤无法行军的时候，毅然背起他们走了几十里路；在这些“陌生人”痛苦想念家乡的时候，埋藏起自己心中的苦楚，豁达地安慰他们……

共同征战数年，甚至十几年，几十年，流的血，受的伤，甚至付出的生命，构筑起最坚不可破的友情。这份情意，深深地，与生命划上了等号。

死生契阔，与子成说。执子之手，与子偕老。

将士们在抛撒鲜血的万里疆场起誓，直到战争结束，直到大家的生命都走到尽头，都要同生共死永不分离。兄弟们始终紧握着手，永不分离，直到老去，直到黄泉之下。

这句誓言，穿越历史的风沙，毫不褪色，激荡在人们心中几千年。最真挚的感情如同镌刻于石碑之上，凄厉的风吹打不尽，滂沱的雨冲刷不尽，岁月在其上留下沧桑的痕迹，感情却越来越醇厚。

多年之后，后人一次又一次地引用这句来自沙场的誓言，来表达忠贞不渝、白头偕老、地老天荒的爱情。听者无不感动涕零，泪下沾巾。

爱情如何地老天荒，也不及这些战场上生死与共的将士的友情。共同经历过痛苦，经历过生死，经历过离别，人世间所有悲欢离合，幸福和苦痛，都共同品尝过，并为之捶胸顿足过，为之嚎啕大哭过。他们相互看到了彼此最不为人知的一面，由于一点小小欣喜手舞足蹈时的孩子气，由于万千思念压在心头痛苦失声时的脆弱，为了共同活下去而在战场上殊死搏斗时的英勇，以及眼睁睁看着同伴死在眼前却无能为力时瞬间崩溃的心情。

世上再没有其他的人，如这些朋友这般了解自己的所有；世界上再没有一群人，能让自己无拘无束地将真实的哪怕丑陋的自己展现在人前。

战友，从古至今，都是一个敲击在人心坎上的名词。这个简单的词语，如同无形的纽带，联结一群人的心，至死不分离。

诗中主人公的内心形成了一个矛盾体，他厌倦了战争，甚至憎恨战争，日日夜夜盼望着战争早点结束。然而，又有一个细微的声音在心底说：战争不要结束，那么我们就不会分离。

一旦就此告别，或许今生就走上了不同的路，永远无缘再见。那么，他们便无法再续前缘。那年，将士们以血起誓，今生永不分离，生死与共。若今日别离，这份誓言，这份苍天为证、大地为证的誓言，是否就无法实现。

来时的路绵延悠长，回头望不见故乡，心中默默哭泣，何时才是归程。

回去的路平坦宽广，战事告捷，本该纵酒高歌，欢庆胜利，衣锦还乡。但回头望向出生入死的兄弟，想到即将分别，或许此去便是永诀，便泪如雨下。

今生不够，但愿他生，再为兄弟。

13. 张若虚 / 春江花月夜——谁家今夜扁舟子，何处相思明月楼

春江潮水连海平，海上明月共潮生。
滟滟随波千万里，何处春江无月明！
江流宛转绕芳甸，月照花林皆似霰。
空里流霜不觉飞，汀上白沙看不见。
江天一色无纤尘，皎皎空中孤月轮。
江畔何人初见月？江月何年初照人？
人生代代无穷已，江月年年只相似。
不知江月待何人，但见长江送流水。
白云一片去悠悠，青枫浦上不胜愁。
谁家今夜扁舟子？何处相思明月楼？
可怜楼上月徘徊，应照离人妆镜台。
玉户帘中卷不去，捣衣砧上拂还来。
此时相望不相闻，愿逐月华流照君。
鸿雁长飞光不度，鱼龙潜跃水成文。
昨夜闲潭梦落花，可怜春半不还家。
江水流春去欲尽，江潭落月复西斜。
斜月沉沉藏海雾，碣石潇湘无限路。
不知乘月几人归，落月摇情满江树。

人生难得几回被天地间美景感动到忘却了时间，忘却了自我，景不醉人人自醉。

顺着诗人的目光，滑落进一片春江美景中，这景色波澜壮阔，激起人心中万千思绪，又绵延秀丽，使人心中宁静开阔。

浩瀚的江水起起伏伏，波涛连天，翻滚的江水激起浪花，舞动翻飞，互相碰撞着，互相追赶着，奔向地平线的尽头。这片江水在夜色中仿佛连接着一望无垠的大海，与天空相接形成了遥远的地平线。一霎那的恍惚，让诗人在心中将江水看作了大海，有限的空间瞬间化为无限，每一次潮起潮落，每一朵浪花都变得磅礴起来。

突然地，在某一个瞬间，浪潮高高地卷起时，一轮明月在波涛的保护、掩映之下，从地平线一跃而出。诗人说月亮是“生”出来的，这幅山水美景图，在诗人眼中顿时有了生命，明月被瞬间翻滚起的浪头推出的一瞬间，仿佛听到了婴儿的第一声啼哭，静谧的一切都鲜活了起来。

波涛与月光如影相随，月光是最坦荡而公平的，它千百年照耀着同一片土地，在每个角落都慷慨地洒下皎洁的光芒。江水奔腾过千万里之遥，月光寸步不离地相随。江面如同撒上了颗颗白银，在微波荡漾中闪着亮光，星星点点。

春色盎然，万物复苏，一望无际的原野上，青草依依，一片翠绿之上，点缀着各色的花朵，有的含苞待放，有的在风中舒展着花瓣。地上的点点花朵，与天上的点点星光遥相呼应，相映成趣，朦胧中看在眼里，天地之间没有界限，整个是一幅镶点着宝石的墨色画卷。江水曲曲折折，在这幅画卷中蜿蜒穿行，绕过丛生的芦苇荡，绕过洁白的水生花，埋进随风摇荡的花草从中。仿佛天空下了雪，花间树上铺了一层白色亮光，散发着柔软的光，若不是春日正暖，便令人分不清是散落的月光还是一层洁白的积雪。

整个大地白晃晃的，不清楚到底是一层白雪还是散落的流霜。诗人沉浸于月光创造出的白色世界，在诗人眼中，月光不再是月光，它是雪或者霜。月色飘荡，如同流霜，飘忽不定，时而跃上枝头，缠绕满树银花，时而滚落草地，荡漾遍地光芒。

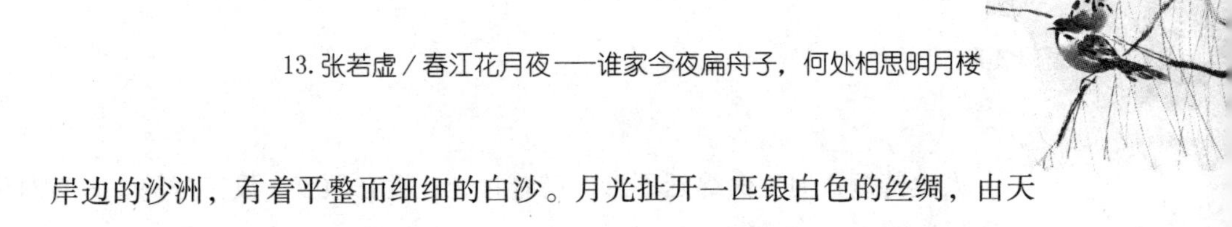

岸边的沙洲，有着平整而细细的白沙。月光扯开一匹银白色的丝绸，由天空径直铺在沙洲上，月色与白色的沙洲浑然一体，分不出界线。

诗人在这轮廓分明，却又水天相接、连成一片的美景中沉醉着。夜色静谧，江水荡漾，由地平线延展开来，一半是平静的画，一半是热闹的舞。但正是这动静分明的两边，完美地融合为一幅动人的山水画，披着墨色的纱。天地间没有一丝尘埃，无垢无染。

真正的美景是不染纤尘的，它像一颗琉璃，山川鸟兽都包容在其中，仿佛独立于尘世之外。一轮明月如同独属于这个一尘不染的世界，高悬于夜空之上，点缀着最美的画卷。

诗人看这美景，是看山水，更是看月光。诗人如同在描摹一幅工笔画，逐个细节地描绘这江天一色的美景，然后为这幅美景图蒙上了一层洁白的纱，白纱从皎皎明月倾泻而下，恍若仙境。视线从广阔天地间渐渐聚焦到明月上，思绪飘远，神思飞越，进入广阔的宇宙。

明月总能引起古往今来文人墨客的无限遐想，或是望月怀远，感叹天地广阔人生无常，或是寄月思人，怀念远行的挚友亲人。

诗人在月色迷蒙中飘忽进入了另一个世界，摆脱世间烦扰，在星辰之上，在无暇的纯净之中，俯瞰众生。在这样的境界中，思维便随着宇宙旋转起来，此时高悬于夜空之上的明月，它始于何时呢？诗人哲学的思维超越了时间，在时光长河中追寻前人的足迹，透过月光去窥看这片江畔沙洲上曾经站立过的人。是谁在这江边第一次看到这轮绝美不可亵玩的月亮？这轮明月最初的样子是怎样的？浩瀚夜空最能牵引出人的思绪和遐想，让人不禁想追溯到宇宙的尽头，亲眼探索明月自何时起开始照耀这片土地，和这片土地上的子民如何生生不息的奥秘。

诗人何能“孤篇盖全唐”，概因这句“人生代代无穷已，江月年年只相似”。文人的思维总有一条相似的路，对月感慨，大多因景伤怀，悲叹时光流逝，岁月变迁。而在这春江月夜下，诗人放眼人类的未来，纵然生命短暂，但生命生生不息，一代一代的传承下去，就如亘古不变的明月，经过千万年时间的洗礼，丝毫没有磨灭其光华，依旧照耀九州。

人生苦短，但生命绵延不息，借着月光，没有颓废，没有苦闷，只有对生命的热爱，放射出灿烂的光华。

时间流逝，这轮孤月始终高悬中天，独自徘徊，每日升起又落下，来回往复，不知疲倦。它是在等待什么人吗？如此日复一日，年复一年的守候在夜空，每当入夜，就静静的等候在那里，没有抱怨，从不离开。但是，明月等待的人从未出现，只有滚滚江水在明月的照耀下奔流东去。

流水无情，一去不返，诗人浩荡的情怀急转方向，由满目波澜衍生出离愁别恨。

离去的游子如白云般，渐行渐远，只能目送他离去，伸手已抓不住远行人的衣袖。白云悠悠，思念悠悠，游子如白云飘忽不定，不知何时又要远行。留下思妇“青枫浦上不胜愁”，一样离别，两处思念。

今夜的江上，波涛汹涌，小船在江中吃力地前行，上下起伏，着一叶扁舟载着的，又是谁家的游子？诗人的思绪心怀天下，离愁不是一家之离愁，大地之上，时时处处上演着离别。思念的戏码随处可见，离人随波江上，不知何时才能踏上归程，思妇凭栏远望，岁岁年年等待离人归来。

月光停留在独守空房的思妇窗前，仿佛读懂了她的寂寞心思，徘徊在楼上不忍离去。世间万物皆有心，月光有些淘气地与女子开起了玩笑，洒落在门帘上，思妇卷起帘子，却卷不走月光，它又洒落在捣衣砧上，女子挥手想驱散这清冷的月光，一次又一次，却发现月光挥之不去，驱之又来。明月读懂了人心，想要陪伴思妇为她排解忧愁，便如影相随，却不知月光的围绕让她思念更甚，想到自己与远行的人共处同一轮明月下，却不得相见，便泪如雨下。无法诉说点滴离愁，倾吐的相思之情无人回应，月落庭院，更加寂寥。

纤纤素手拂过捣衣砧，也拂过了无尽相思和痴情，月光留恋于寂静的院落，想要陪伴寂寞的思妇，久久不忍离去。

古人的生命中，距离产生的问题是无解的，尤其对于居无定所不便书信的游子，踏出家门的一刻，便与家人断了联系。唯一能将两颗互相牵挂的心联系在一起的，只有皎皎明月。相隔万里，不同的地点，不同的天气，周围有着不同的人，唯一相同的，是可以望着同一轮明月，相互思念。

但思念是无声的，千言万语被距离阻隔，明月想要为他们传话却无能为力。此时唯有祈祷，能够随着月光，追逐到你所在的地方，与月光共同照耀你的前路。

想要鸿雁传书，但无奈距离遥远，且不知离人行至何方，自己倾吐的思念找不到方向。鸿雁飞不出无边的月光，就像分别的人们走不完万水千山。想要托信于锦鲤，但锦鲤乘风破浪，穿越湖泊沧海又怎样，还是无法到达远行的人身边。

思妇的情怀难以排遣，一入夜，铺天盖地的思念翻涌而来，不可遏制地悲从中来，映入眼帘的每样事物，都能使其陷入无尽遐想，与她的离人有关。

而漂泊在外的游子，身虽无拘无束行走在外，心却一直牵着红线的另一头，思念着故乡，思念着故乡的妻儿。

昨日梦中，看到自家的小小庭院，院子里的小树开满了花，经过一夜风雨，花瓣滑落枝头，飘入潭中，一沉一浮，芬芳了一池春水。

然而梦境只是梦境，此时春色已过半，故乡千里，还需继续前行，不知何时才是归乡之日。

每当思乡之时，总觉得来不及。春光美好短暂，多么想与家人共同度过。然而，春色如同浮萍，不经意间，被滚滚流去的江水带走，瞬间花开花又谢，月升月又落。

诗人的思绪从天马行空的幻想拉回现实，天色愈晚，月已西斜，坠向地平线。水波荡起朦胧的雾气，怀抱起下沉的明月，准备开始又一天的日月轮换。

天边吐露出点点微光，天要亮了，崭新的一天即将开始。而对于游子，无论多少个明天，只要还是背井离乡，都是相同的日子。只有推开家乡的那扇门，与家人在屋檐下欢笑，才是真正的幸福。

最后一缕夜色即将抽离，不知在这美妙的夜色中，月光的伴随下，有多少离家的游子，踏上了归程。

14. 王维 / 九月九日忆山东兄弟——独在异乡为异客，每逢佳节倍思亲

独在异乡为异客，每逢佳节倍思亲。

遥知兄弟登高处，遍插茱萸少一人。

王维其人，诗作极富浪漫情怀，充满着诗情画意。他的诗篇着实是一幅幅工笔画，悉心雕琢，仿佛经过了多次的构图考量，比例修改，才有了这一篇篇山水诗篇。

苏轼评价王维的诗作时说，“味摩诘之诗，诗中有画，观摩诘之画，画中有诗。”正因王维如此多才多艺，他的诗中才能带入绘画的精髓，每一个字都有了灵性。他的诗是有颜色的，有着层层叠叠的构图，跳动的流水，云掩雾绕的山川。

过早地去行天下，去闯荡世界的人，通常有着过人的天赋，王维自然不例外。

王维年少有为，在很小的时候就显露出才华。他年仅十五岁就进京考试，当时的王维虽然年少，但才华横溢，初露锋芒。他精于诗词，工于书画，并且在音乐方面很有造诣。这些才华如闪耀的珍珠，王维初到长安，便备受赏识，王公贵族们争相邀他作诗，请他演奏。

王维是不多见的奇才，在仅仅十几岁时就名扬千里，得到了很多人作诗一生才能获得的“著名诗人”的称谓。

在盛世大唐的长安，集中居住着王公贵族、身份显赫之人。古时的贵族身份，世袭得来，上层社会的队伍中，并没有那么多的有才之士。而大唐文化程度如此之高，诗歌盛行，艺术是当之无愧的时代主流。贵族子弟们自然爱才惜才，能得到如王维这般艺术造诣颇深的才子的诗作，便爱不释手，倍加赞赏。

王维，实在是年少有为。十几岁，无论在哪个年代，都是在发奋中迷茫未来的年纪，而他，已是万丈光芒的名人。

也正因为受到王侯将相的赏识与推荐，王维二十一岁便中了进士，然后入朝为官，可谓平步青云。自然，这是后话了。

然而这首诗，与他的大多数作品不尽相同。这首诗作于王维十七岁时。

诗中原注："时年十七。"王维正值少年，在今天还是默默求学的年纪，而此时的王维，已踏上了云游之路。

这个时期的王维，正独自在洛阳与长安之间游历。正值年少，便决定出门远游，实在有着相当的魄力。王维故乡在华山以东，他便称故乡的兄弟姐妹为山东兄弟。

时已入秋，微风转凉，树木渐渐凋零了花朵，枯黄了叶子。又是一年重阳，又到了登高望远的时节。年年重阳，岁岁重阳，每年今日，亲朋好友都相聚一堂，携手登山，在发髻插戴上茱萸枝条，祈求来年无灾无祸，平平安安。

离家之前的王维，每年也都是这登山插茱萸队伍中的一员。每年九月初九一早，家中的男丁便收拾好晒干的茱萸枝条，成捆地堆在房顶、房梁上，再插一枝在门上，以此驱散煞气，避灾免祸。

过了大约半个时辰，老人们也起来了。作为一家之主的老人，吩咐儿女们将茱萸香囊佩戴在腰间，每人分发一枝茱萸，插在发间，启程登山。

九月初九，秋色已过半，天气愈发清冷，阳光也不再那么恼人，身披外衣，沉浸在这舒爽的天气中。

登山本是件辛苦事，然而今天不同。一年中少有的机会，集结了全家老少，共同出游，甚是惬意。一家人中，姑娘嫁人，男人也各自成家，兄弟姐妹们渐渐分了家，各自有了自己的生活，平日难再相见。唯有如此重大的节日时，才能相聚一堂。也许只有每年重阳，才能这样聚在一起，并出行登山吧。

入秋的天气有些寒冷，也许是被一家人的热闹气氛感染，也许是卖力地登山忘记了温度，每个人周身暖暖的。忘记疲惫，登至山顶，共同祈福。

而这一切，在今天都是回忆。

又是一年重阳，而王维身在他乡，放眼远望，天地茫茫，无处是家乡。

王维自蒲州远行至长安，不远万里，只为谋取功名，只为自己的远大抱负。

那年长安，无限繁荣，青砖汉瓦，朱门飞檐。有繁华的集市，有宁静的宅院；有热情的妇人，有腼腆的少女。初到帝都的王维，被长安的灯红酒绿所震撼，长安的一切对王维产生了巨大的吸引力，吸引着他停下脚步，扎下根来，将自己的才华和宝贵时光交付在这里，为理想开始漂泊在长安。

少年豪气，雄姿英发，年少的王维凭着自己的才华建立起强大的自信，行走长安城。他的才华很快得到了赏识，可谓人生顺风顺水。

然而，无论人生如何顺利，都无法阻挡游子思乡的心情。偌大的长安，受重用也好，受排斥也罢，他乡毕竟还是他乡，不同的习惯，不同的氛围，举目无亲。

长安城热闹非凡，漫步在宽阔的街道上，随处可见年轻的妇人牵着活泼可爱的孩子，儿子搀扶着年迈的父母，每当看到这些场景，思乡之情更切。越是身处繁华，越是感到孤身一人的凄凉。

今年的重阳又到，却与往年大不相同，于是他感叹“独在异乡为异客”，两个“异”字，字字千金。这一刻，诗人分外感到与这座繁华的城格格不入，这里毕竟不是家乡，自己的根扎不下，在这里自己永远都是异乡人。

一首诗，短短几个字，却能够字字千钧。两个“异”字上担着满满的分量。那个年代，凡是不同的地域，哪怕相隔不远，也有着难以逾越的文化差异。这个年纪，可以说还是个孩子，就独自闯荡帝都，品味着异乡的风土人情，感受着世事艰辛，人情冷暖。

这让他深切的感受到云游在外与留在家乡的差别。行走在街道上，再没有熟悉的乡亲相互笑眯眯地打招呼，再没有邻居家大婶拉过去塞给一个水果，再没有晚归的路上，远处母亲在门口，殷殷地呼唤。

一个“独”字，将他的茕茕孑立刻到了骨子里。在节日的气氛中，似乎吸入的每一缕空气都冰凉孤单。诗人的生活像一朵漂浮的云，无所支撑，无所依靠。

远大的理想带来的冲劲敌不过离愁别绪，纵然年少有为，一路顺风顺水，也难以抵挡思乡的心绪。

生活始终飘忽不定，而今又是佳节，思绪便更加沉重起来。如果说游子平日里的思念之情是薄云轻雾，时不时想起，时不时嗅到，那么，正值团圆佳节，思乡之情便是倾盆大雨，躲不开，避不及，只能任它拍打在身上，在欢乐祥和的气氛中，孑然一身。

这首诗作的风格，与多年后王维细腻的山水田园风大不相同。此时，王维初出茅庐，不懂什么形式、什么人情世故，笔尖流淌出的是朴素的感情，真挚的感受。古往今来，无数诗人漂泊在外，很容易就触景生情，思念家乡、思念亲人时，万千思绪缠绕一身。男儿有泪不轻弹，纵使思念满溢，也不能因此湿了衣衫，只有释放情绪于山水，或者借酒消愁。在此情此景中，诞生了多少忧愁而瑰丽的思乡诗句。而王维，摒弃痴痴缠缠的幽怨情绪，踢开华丽的辞藻，用朴实无华的文字，字字珠玑地吐露出了心中的苦闷的思念。

诗的前两句，干脆而且直接，如一把利刃，直直地戳入人心底最痛楚的部位，顿时情感如鲜血喷涌而出，令人痛苦不已。

情感来得突然而直接，今日读至此诗，读前两句，不遮不掩，挥笔就是豪爽的情感，直接将心展示给你看。不借任何外物的，赤裸裸的感情，最能打动人。但此句，也会引起人们的思考，如此单刀直入、突如其来的表达，又要以怎样的转折，才能不跌落情绪的收场?

诗人笔锋一转，收起刚才情感的洪流。若将开始的诗句看作慷慨激昂的乐曲的话，那么接下来，是一幅声色并茂的画卷。

诗，全篇激昂不是好诗，全篇平淡更无人看。一般的诗人，通常先抑后扬，情绪逐步升温。而王维此诗，直接将感情抛掷至高点，却不让其下落。但他没有从头至尾地宣泄情绪。从恢弘的乐曲演奏，直接转向画面的描绘，由乐器，变成笔墨，感情不减，却起起伏伏。实在是绝妙。

“遥知”二字，实在是寂寞。远方的兄弟姐妹，一如往常的，在节日里聚在一起，佩戴着茱萸香囊，登山祈福，祈求避免灾祸。王维身在他乡，无法归家，只能想象着兄弟们登山的场景。

大家都聚在一起，唯独少了自己；而自己又身在异乡，身边的人都身处欢乐之中，唯有自己孤身一人。这种情景是最为残酷、最为折磨人的。家乡没有变，家乡的亲人兄弟没有变，都还是一个整体，都还过着一如既往祥和的生活；长安没有变，依然繁华，每天都热闹非凡，重复着这座城优渥的每一天。仿佛只有自己是个局外人，无法还乡，无法再次参与到家乡那些熟悉而亲切的人的登山插茱萸的行程中了，而在长安，也无人能共同度过这个节日，共同继续家乡的习俗。

诗行文至此，仿佛前文的独在异乡已不那么重要，最为令人伤感的，是自己已不在兄弟们的队伍中了。虽是自己离家远游，离开了亲人朋友，但此情此景，还是有一种被兄弟遗忘的感觉，倍感失落。像是丢失了自己最珍贵的珠宝，或者，更像是自己被那颗珠宝，抛弃了。

思念一层一层，越堆积越厚重，越堆积越伤感。本是在倾吐佳节却独在异乡，无法触及家的气息，黯然神伤。继而想到家乡的亲人兄弟，独在异乡的苦似乎变得微不足道。这长安城里，没有家乡的山，没有家乡的人，没有早已成习惯的家乡的风气，今日重阳，在这里，像被隔开了一层屏障，自己对这里一切的不习惯，全都被挑拣出来，放大，转化成悲伤。

15. 古诗十九首 / 涉江采芙蓉——涉江采芙蓉，兰泽多芳草

涉江采芙蓉，兰泽多芳草。
采之欲遗谁，所思在远道。
还顾望旧乡，长路漫浩浩。
同心而离居，忧伤以终老。

故事发生在东汉末年，这不单单是一个人的故事，而是一群人的、一个时代的故事。故事中闪过无数离别的思妇与游子的面孔，一个紧皱着眉头，暗暗狠了下心，转身离别，一个泪眼婆娑，提着裙裾，握着手帕，跌跌撞撞追出去数公里路。

乱世的到来总是捆绑着离别。东汉末年，天下动乱，诸侯割据，天下三分，战争是时代的主题。战争为统治者带来了宏图霸业，为将领带来了赫赫战功，而为人民带来的，却是比海深的疾苦。

乱世中男人无法选择自己的命运，只能远走他乡，四海为家。

诗中勾勒出一池荡漾的碧波，满池的夏天风韵。初读时，看到的是满目美景，欣欣向荣，表达的是十分单纯的思念之情。然而细细品味，才品出它一唱三叹，悠扬婉转，如泣如诉。

幕布缓缓上升，我们看到一位眉目间充满悲戚的女子，驻足远望，望穿秋水，几乎化为望夫石，眉宇间透露出无尽愁苦与相思。她沉浸于脑海中虚幻的相见场景，在想象中，她已奔向远方，奔向自己亲密的爱人。

然而此时，如同播放电影时出现了故障，画面抽离，然后镜头突然转向另一个人。画面飞快地穿越过万水千山，定格在一名男子的脸上，同样愁苦的双眼，遥望着远方。

诗中单纯的思绪其实“不单纯”，它先为我们展现了一个忧郁的女子，使读者陷入女主角的悲伤中。然而诗中暗藏机关，主角并不是这位女子，而是离乡的游子，他借女子之口，借女子的举手投足，抒发自己内心的惆怅。

诗的绝妙之处就在于模棱两可的主角身份，看似思妇，却是游子。

涉江采芙蓉的是谁？诗人给了我们自由的思考角度，既然主角是游子，那便看作是游子采芙蓉罢了。此时游子北行进京，想要取得功名，远行至洛阳一带。在北方大地上的男子又怎能采摘到江南的江上芙蓉？

此诗简直是一个绝妙的推理谜题，让读诗如游戏一般进退有趣，如此耐人寻味。我们不再是被动接受别人的思想，而是揣度别人的思想，自己假设，然后推翻假设，用自己独有的思路去还原故事本身。

就像“有一百个读者，就有一百个哈姆雷特”，开放性的诗句给了我们足够的想象空间，我们看到了几千年前一对互相思念的男女的故事，与此同时在心中也有了自己的故事。不仅“读诗”，还可以“玩诗”，岂不快哉！

思念的诗词出于游子的笔下，却是以思妇的口吻。作者的思乡之情无法借明月或山川表达，明月太过清冷，山川太过巍峨，而他的思念绵延悠长，深入骨髓、情意绵绵，带着女性才有的细腻心思。但是，身为胸怀大志的铁血男儿，背负着报国理想和光宗耀祖的远大抱负，怎能沉醉于儿女情长？他不是圣人，不能大袖一挥，寄离思于山水，托感情于明月，他的思念如薄云轻雾，如细水长流，是柔软的，是缠缠绵绵的。男子气概让他不愿显露这些细腻的小心思，索性将主人公变成一位女子，自己的所思所想，所感所闻，都由她表达。

夏日阳光正好，时已春秋之交，池水泛起碧波，浮萍退去，片片荷叶破水而出，承接着夏日的阳光，随着碧波荡漾。风和日丽之中，广阔湖泽之上，荡起了一叶叶扁舟，农家女子乘着小船，飘荡至湖中央。好一幅江南夏日美景，景美人更美，女子们唱着小调，相互嬉笑。

这便是一年一度的采莲时节，采一篮莲蓬，回家取了莲子，煲一晚喷香的莲子粥，便是一天最大的收获。当然不仅仅是采摘莲子，满目盛开着粉嫩可人的莲花，教人爱不释手。纤纤素手将一枝莲花折枝摘下，擎在手上，不忍拂去任何一滴露珠。莲花在夏日阳光的照耀下艳丽得越发喜人，每一个花瓣都要漾出水来。如此美丽的莲花，自然不是为了自己而采摘，姑娘们采了莲花，回去送与心上人，或是恋人，或是夫君。

在这个年代，送一支美丽的花朵，也许是女子对心爱的男子最真挚的情谊表达了。

夹案芳草丛生，有着数不清的芬芳兰草，女子们乘船划至岸边，顺手采几支，身旁便萦绕其芬芳。采一支兰花插在发际，阵阵幽香飘满路，戴了花的姑娘，更加神采飞扬。心中定是想着，归去以这美好的姿态，见自己的心上人吧。

然而在这欢声笑语中间，并不是所有人都沉醉于采莲的欢乐之中，有一个女子满脸忧伤，坐在船尾，低声叹息。唱着小调欢乐采莲的姑娘们没有注意到角落里落寞的她，处在一片欢笑烂漫中间，她比独自一人时更加寂寞，这炎热的南方夏日，在她看来也如寒风吹过的严冬，令她冰冷无助。

她手上也捧着一支娇艳的莲花，也许是热心的姑娘们为她采摘了交在她手中，也许是她被这快乐的气氛所感染，跟着大家的步伐，也采了一支莲花。但花朵捧在手里，她却又失了神。夫君远行在外，已几年未曾相见，别说互赠定情信物，就连书信，也不方便送达，只有廖廖几封。

女子思绪至此，不禁红了眼眶。看着别的姑娘谈论着打算如何将采摘的莲花送给心上人，想象着甜蜜的场景，一个个脸颊绯红，羞涩地笑着。她低着头，回想着心上人还未离去的时候，两人在水边嬉闹，男子摘一朵花插在她头上，她低头浅笑，倾世温柔。

然而此时，她独自摘了花，却无人相送。

芙蓉，芙蓉。即是夫容。她凝视着莲花上的点点露珠，仿佛看到了夫君的身影，他的音容笑貌仿佛近在眼前。

思念无法战胜距离，为爱人采摘的莲花无法穿过万水千山，思念的心只有

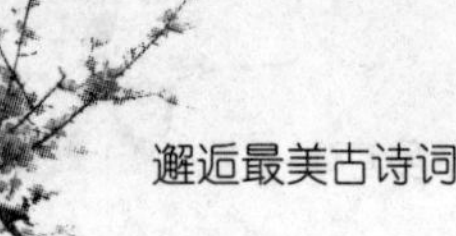

自己知道。

诗人的特别之处是“不走寻常路”。古人思乡思人，往往要先铺垫悲凉的气氛，带入一个有着清冷月光、婆娑树影的寂静院落，独自斟一杯酒，对月独饮，倾吐寂寥。或是走向广袤的荒原，向前望不到前路，向后望不到归程。而本篇的诗人，反其道而行之，营造了一个欢乐祥和的场景，画面中有他的故乡，有他日思夜想的姑娘。本是伤感的思绪，却融入到了欢声笑语中。这个场景中满满的快乐幸福，衬托出了女子的孤独和伤悲。这种反差的出现，使得思念之心更切。悲伤之心放在悲伤的环境中，会叠加出落寞的心境；而悲伤之心放在欢乐的环境中，反衬出的悲凉，更刺痛人心。

深读此诗，会逐渐发现字面描绘的平静场景下，是跌宕起伏的思绪。主人公换了又换，情绪一波三折，乐过又悲。寥寥数字，写尽人生悲欢。

这首诗强烈的镜头感又一次出现，镜头急转，画面中是游子的身影。画面的呈现像一个漩涡，视角来来回回，似有些不知所措。

诗的视点依然是烟雨江南，然而思妇的思绪已拉至遥远的北方土地。她不能看到他，不能听到他，甚至几年的离别让她脑海中他的样子渐渐模糊，但她还是一次又一次的在脑海中回忆着他的容颜，幻想着他离家在外的生活，想要了解他现在生活的点滴，想要分担他远行的愁苦。

思妇踌躇远望，想象着夫君此刻的样子。他一定也极目远望，望着两人共同生活的故乡，望着自己所在的地方。他回忆着与妻子的点点滴滴，沉浸在美好的回忆中。

他也许会想起，每年这个时候，夏天来临，莲藕长满荷塘，妻子和姐妹们乘着小舟，采摘莲藕，而自己，做完田里的农活，也撑船下水，撒网捕鱼。夜晚降临，都收工回家，远远地看到妻子欢快地奔向家门，一手挎着竹篮，里面满满的莲藕，一颗颗莲子镶嵌在莲蓬上，可爱诱人。她另一只手握着一支鲜嫩的莲花，她看到他望向自己，高举起握着莲花的手，向他挥了挥。

在夜色的笼罩下，家中点起灯，他修补打渔的工具，她生火煲汤。他不时地抬头看看，看到妻子忙碌的身影，和特地为自己采摘回的莲花，嘴角挂上了一丝微笑。

那时的时光，幸福得如同梦境。现如今，两颗心相隔万里，再也无法企及。

回家的路不再是从水稻田延伸出的田间小路，而是走不完的万水千山。到底何时才能实现抱负，何时才能衣锦还乡，合时才能见到日思夜想的妻子呢!

未离开家的时候，从未觉得世界如此之大，路途如此之远。而现在，摆在面前的，是走不完的漫漫长路，翻不尽的层叠群山。

回转的镜头实在是为奇思，男主人公借女子之口，表达了自己缠绵悱恻的心境。他的心中也是纠结的吧，放不下自己高傲的男子气，却又有着细腻的相思之情。诗文精彩而又纠结，回旋往复，主人公在夫妻两人之间切换，这是多么痛苦无法尽情表达的心绪。

这对夫妇，心始终相连，两颗相爱相互依偎的心，却因为乱世和功名而不得不分开。红线的两头，一头是心中无限思念，泪眼婆娑的妻子，独守空房，夜半细雨打窗，恐惧和孤单袭上心头，回望满院清冷，无人诉说，即使夏日光景正好，荡漾在一片欣欣向荣之中，耳边充斥着欢笑，也不禁黯然神伤，不敌相思；另一头是云游在外，苦闷思乡的丈夫，即使行遍万里路，看遍人间繁华，心中还是挂念着那个小路尽头的家。

两人遥相对望，却看不到彼此，心中惆怅无法抵挡，难道今生难再相见，各自终老一方?

16. 王之涣 / 送别——杨柳东风树，青青夹御河

杨柳东风树，青青夹御河。
近来攀折苦，应为别离多。

天下最为寂寥之事，一为逢秋，二为送别。话还未多说，一股愁绪已经逐渐笼罩在心头。

秋的萧瑟叫人忍不住叹息，所有情绪都转向伤感，这是不受人控制的变化，而送别的依依不舍更是叫人心肠百转千回，不愿将后会有期说出口，也许再见就再也来不及相见。

别离的笙箫拨弄离人的眼泪，叫人断肠。

既有团聚重逢，就有分别离散，相伴相生，总是脱不了干系。可再言简意赅的真理，总也抵抗不了人们心中四处蔓延的离别之苦。

冥冥之中，多少人笑着迎来，哭着送往。相聚的时刻总是短暂，经不起时间的游走推敲，还未将衷肠诉尽，就要起身准备踏上新的旅程，终归是无法长长久久地在一处多做停留。

一株株杨柳树在春风的吹拂下左右摇摆，纵情享受着春暖花开的美好时光，嫩绿的枝条向四周伸展着，像是在拥抱整个春天。

正是由于杨柳的欢愉，御河两岸布满的绿色，满眼的清爽怡人。奈何最近攀折起来不似从前方便，转念一想，大概是因为离别的人太多。

万物复苏的时节，是一片生机盎然的景象，忍受了一整个寒冬后，人们终

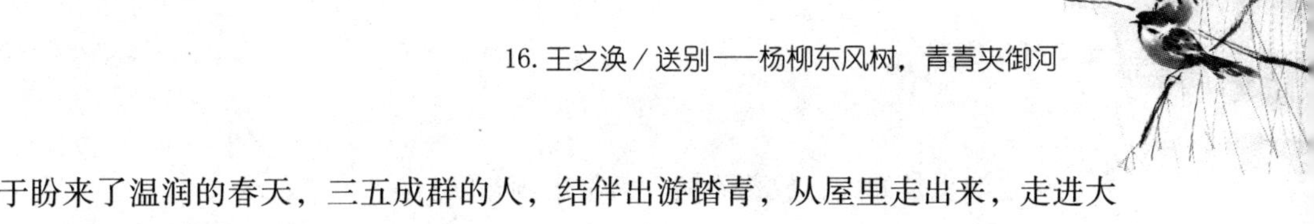

于盼来了温润的春天，三五成群的人，结伴出游踏青，从屋里走出来，走进大自然，走入春的怀抱。

满心欢喜的游玩自然是不可多得的好心情，除此之外，一场场远行也悄然进行着。与故乡和亲人告别，开始去探寻勾画已久的未来。

远处弥漫的欢笑声，近处蔓延的心碎声，交织缠绕在一起，乐与愁就在同一片天地间扩散着，此时才恍然明白，明媚与忧伤都是春天的基调。

与其劝他留下来，不如道一声珍重，苦苦挽留只会加重游子的负担，有些酸楚不得不独自承受，这是自己的抉择，就必然要扛下一切的苦与累。

未来有何变数，没有谁能够知晓，万千人生没有哪一个事先有过彩排，是好是坏，都太飘渺，不如就大胆地搏这一回，至于结果，来日方长，定然会有明朗的一天。

王之涣身处大唐盛世，切身感受着大唐的恢弘气魄。早年精于文章与诗赋，与王昌龄、高适等名流互相唱和，善写五言诗，尤其以描写边塞风光为傲，是集浪漫与磅礴为一体的诗人。

同时代的人多称其“慷慨有大略，倜傥有异才”，靳能在《王之涣墓志铭》称其诗“尝或歌从军，吟出塞，曒兮极关山明月之思，萧兮得易水寒风之声，传乎乐章，布在人口”。

现存的六首绝句中，三首为边塞诗，《登黄鹤楼》《凉州词》皆是他的代表作，其中“黄河远上白云间，一片孤城万仞山。羌笛何须怨杨柳，春风不度玉门关”更是成为千古绝唱，在神州大地上久久传颂。

据《唐才子传》中所说，王之涣为蓟门人，年少时就有非凡的侠骨。出身于太原王家，乃是当时的名门望族，威望可见一斑。他的五世祖王隆之乃后魏绛州刺史，也许正是出于此，而举家迁至绛州的。

曾祖王信乃是隋朝请大夫、著作郎，入唐后为安邑县令。祖王表，唐朝散大夫、文安县令。父王昱，鸿胪主簿、浚仪县令。从曾祖到父亲，皆是官吏，只不过位卑权轻，与权倾朝野的高官相比，这样的官位着实无足轻重。

王之涣在家排行第四，自幼敏而好学，聪慧机警，尚不及20岁之时，对文章就已经有了精妙的研究和了解，有很高的文学造诣。年少时，谁人都不免轻

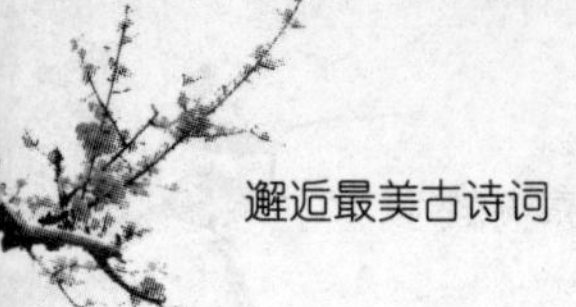

狂，王之涣更是如此，放荡不羁，常常击剑悲歌。

大西北的风光在他的笔下独具韵味，那开阔的意境，磅礴的气势，将人们带至那一望无际的旷野之上，字里行间所洋溢着的热情，感染着每个人，优美的韵调更是让人沉醉其中。壮丽的山河景色透过他的口，跃然纸上，成为一道由文字描绘出的风景。

纵然满腹才华，却未能走上科举之途，而是以门子调补冀州衡水主簿，究其缘由已不得而知，也许对于他而言，未能在科举场上一鸣惊人，也是一种遗憾。

在衡水出任主簿时，王之涣的父母都已经去世许久，衡水县令李涤慧眼识英雄，特意将三女儿许配给他，开始了成家立业的种种打算。

权势为何物，厚禄又为何物，是否值得牺牲一生的清白来换取这二者呢？王之涣用坚决的行动拒绝这样做的同时，也捍卫了自己正直不阿的灵魂。

不是每个人都适合在凡尘中生存，为了一些身外之物而放弃原则，打破底线，这是心高气傲的王之涣所不能容忍的，不管旁人是如何抉择，至少自己是断然不会为了一点官职而留下叫世人耻笑的把柄。

清者自清，怎能卑躬屈膝地与小人为伍，未免太折损自己的声名。奸诈小人无所不用其极，明里、暗地不断诬陷他、攻击他，一向光明磊落的他义无反顾地决定辞官而去，与其在官场挣扎，不如去山水间放浪形骸。

“遂化游青山，灭裂黄绶。夹河数千里，籍其高风；在家十五年，食其旧德。雅谈珪爵，酷嗜闲放”，青山绿水最是宜人，不论何种心情总能得到最彻底、最畅快的释放。他蜗居家中十五个年头，自由自在，好生惬意悠闲。

无拘无束的日子里，朝朝暮暮都是闲散的悠哉游哉，生命的每一刻都由自己掌控，走走停停间悟出一些琐碎的道理，哪怕粗茶淡饭，也是唇齿留香，这就是心情自在的缘故。

一些亲朋好友一再建议他再次入仕，否则空有一身学问，却无处施展，本可以有似锦的前程，就应该去争取，而不是放任余生在无滋无味中度过。

犹豫再三，思量再三，王之涣决定重出江湖，不久补文安郡文安县尉，仍然是芝麻大小的官职，他还是尽忠职守，素以清白公正著称，颇受当地百姓的

拥护和爱戴，十里八乡皆是称赞之声。

如若就这样平淡地了却一生，也未尝不是一件幸事。可命运的起承转合来得如此突然，叫人措手不及。他在任县尉期间，不慎染病，卧床不起，苦口良药也未能挽救他的生命，最终在五十五岁的年纪，走完了一生。

芸芸众生，一朝一夕间，生者无数，逝者无数，生老病死本就是万物的规律，不论怎样心比天高，肉体凡胎总归要走向灭亡，化为腐肉，归为尘土，只是奈何他在壮年之时，就草草离开人世，未免太过凄凉。

走完人生的全程，洛阳是他最后的归属，静静安眠于地下，继续重复与世无争的岁月，不管天荒或是地老，都任由岁月驰骋，他所拥有的是方寸之间无人叨扰的宁静与安详。

靳能为王之涣撰写墓志铭中称其“孝闻于家，义闻于友，慷慨有大略，倜傥有异才”，寥寥数字，却足以完整地概括他的一生。

生前未能得到应有的重视，空有报世之才华，却无施展之机遇，庸庸碌碌的一生与他饱有的学识是极不相称的，可生命已定格，多说无用。

回望这短暂的五十余载，也终归不算是一场空谈。王之涣与李氏的婚姻充满了浪漫色彩，开元十年二人成婚时，他早已有了家室，有妻有子，且年过三十，而李氏比他小了整整十七岁，年方二九的妙龄少女，不顾世俗的眼光，毅然决然地嫁给了父亲的部下，一个小小的县尉。

不图名不图利，剩下的就是两颗相伴到老、不离不弃的真心，不在乎旁人的看法和眼光，每个人的一生都要由每个人亲自去体味和感悟，谁也代替不了别人去经历这个苦乐掺杂的过程。

婚后的生活可谓甜蜜恩爱，并不宽裕的生活里，李氏竭尽所能将日子打点得井井有条，她不是嫌贫爱富之人，否则也不会对官场失意的王之涣以身相许，生活纵然清苦，可若是人心顺畅安稳，又岂会在意这些。

甜蜜伴着苦涩，就这样无欲无求地度过了十余年，本已做好一直苦下去的准备，他得以再次步入仕途，生活开始有了新的转机，对未来生活的向往还未完全展开，死亡却先行一步。

尚未四十的李氏，不得不接受这个现实，这是王之涣的命运，也是她的命

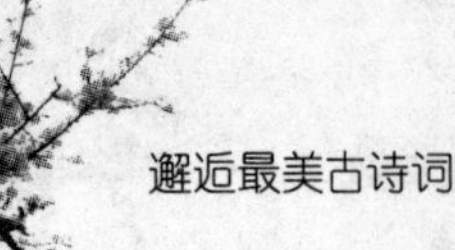

运。从最初她选择了他，到十几年如影随形，再到最后孤独终老，都是命中注定的戏码，谁人都不会代替，只有她最清楚个中滋味。在王之涣去世后六年，李氏也因病去世。

流年之中，总免不了一场团聚，一场分别，继而一场重逢，只是一切过于仓促，叫人心慌和紧张。由于王之涣在李氏之前已经娶妻，故而在李氏死后，不能与他合葬一处。

尘世间的种种牵绊，在死后也一并斩断，竟然有不容选择的权利，惺惺相惜的夫妻，生前未能白头偕老、并肩白头，死后也要忍受远远相隔的痛苦，有些人为的规则最后竟然为了难为个人。

他曾透过舞动着的柳树枝叶，看出送别之人的不舍与眷恋，那么当他弥留之际，是否也预见到身后不能团圆的凄楚，习惯了两个人的相依相靠，要如何度过一个人的寂寥。

原本枝繁叶茂的柳枝，被送别的人轻轻折断，作为离别的念想送给友人，离开树枝的柳条，也同攀折的人一样，经历着分别，况且这一别，就是永远。

离别，其实是人生的一种常态，生离也好，死别也罢，不过是形形色色的漫漫人生路中必经的某个环节，在时光的某个路口，短暂停留过后，终是一场分别。

17. 元稹 / 离思五首——曾经沧海难为水，除却巫山不是云

自爱残妆晓镜中，环钗谩篸绿丝丛。
须臾日射燕脂颊，一朵红苏旋欲融。

山泉散漫绕阶流，万树桃花映小楼。
闲读道书慵未起，水晶帘下看梳头。

红罗著压逐时新，吉了花纱嫩麹尘。
第一莫嫌材地弱，些些纰缦最宜人。

曾经沧海难为水，除却巫山不是云。
取次花丛懒回顾，半缘修道半缘君。

寻常百种花齐发，偏摘梨花与白人。
今日江头两三树，可怜和叶度残春。

夜幕在猖狂了一整晚后，在朝霞的光辉中悄悄退散，阳光普照大地，男男女女、老老少少又迎来了崭新的一天，抱着许多期待，也承载着许多回忆。

慵懒地坐在梳妆台前，看着陪伴自己度过了一夜的残妆，心底升腾起莫名的心绪。别致的钗环，松松垮垮地插在青丝之中，多了份随意，多了份不拘束。

冉冉升起的太阳，四散光芒，斜照在用胭脂装点过的脸颊上，就如同那沉睡千年的花朵，此刻正缓缓苏醒，欲将绝世容颜展现于世，带给世人无比的惊

艳，又如同将要化开了一般，点点红晕，美不胜收。

凛冽的山泉水，叮叮咚咚，绕着街道匆匆流去，如那没有停歇的旅人，不知疲倦，不问东西。千树万树齐绽放的桃花，一簇一簇，娇羞地掩映着宁静的小楼，某种情愫正在静默之中流转。

他悠闲地手捧书卷，翻看着有关道教的书籍，一页、两页，却都没有入心，懒散着身体，隔着水晶帘，看着她在梳着一缕一缕的秀发，听话地任她缠绕、摆布，瞧她刚刚睡醒的模样，令人心动。

著压的红罗总在追逐最新颖的花样，绣工灵巧娴熟的手，在上面绣着秦吉（一种类似鹦鹉的鸟）的花纹，并染上酒曲一样的嫩色，她对这种纱布却始终没有什么好感，布料的材质太薄弱，那种稍微有些经纬稀疏的帛则是她的最爱和首选。

红尘滚滚，有太多的不可预料，感情的始末总是让人说不清楚，至于孰是孰非，谁对谁错，着实令人煞费脑筋，伤人心者比比皆是，被人伤心者也不在少数，悲欢离合、曲终人散，日日在上演，只是有人糊涂，有人清醒罢了。

领略过沧海的深广后，别处的水再难以吸引他的目光；欣赏过巫山的云蒸霞蔚后，别处的云朵都黯然失色，没了光彩。

他身在花丛中来来回回，频繁穿梭，却懒于回顾，一半自是因为潜心修道，而另一半则是因为她的存在，正是因为有了她，再多的繁花也不过是太过平凡普通的事物，心中、眼中，早已被她填满，又怎会有空暇来留意其他。

曾经百花齐放，相互争奇斗妍，一时间繁盛无比，热闹无比，而他却将亲手摘下的白色梨花递到了她的面前，皮肤洁白如玉的女子，成为他此生唯一的念想和执着，天地之间，再也没有什么人能够撼动她在自己心中的位置。她如此与众不同，如此独一无二，如此不可替代。

说好要厮守终身，为何如今只剩下他一个人独守着似真似梦的回忆，像那两三棵树一样，悄无声息地站在江边，沉默着，也孤独着，唯有满树沙沙作响的绿叶，一道度过残缺不全的春天。

这首唯美又略带惆怅的诗，正是元稹为了纪念亡妻所作，不论是她生前还是身后，永远都是他心中无法代替的存在，哪怕注定要孤苦终老，也全然无所

谓，拥着那些过去的片段，也足以捱过每一个没有她的黑夜。

元稹生于唐代，字微之，又字威明，小小年纪就失去了父亲，自幼在母亲的呵护下长大，比起其他大字不识的妇女，他的母亲有着深厚的文学功底，亲自向他传授诗书，母亲将纸张上的学问娓娓道来，潜移默化中熏陶着他。

十五岁，便以明两经擢第；二十一岁，初仕河中府；二十五岁，与白居易同科及第，并成为终生的诗友；二十八岁，列才识兼茂明于体用科第一名，授左拾遗。举明经书判入等，补校书郎。

元和初，应制策第一。元和四年（809年）为监察御史。因触犯宦官权贵，次年贬江陵府士曹参军。后历通州司马、虢州长史。元和十四年任膳部员外郎。次年靠宦官崔潭峻援引，擢祠部郎中、知制诰，为时论所非。长庆元年（821年）迁中书舍人，充翰林院承旨。次年，居相位三月，出为同州刺史、浙东观察使。大和三年（829年）为尚书左丞，五年，逝于武昌军节度使任上。年五十三卒，赠尚书右仆射。

他的诗大多透着孤凤悲吟的伤感，用浅显易懂的词句描绘出扣人心扉的故事，他的创作，以诗的成就最大。他乐府诗的创作，很大程度上受到张籍和王建的影响，李绅更是直接影响了他“新题乐府”的创作。著有传奇《莺莺传》，又名《会真记》，成为后来《西厢记》故事的由头。有《元氏长庆集》60卷，补遗6卷，存诗八百三十多余首，收录诗赋、诏册、铭谏、论议等共100卷。

元稹为人刚正不阿，有着真挚赤诚的情感，与白居易是挚友，他曾这样评价元稹，“所得惟元君，乃知定交难”，并坚定地拥护这段友谊，“一为同心友，三及芳岁阑。花下鞍马游，雪中杯酒欢。衡门相逢迎，不具带与冠。春风日高睡，秋月夜深看。不为同登科，不为同署官。所合在方寸，心源无异端。”

“残灯无焰影幢幢，此夕闻君谪九江。垂死病中惊坐起，暗风吹雨入寒窗。”这正是元稹听闻白居易被贬至九江，有感而发的千古名篇。除了有流芳百世的“元白之谊”，还有与妻子韦丛令人艳羡也令人惋惜的夫妻情缘。

唐德宗贞元十八年，太子少保韦夏卿的小女儿韦丛下嫁给元稹，时年，韦

从二十岁，元稹二十四岁。单从家庭出身来讲，的确门不当户不对，此时的元稹只不过是小小的秘书省校书郎。

女高男低的现实，并没有让这段婚姻蒙上阴影，纵然后人无从知晓二人如何走到一起，可从韦丛对元稹的情真意切上不难看出，作为一个女人、一位妻子，她为丈夫付出了自己能够付出的全部。

出身高门的她却没有富家小姐娇生惯养的弊病，勤俭持家，任劳任怨，没有半分的势利贪婪，竭尽所能将并不宽裕的生活经营得温馨甜蜜，用可贵的真情实意来弥补物质上的匮乏，一个女人的伟大，就在于将一生的时光悉数奉献给一个男人、一个家庭，将全部的喜怒哀乐与之相关联，咽下生活的苦辣酸甜，扛下生活的柴米油盐，全心全意地守护着他的全部。

甘于奉献的女人，是值得男人好好爱护和疼爱的，元稹也正是秉承着忠贞不渝的信念，细致入微地照顾着自己的妻子，这个平凡普通却绝无仅有的女人，用一切想得到的方法爱护着她，给予她力所能及的宠爱。

行云流水般的日子里，小夫妻二人郎情妾意，将甜蜜恩爱融汇到每个清晨、午后和黄昏，点点滴滴都是幸福，如此生活又有何不知足的地方，如若如此平淡相伴一生，该是几生几世修来的福缘。

偏偏世间不尽如人意的曲折太多，让人原以为拥抱美好的同时，当头一棒，打碎了原本的祥和，也许这就是命运的玩笑和捉弄，容不得反抗和挣扎，如此不留情分，叫人愁断心肠，也无济于事。

唐宪宗元和四年，一切都是往常的样子，太阳东升西落，云卷云舒，可对于元稹而言，正跌入人生的低谷。年仅二十七岁的妻子，在这一年因病去世，还是如花似玉的年纪，生活的一切才刚刚开始，却草草谢幕。

铺天盖地的痛苦朝他涌来，生离死别的悲怆湮没了他，说好要白头偕老，却为何要先行而去？山盟海誓都是不作数的吗，就这样不管不顾地离他而去，从此阴阳相隔，再也触碰不到温暖，这样的现实让他如何接受。

三十一岁的元稹，此时已经升任监察御史，困苦的生活已经慢慢有所改观，大好前程在等着他，不出多时，他就可以兑现自己当初的承诺，给予她稳定无忧的生活，不用再那般辛苦劳作，不用再节衣缩食，他能为她提供的一

切，才刚刚开始。

难道这就是所谓的造化弄人吗？当他以为正是一帆风顺的开始，却未曾料到是万劫不复的开端，如若可以选择，他宁愿舍弃一切高官厚禄，只为与妻子长相厮守。

最让人无奈的，就是别无选择。

妻子韦丛去世后，元稹一直是孤家寡人，面对花花世界，他坚守着对妻子的那份爱和眷恋，世间的女子再难打开他的心扉，他的心早已追随妻子而去，即便她久别人世，依旧是他的心头暖，是他难以割舍的情缘。

昔日里的一颦一笑，都再难重温了，只留下渐渐冷却的记忆，证明他曾经拥有过她，曾经将一生所爱呈现在她面前，曾经欢天喜地的感恩于苍天神明，赐予他如此娇妻。

如今只剩下空洞的回忆，提醒他面对现实，接受现实。无奈之下，他只得寄托于尊佛奉道、修身治学来缓解痛失所爱的悲伤和无助。

李商隐说“春蚕到死丝方尽，蜡炬成灰泪始干”，对于爱情秉承坚贞不渝的原则，不到海枯石烂、地老天荒，绝不放弃爱情的勇气，直白洒脱，用肯定的陈述表达永不改变的衷情。

元稹却不相同，他说“曾经沧海难为水，除却巫山不是云”，他的至诚至真体现在一种否定中，否定他人，肯定妻子的绝对地位。

18. 李绅 / 悯农——春种一粒粟，秋收万颗子

春种一粒粟，秋收万颗子。

四海无闲田，农夫犹饿死。

春天被冠以一切的希望，是四季之首，是轮回之初。在沉寂了一个隆冬之后，万物盼来了苏醒的时刻，春风徐徐，吹暖了人们的心田，吹绿了岸边的芳草，嫩芽悄悄钻出地面，小心翼翼地打量着似曾相识的这个世界，一切是那么陌生，又是那么熟悉。

靠天吃饭、靠地存活的农家人，在田间地头挥洒汗水，弓腰弯背，松土施肥，将早已准备好的种子一粒粒埋进土里，伴着春天的阳光、雨露和微风，萌芽、成长，等待不久之后的秋天。

辛勤耕作的农家人，不懂古玩玉器的内涵，也不懂吟诗作画的乐趣，他们只知道，春天的播种会换来秋天的丰收，比起名人字画，金黄色的麦田才是最美的风景。

求天求神，祈盼风调雨顺，这关乎着一家人的生计，甚至关乎一家老小的性命。最淳朴的愿望往往最动人，不掺杂任何虚伪，没有尔虞我诈的艰险，唯有最实在的希冀。

放眼望去，四海之内皆是良田，鲜有荒地的影子。农家人夜以继日地劳作，成就了满眼的硕果累累，他们用毕生的辛劳，供养着一个国家，他们用无穷的创造力，开垦着一片片沃土。

达官显贵得以纵享奢华，他们不必担心一日三餐，因为自然有人在为此奔波着、劳作着，他们只在乎今朝的美酒，怎会关心百姓的不易。

一年接着一年的丰收，创造这一切的人又得到了什么？收获的粮食堆满粮仓，可为何依旧有饿死的农家人？他们用双手耕耘，用汗水浇灌，日出而作、日落而息，终日忙忙碌碌，却连一顿饱饭都无从保证。

这是农家人的悲哀，更是一个国家的悲哀。

诚心诚意地祈盼丰收，可丰收之后，又能怎样。丰年之下普天同庆，可两手空空、肚中也空空的农家人，该如何面对困苦的生活。

自古以来，歌颂劳动人民的诗篇比比皆是，可创造粮食的人，却没有机会填饱肚子；养蚕织布的人，却没有机会为自己做身像样的衣服，这是一种什么样的反差。他们为国家付出了什么，国家又为他们带来了什么，这些看似平常的问题，值得人们思索。

社会不公所带来的空洞，也许是那个时代所盛行的现象，劳动创造了一切，劳动者自身却没能享受到富足安康，富贵人家看似稀松平常的一日三餐，却是农家人每天奔波操劳的事情，衣食无忧的人怎会了解贫苦人家的无奈和忧愁。

明明喜迎丰收，却还要面对惨淡的人生，是谁导演了这出人间的悲剧，让辛勤者苦不堪言，让无为者坐享其成，二者的天壤之别，却没有人能够给出一个公道的解释。

对这种不公落笔的人，正是唐代诗人李绅。他自幼敏而好学，二十岁便中了进士，可谓才学出众，皇帝赏识他的渊博学识，特意招他来做翰林学士，可见对他的器重。

一年夏天，在仕途小有发展的李绅回到故乡亳州探亲访友，偶遇浙东节度使李逢吉，正巧他准备回朝奏事路经亳州。李绅与李逢吉是同榜进士，且二人在吟诗作画上有着深厚的交情，此次久别重逢，自然要团聚一番。

二人相约登上城东的观稼台，一同眺望远方，一时间心潮澎湃，久久不能平息。李逢吉有感而发，吟诗一首，其中有一句“何得千里朝野路，累年迁任如登台”，他盼望升官之路能如登台一般轻便、迅速就好了。

正在他大发感慨之际，李绅看到了不一样的景象，有了不一样的体会感

悟。他看到在田野之上，烈日骄阳之下，辛苦锄地的农夫，心潮起伏：“锄禾日当午，汗滴禾下土。谁知盘中餐，粒粒皆辛苦。”

眼之所见，是农夫的忙碌和辛苦，是粒粒粮食的来之不易，一粥一饭皆来得如此艰辛，高官厚禄又能如何，心怀百姓和天下，才是为官之人最应在意的事情。

在一旁的李逢吉听闻此诗，连声称赞，与一心为己的自己相比，李绅的胸怀和眼界更为开阔，不知他心里作何感想，是否有一丝惭愧。

兴之所至的李绅继续吟道：“春种一粒粟，秋收万颗子。四海无闲田，农夫犹饿死。”透过眼前的景象，不由联想到农夫更为悲惨的境地，是隐藏在丰收喜悦背后的苦涩和酸楚，也许都不敢妄想有朝一日能够自由支配自己的劳动果实。

李逢吉听到李绅作的诗，不由得心生歹意，在一旁怂恿他将刚刚吟过的两首诗抄录下来，以作纪念，也不枉今日一同出游。见友人如此盛情，李绅当即提笔为李逢吉写下另一首诗：“垄上扶犁儿，手种腹长饥。窗下织梭女，手织身无衣。我愿燕赵姝，化为嫫女姿。一笑不值钱，自然家国肥。”

本想请李逢吉斧正，谁料他别有用意。辞别李绅后，他直接进京，为了达到自己高升的目的，不惜出卖自己的朋友。回到朝中，立即将李绅的诗作呈给皇上看，诬陷他写反诗、发私愤。

起初不明所以的皇上大为恼火，命他拿出证据，李逢吉便将先前李绅写下的诗作呈给皇上看，岂料结果出乎李逢吉的意料。

唐武宗读罢全诗，为李绅体恤民情的爱民之心感染，特意召见他，“（朕）久居高堂，忘却民情，朕之过也，亏卿提醒。今朕封你尚书右仆射，以便共商朝事，治国安民。”

李绅的官职不降反升，这让处心积虑的李逢吉又惊又怕，担心李绅得知内情，暗中打击报复。正在他心惊胆战，不知如何是好的时候，李绅却亲自登门拜访，表示万分的谢意。

正是李绅传诵千古的悯农诗篇，带给中华儿女心灵上的震撼，妇孺童叟无一不会吟诵一句“谁知盘中餐，粒粒皆辛苦”，这是对普天万民的警示，也是

对劳苦大众的尊重。

李绅之所以拥有浓厚的悯农情怀，与他本人的生活经历是密不可分的。原本出身官宦之家，却在六岁时痛失父亲，家里的顶梁柱轰然倒塌，对他的影响是深远而长久的。

自幼与母亲相依为命，母子二人住在乡间，母亲卢氏亲自教以经文，望子成龙之心迫切。在李绅十五岁那年，为了让他有更好的学习氛围，母亲在惠山脚下租下房屋，命他从师苦读。

长久身处生活底层，让他亲眼目睹了农民的艰辛与不易，对社会贫富不均的现实有了更切身的体会。正是由于多于他人的感受，才使他有了“悯农诗人”的称号，在别人歌颂大好河山的时候，他的目光正聚焦在农夫身上。

也许因为他的悯农诗，有人会将他与生活简朴等美好的词汇联系在一起，甚至揣测他是一位心地善良的诗人和官员，岂不知“人如其文”对他而言并不适合。

历史文献中对他的记载颇有微词，纵观他的整个人生，他是个生活奢侈且人品低劣的人，他悲天悯人的情怀并没有维持到最后，他的是非观在不知不觉间变了模样，早已不再是曾经那个他。

唐宪宗元和元年，寒窗苦读的李绅考中进士，正式步入仕途。初出茅庐的他，从国子助教开始起步，一点一点稳步前进，官场的尔虞我诈、勾心斗角都是无可避免的，李绅便是趟过了血腥风雨，晚年官至宰相，封赵国公。

如若他能保持那一颗悲悯苍生的心，断然是个好官，定能造福一方百姓，可惜世事难料，人心总是善变。

物质的充裕改变了李绅的性情，他不再关心人民疾苦，只顾一个人花天酒地，逐渐陷入人生的享乐当中，一掷千金更是稀松平常，一顿饭的花销可达几百贯、上千贯。除此之外，他偏爱鸡舌，每餐必有一盘，每盘必耗费活鸡三百多只，宰杀的鸡堆积如山，浪费程度可见一斑。

曾经的简朴荡然无存，更何况是对粮食的珍惜，对劳动人民的怜悯，都在斗转星移间悄悄发生了改变。流水的光阴带走了他的初心，只留下叫人唏嘘感叹的劣迹。

著名诗人韩愈、贾岛、刘禹锡等人与李绅同处一个时代，无不对他嗤之以鼻，对他的所作所为尤其反感，不屑与之为伍。

富贵的生活蒙蔽了他的眼睛，遮蔽了他的心，他再也看不到百姓的疾苦，听不到百姓的哀叹，曾经立誓要造福百姓的豪言壮语，都消散在风中，百姓都还记得，他自己却早已抛诸脑后。

沉迷酒色的李绅，家中私妓成群，纵情歌舞享乐之中，浑然忘却了需要安抚的黎民百姓。这个人的变化是巨大的，由内而外的蜕变让他变成了另一个人，一个与先前大相径庭的人，一个不知节俭、肆意挥霍的人。

谁能想见，曾经口口声声告诫众生要珍惜粮食的人，如今会变成挥霍无度的人，这样强烈的反差让人一时难以接受。也许是把他想象得太美好，又或者是现实本就残酷，怎能奢求一个人不忘初心。

在李绅自己的笔下，有着全然不同的描述。他每离开一个地方，当地百姓都会对他依依不舍。当他准备离开浙东时，当地“父老男女数万携壶觞至江津相送”；离开洛阳时，洛阳城的数万人簇拥着他的车马，尾随一路，直至白马寺；当他到浙西任职的时候，当地百姓听闻消息，早早出门迎接，拜倒一片。

哪个版本才是事情的真相，不偏不倚的历史，会告诉后人答案。对于李绅本人的好坏，留给后人去评说，是骂名还是威名，历史自会给他一个公断。

可那句“四海无闲田，农夫犹饿死”，则会永永远远地盘据在后人的心头，成为不可不铭记的警句，告诫后世子孙，珍惜每一粒米，一饭一蔬都是用别人的汗水换来的，作为享用者，怎能不知感恩。

19. 李清照 / 声声慢——这次第，怎一个愁字了得

寻寻觅觅，冷冷清清，凄凄惨惨戚戚。乍暖还寒时候，最难将息。三杯两盏淡酒，怎敌他、晚来风急？雁过也，正伤心，却是旧时相识。

满地黄花堆积。憔悴损，如今有谁堪摘？守着窗儿，独自怎生得黑？梧桐更兼细雨，到黄昏、点点滴滴。这次第，怎一个愁字了得！

又是一个无眠的夜晚，望着星星散落的天空发呆，千百年前一位南宋女子多少次仰望天空，在心底的愁云不解，疑惑重重，一张清秀的面孔，双瞳剪水，眉蹙青山。

一问女子无才可是德？

身处黑暗的封建社会，天下为男子掌控，高官厚禄的是男子，铁骑戎装的是男子，指点江山的是男子……一切的一切都与女子无缘，女子生来逆来顺受，大门不出、深闺紧锁的是女子，无才即是德的是女子……

“为什么？”易安居士苦苦相问。

二问但愿人长久，谁可共婵娟？

夫君形影相随的日子，如今还在脑海中不断回旋，踏出深闺，女子亦可游山玩水、吟诗作画，豪迈洒脱，兴尽而归。

“争渡，争渡，惊起一滩鸥鹭”，在傍晚黄昏亦有如此雅兴，纵享别人体会不到的乐趣。看他立于船尾，有说不出的儒雅和倜傥，那是她的夫君，是将与她共度余生的人，对于对他的爱，她毫不保留，倾尽一切，爱她所爱。

“执子之手，与子偕老”，是这一生的夙愿，可如今呢？阴阳相隔，不知今夕昨夕。今之昨日，还可两情相依、朝朝暮暮，昨之今日，就已然独留她一人形单影只、暗自感伤。

“风住尘香花已尽”，是自己迟暮年老，曾经拥有过的青春，也已经是太久远的事情；“昨夜风雨夜来揉损琼肌”，没有他，就只得一个人承受风风雨雨，连个相拥取暖的人都没有，有的只有冰冷的床沿，以及黑夜笼罩大地的寒气；“连天衰草，望断归来路”，再如何翘首，如何等待，剩下的漫漫人生路，只有一个人去面对。

难道平凡人家相伴一生的幸福也不易拥有？平安喜乐的原意就如此难以实现吗？

三问青天何极，苍生何辜？

放眼望去，郁郁葱葱的草木已经悄然消失，大地留下满目疮痍。国破家亡、妻离子散的悲剧一幕连着一幕，叫人不忍直视，泪在脸上，痛在心上。

统治者的独夫之心，使百姓遭此劫难。“生当作人杰，死亦为鬼雄”，一个在乱世迷惘方向的巾帼红颜向天宣誓，此生绝不枉为人。

往昔的繁荣在一夕间败落，余下的，仅剩下硝烟、战火、遗孀，痛苦、惨淡、人间炼狱。无辜苍生不可避免地遭受这一切，看透和看不透的，都要咬着牙忍受，纵然心不甘情不愿，也无计可施，无方可循。

易安不安，从妙龄少女到垂暮老妪，一生三问，问得个青天无言以对。满腹疑问，却从未迷失自我。庄子曾曰“小惑易其方，大惑易其性”，正是经历了苦苦三问，才得以在风烛残年之际，落得个释然。

苦苦寻觅、搜索，在不同的时间、空间里兜兜转转，却唯独寻来铺天盖地的冷冷清清，这凄光冷景怎能让人不惆怅、不失落。

乍暖还寒的时节，对身体的冲击最大，也最难保养休息，刺骨的飕飕冷风，毫不留情地刮了一阵又一阵，将绿叶吹落，将春天吹走，将温暖从身边抽离。

一杯接一杯的淡酒下肚，酒入愁肠，化作漫天飞舞相思泪，点点滴滴，皆是不舍和无奈。酒虽能暖身，却抵挡不住早晨寒风的侵袭，更何况是从心底冒

出来的寒意，岂是薄衣、淡酒可以消除的。

一行大雁并排着从眼前飞过，仔细看就会发现，都是旧日的相识，就更令人伤心不已，物是人非的情景，虽不是第一次见到，却还是刺痛了她敏感的神经。

院中堆了厚厚一层的菊花，残败的菊花堆积在一起，如此光景，还会有谁来采摘？只好坐等时间，将一切化作泥土尘埃，才算终结。

憔悴不堪的她看着同样憔悴不堪的残花，不禁悲从中来。从窗子向外望，冷冷清清的院子里，没有半点生气，待到夜幕四合之时，又将会是辗转反侧的不眠之夜，要一个人如何度过这段煎熬。

细雨沥沥，淋湿了梧桐叶，到了黄昏时分，依旧带着透亮的水珠，晶莹剔透，仿若能装下整个天与地的风景，唯独容不下她的哀愁。

眼之所见，心之所感，恐怕不是一个“愁”字可以说得清的。大千世界，可谓五彩斑斓，越是愁到极致，越是没有言语可以讲明，也许此刻“无声胜有声”，说不出来的疼痛，才是真疼痛。

正是李清照，承载着如此沉重的痛。生于宋代，号易安居士，秉承婉约派的词作风格，将唯美展现得淋漓尽致，有“千古第一才女”之称。

人生分为前后两个迥然不同的时期，前期过着优哉游哉的惬意生活，故而词作多为清新亮丽、爽朗明快的风格，后期遭受战乱的洗礼，经历人生的最低谷，在创作上趋于感伤悲怆之风，较之前期，有着鲜明的反差。

她出生在一个爱好文学艺术的士大夫家庭，父亲李格非进士出身，乃是苏轼的学生，官至提点刑狱、礼部员外郎。母亲则是状元王拱宸的孙女，颇有文学素养。家中的藏书无数，正是这样文学底蕴的氛围熏陶着李清照。

自幼耳濡目染，加天资聪慧，领悟力过人，洞察力过人，有“自少年便有诗名，才力华赡，逼近前辈”的赞誉。朱弁在《风月堂诗话》卷上说，李清照“善属文，于诗尤工，晁无咎多对士大夫称之”。《说郛》第四十六卷引《瑞桂堂暇录》称她“才高学博，近代鲜伦”。朱彧《萍洲可谈》别本卷中称扬她的“诗文典赡，无愧于古之作者”。

少年时代跟随父亲在汴京生活，衣食无忧的生活条件，保证了她有闲情逸趣来感受繁华的京都景象，她在优雅的环境中畅游，舒展着腰肢，努力吮吸着

清新宜人的空气，环境造就了她无拘无束的才情。

与岁月相约而来的，便是她的爱情。十八岁的她，与时年二十一岁的赵明诚在汴京喜结连理。她在《金石录后序》中云：“余建中辛巳，始归赵氏。”从此后，她就开始蜕变成有夫之妇，有了家庭，也有了依靠。

当时李清照的父亲位居礼部员外郎，赵明诚的父亲位居吏部侍郎，高官厚禄并不清贫，而李清照与丈夫一起，常常需要到当铺典当些之前的衣物，随后携手并肩来到相国寺市场，经过一番精心的挑选，买回几件中意的碑文，夫妻二人“相对展玩咀嚼”。

不久后，丈夫赵明诚步入仕途，开始有了独立的经济来源，即便如此，两个年轻人依旧恪守着节俭的生活，甚至立下了“穷遐方绝域，尽天下古文奇字之志”。新婚燕尔，纵然不富裕，却在一朝一夕间，把平淡如流水的日子过得安静祥和，充满着生机和活力，幸福和欢乐。

如若时光一直匆匆走过，日子也就这般毫无偏差地继续下去，李清照的人生会是另外的模样，她的中年和晚年，也会有不一样的结局和感慨。

随着朝廷党争的逐渐白热化，李清照的父亲也被牵连其中，不仅被革职，甚至被遣送回原籍。这对李清照的打击是巨大的，父亲“元祐党人”的罪名株连到她的身上。她与丈夫不仅面临着被拆散的威胁，成为孤家寡人，而且在汴京，已经没有了她的容身之所，不得已之下，只得独自一人离开汴京，回到原籍，与先行归乡的家人团聚。

风云变化间，是一个弱女子的跌宕起伏，她的后半生在颠沛流离中度过，靖康之变带来的动荡和不安，猛烈地冲击着她，切肤感受着祖国山河破碎的震荡。

丈夫的去世给了她最致命的一击，她孤身一人在动荡尘世中跌跌撞撞，感受着来自世界的不友好，此时的她，已经全然没有了富家小姐的娇气，她的视线从微妙的小事，转移到国家存亡上来，个人的痛苦在国家的痛苦面前，又算得了什么。

曾经热衷的浅酌低唱，都早已湮没在滚滚红尘中，仿若来世今生般遥远，当年那个有着明朗笑容的少妇，早已被历史的车轮碾碎，失去了光彩。

岁月走过，留下的是坚强、隐忍和不屈，种种不如意并没有将她的脊梁压

垮，相反，让她愈发高大，她看得到个人身世的飘零，也看得到国家的摇摆，纵使一个人的绵薄之力无法撼动整个历史的走向，也要发出掷地有声的呐喊，绝不屈服于凶悍的命运。

无声的泪水伴她到天明，残酒一杯，孤灯一盏，便是她的全部，那些留有余温的回忆，时而折磨她，时而温暖她，在酒醉酒醒之间，她回味着此生种种，那些清脆的笑声，从遥远的过去传来，让她得以拥有短暂的愉悦。

残忍的现实叫人如何能不念过往，空空的寝室中，只有她的吟唱声，久久萦绕在耳畔，婉转低迷，徘徊凄楚，闻者无不动容，如何一个人熬过那些苦日子。

阵阵细雨，淅沥沥的雨声，混着她的倾诉，在空气中蔓延开来，她的忧伤，她的无助，都是那般清晰，怎忍心叫她一个人独自历经周折和磨难。

那些还未诉说的心事，就随着时间一点点变淡薄，旁人知晓她的感伤，却又无可奈何，爱莫能助，只得在千年后，阅读她的诗词，揣测她的过往，还原她的心情，忧伤着她的忧伤，让这挥散不去的情绪留在心头，久久回味。

20. 武则天 / 如意娘——看朱成碧思纷纷，憔悴支离为忆君

看朱成碧思纷纷，憔悴支离为忆君。

不信比来长下泪，开箱验取石榴裙。

这是一代女皇的小女人姿态，纵使她后来万人之上，坐拥天下，甚至残忍弑亲，但这样的一个奇女子，也曾有过青涩的小女人情怀，也有她深爱的男人，理不清的相思。

看此时她相思成疾，涕如雨下，怎能想到多年后她即位为王，坐在了大明宫帝王宝座之上，俯瞰天下众生。六十多年的艰辛过往都成为浮云，陷害过她的，帮助过她的，都成为她的子民，或者，她的案上鱼肉。

谁还能说红颜薄命，武则天打破一切，封建社会的传统也好，枷锁也好，舆论也好，统统踩在脚下。

五十三年，她从初出深闺、天真无邪的少女武媚娘，成长为城府极深、心狠手辣的大周圣神皇帝，经历了几番浮沉，穿过了他人无法想象的黑暗长廊。

她生性坚毅刚强，这或许是她后来横扫一切，踏上皇位的制胜因素。也许，是封建社会对女性的压迫、非人待遇，以及后宫场、政治场两座大山的挤压，让她不得不奋力向上爬，直至爬上皇权的最顶端，才解脱了束缚她半生的种种羁绊。

武则天十四岁时就被选召入宫，这时，她还不是武则天，进宫之后，被封五品才人，赐号武媚，后世讹称武媚娘。

也许她生性的强大是与生俱来，武则天进宫时，向寡居的母亲杨氏道别，母亲舍不得女儿离开，泪如雨下，而武则天对母亲说，我要去侍奉当今天子，这是多大的福分，为什么还像小孩子一样哭哭啼啼呢。这么一句话，隐隐透出她霸气的性格，此女子非同一般，有着男人难以比拟的坚强和果敢，哪曾想这番霸气，成就了盛唐的一代君王。

武则天初进宫时，侍奉唐太宗，最初因美貌获得了唐太宗的短暂宠幸，失宠后直到唐太宗驾崩，都处于被冷落之中。于是在唐太宗时期的史料中，难寻武则天的踪影。只有武则天晚年时，回忆起自己曾为唐太宗驯马。当时唐太宗的一匹叫做狮子骢的烈马，所有驯马师都拿它没办法。武则天当时正值受宠时期，她向太宗提出了建议。她豪言说自己能够驯服这匹马，只要给她铁鞭、铁棍和匕首便可。先用铁鞭抽打它，无法驯服，就用铁棍敲击它。还无法驯服，就用匕首杀死它。太宗听后很是赞扬了一番，这个姑娘，小小年纪，志气不小。这番赞赏不经意，估计他怎么也料想不到这个女子，颠覆了他李家的大唐，将中国历史上最为繁盛的一个王朝，改了姓氏。

这时才是武则天进宫后不久。能想出这个办法，说出这番话，哪会是平常女子。单凭她驯马的方式，就可以看出这个女子的坚毅，以及毒辣。

然而武则天侍奉唐太宗十二年，始终默默无闻，没能得到长久的宠幸。而在这十二年间，她也没有显露出她如男人般坚强的斗志。反而，在太宗病重期间，武则天与当时的太子李治互相看对了眼，惺惺相惜，如胶似漆。

唐朝的风气也实在是开化，李治竟然爱上了父亲的妃子，这还不算，多年以后，还真娶了她为妃。

唐太宗驾崩后，根据后宫的规矩，武则天属于没有子嗣的后宫嫔妃，理所应当地进入感业寺为尼。离开皇宫进入感业寺后，武则天便与李治分别，不得相见。

从宫廷生活，一下子进入了寺院的贫苦生活，如此大的落差，不是一般人能够承受的。武则天在清苦的寺院，每天过着辛苦劳作、粗茶淡饭的生活，这样的生活一直持续了四年。

虽然在宫中的生活，十二年都备受冷落，看尽了人情冷暖，始终没有什

么希望。但毕竟有着一个才人的头衔，可谓衣食无忧，身边还有贴身丫鬟侍奉着，虽然不算是锦衣玉食，但生活还算得上惬意，不用肩扛手提，有人为自己更衣。

然而随着太宗驾崩，武则天的生活水平一落千丈，完全跌至人生的最低谷。在感业寺的生活，不用说不及在宫里，可以说，连平民的生活都比不上。常年身穿同一件灰扑扑的粗布衣服，每天吃的是粗茶淡饭，每夜睡的是硬邦邦的床、粗糙的被。她每天跟随院里的尼姑干着粗活累活，夏天顶着烈日，冬天冒着严寒。在这种生活中，她不禁怀念宫中的生活，不禁怀念起与李治缠缠绵绵的感情。

于是就有了这首诗，承载着一代女皇的细腻情思。也正是这首诗，为她的整个人生，带来了新的转机。

今天我们已无法揣摩出武则天当时写下这首诗的意图所在。或许她是对李治怀着一片真心，身处困境，生活艰辛之际，心灵活便更加脆弱，不禁思念如泉涌，不可遏制地思念起自己的情郎来。也许，从小性格刚强，霸气有主见的武则天，已经成长为一个城府极深的女人，她写下这首诗，有着她明确的目的，她盼望着凭借这首诗，令李治拾起他们曾经的感情，凭借这首诗，重新回到富丽堂皇的大明宫，回到衣食无忧的生活。

不管当时的武则天是怀着怎样的心绪，写下了这首缠缠绵绵的情诗，她都成功了。

此诗一落笔，就是一片相思愁苦，苦出泪来。她独自一人在寺中生活，与心心念念的情郎长久不得相见，相思成疾，终日魂不守舍、以泪洗面。泪水迷了眼，推开吱吱呀呀的破旧木门，看不清门前枝桠上红色花，恍惚间，红花仿佛成了绿色，世界再没有那番多彩。

“看朱成碧”，四个字百转千回，她恍惚清醒之间，回过神来，春去秋来，花落满地，枝头只剩下颤巍巍的绿叶孤苦伶仃。不知这种生活过去了多少个春秋，多少个冬夏。

她将自己比作红花，情郎便是衬托红花的绿叶。如今却看朱成碧，满眼全是心上人的影子，不再去看自己的身影，自己的生活。

她独自在感业寺默默修行，孤苦伶仃，不禁感慨红颜薄命。入宫这么多年，勤勤恳恳侍奉皇帝，却落得这么个下场，连自己都不禁唏嘘。

看朱成碧四字，实在值得细品，越品越有滋味。这四个字仿佛是一个多面体，每一个面，都有着不同深意，述说着不同的心绪。

红绿两种颜色，产生了极大的视觉反差，从瑰丽的宫殿走出，走入这冷清的寺院，从火热走向冰冷，当下满目冷清，触目伤怀。

这回旋往复的心绪，恍惚迷离的神情，千转百回的纠结心情交替，全都是因为那个心尖上的男人。笔上写景，心中倒是写情。提笔却一时间不知从何说起，既不能平平淡淡，将心绪压抑在心中，又不能太过激烈，毕竟对方是当今圣上，怎能随意直言。

武则天在诗中，一开头就直接表达了自己的相思之情，让看到的人不容暧昧，不容多想。或许是她心情过于迫不及待，要将这思念的凄苦生活诉说给情郎听；或许是出于她霸气的性格，思念就是思念，不婉转、不躲藏，像一支箭，直直射出去，收到的人躲不迭，直接收到了她扑面而来的告白。

武则天此诗，满篇离人泪，却不躲躲藏藏的含蓄。是真情，亦或是她的脱离苦海之计。

诗行至此，她不禁泪如雨下。她对李治说，自离开你开始，我日日夜夜以泪洗面，寝食难安。常年伴随着泪水的冲刷，这是多么深入灵魂的爱恋与思念。她恨不得用泪水打湿纸张，将自己哭过的日子都展现在李治眼前。

于是她生怕感情的倾吐还不够似的，如少女一般任性撒娇：你若不相信我思念你至泪下沾襟，你可以打开我的衣箱，翻看石榴裙，每条裙子上，都沾有斑驳的泪痕。

这份相思，不仅深沉，而且急切。她急于向李治证明自己已思念成疾，她的相思已化作泪水，日夜流淌，却流不尽。就像她对他的爱意，缠缠绵绵，没有尽头，永不断绝。

武则天不愧是史上第一奇女子，她的与众不同，从字里行间就掩饰不住的透露出来。平常女子写相思，或是点滴离愁愁断肠，或是相思之绪水成殇。而她，认定了感情，认定了相思，一次比喻就足够，绝不一遍遍抒情，一遍遍借

景喻人。她想诉说的情绪，便重重地写在纸上，似是强硬，却是娇嗔，她要让情郎知道她哭泣，就不罢休地再强调一遍。

那时武则天，便是这样一个女子，对一个男人怀有深沉的爱，受困于相思之苦，她也会因为爱情哭得梨花带雨，因思念醒着也犯了迷糊。

日后再怎么残忍的人，也有着这样一面，或者说，也曾经有着这样一面，毫不掩饰、毫不造作，怀抱一颗单纯之心，诉说着自己的相思之情。

这样的一首诗，怎能不打动人！

李治看到此诗后，曾经与他的武媚娘相爱的点点滴滴都在脑海中活过来，那些鲜活的瞬间让他不禁立刻飞到他的武媚身边，从此白头偕老。武媚诗中痛彻心扉的相思之情，让李治的心也被刺痛了，心头顿时涌上对武媚的深深爱意和无尽相思。

李治生来性格温柔平和，所以无法确定他在这思念内的心境。也许这四年他也日日夜夜思念着他的情人，渴望与她长相厮守，但苦于她是先帝妃子，不敢打破规矩，不知如何是好，这时，是这首诗给了他打破规矩的勇气。也许，李治被武则天的这首诗深深打动，寥寥数字，掀翻了他的思绪，激起千层浪，顿时感受到世上还有这么一个女子，不论身处何地，都如此一心一意地爱着自己，于是他的心就这么被拴住了。

也正是这数字的诗句，颠覆了整个中国的历史。

这段故事，起于她的深爱，最后，却终于她的霸权。

21. 崔护 / 题都城南庄——人面不知何处去，桃花依旧笑春风

去年今日此门中，人面桃花相映红。

人面不知何处去，桃花依旧笑春风。

这是诗，也是故事，寥寥四句诗句，每句都是一个生动的故事片段。

诗人误入“桃花源”，意外结识了令他朝思暮想的女子。一年过去，故地重游，伊人却已不在。每句诗的七个字，包含了千言万语。徜徉在这首诗中，可以尽情地想象，编织一个美好的故事。

能否成就不朽，也许就在一念之间。对于诗人来说，是在一诗之间。崔护即是如此，一首《题都城南庄》，为他在璀璨的诗歌长河中，点上了浓墨重彩的一笔。

诗人曾与一名女子不期而遇，就那么简单的一瞥，刹那惊艳，令诗人再难以移开自己的目光。女子面若桃花，含情脉脉的注视令诗人心驰神往。

时过一年，诗人再次回到此地，期望能在同样的地点，再次与同一位光彩照人的姑娘相遇。然而经过漫长的等待，却无人再来。崔护没能再见到这位令他思念了一年之久的女子。

还是那个村庄，还是那个小院、那扇门扉，然而时过境迁，却已是物是人非。满树桃花依然开得灿烂，然而那树下的人，却不知所踪，也许再也见不到了。

那个美好的姑娘只能停留在记忆中，她躲藏在桃树枝桠后面，点点桃花遮了她的大半个脸，只露出一双灵动的眼睛，凝睇含笑。崔护不禁走近，女孩羞涩地从树后走出。她站在那里，身后是漫山遍野的粉色桃花，女孩微微含笑，比桃花更美。这闪着光芒的画面，令崔护看得出神。

一次偶然而短暂的相遇，似乎并不会对两人的人生轨迹产生什么影响。长久的凝视，不知时间过了多久，两人收起起伏的心绪，又各自回到了自己的生活。本不会产生交集的两个人，却在分别后互相思念着。

两人的人生轨迹再次交汇，却又再次分离。

在这首诗的背后，是一个充满了离愁别绪却又甜美的爱情故事。

当时的崔护，只是一介书生。时下正值暖春之际，微风和煦，春意盎然，令他不禁走出门去，到野外踏青，感受蝶蜂飞舞，花红柳绿。终日沉浸在书中的崔护也被这天地间盈满的春色感染，放下书卷，行至田间，感受春天的气息。

一年之计在于春，春色之美，令人难以停下脚步，忍不住一直走下去，继续沉浸在这一路的青山绿水之中，再也不愿离去。崔护伴着夹道的绿色一路前行，舍不得停下踏春的脚步，不知不觉走出了很远的路，到了一个陌生的村庄。

有美景的相伴，总是感觉不到饥渴和疲惫，对美景的贪爱促使他一路走远。满世界的春色，越看越美，越看越不忍归去。

一望无际的绿草地掩映着一树树繁华，引导着踏青的崔护越行越远。回过神来时，却发觉天色已晚，自己身处一个陌生的小村庄。收回被粘在美景中的眼神，才发觉自己身体已感疲惫，一阵口渴的感觉袭来，他才意识到，自己走了太远的路。

于是崔护决定找一户人家歇歇脚，顺便讨碗水喝，休息足了，便趁天黑前回家。

命运总是给人以出其不意的安排，崔护哪会想到，这不经意的多走的路程，给他带来了一段难以忘怀的艳遇。

他的目光定格在一户桃花掩映中的农家院，院子不大，院内一座小小的屋子，就是一座普通的农家院。然而院子周围的成林的桃树吸引了他的目光。

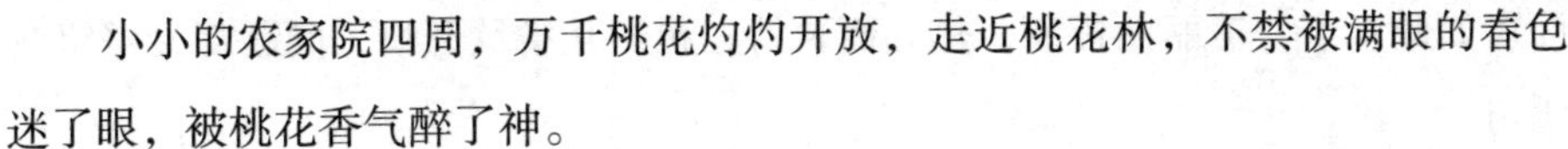

小小的农家院四周，万千桃花灼灼开放，走近桃花林，不禁被满眼的春色迷了眼，被桃花香气醉了神。

身处此地，会误认为自己闯入了桃花源。诗人不禁遐想，这个小院里，住着怎样的世外高人呢？是须发尽白的得道高人，还是飘忽不定的仙子？

还没来得及细想，掩映的门扉被推开，打破了崔护心中的疑问。门后走出的是一位妙龄少女，一袭轻纱，不施粉黛，可谓“清水出芙蓉，天然去雕饰”。她款款走到树下，远远地望着崔护，在桃花掩映中，含羞而笑。

两人就这么遥相对望，崔护看得呆住了，没想到这美不胜收的美景之中，竟也有着这般美人，生活在尘世之外，却有着尘世的温柔。姑娘也不说话，就站在那里微微笑着，两人就这么对视着，忘记了时间。崔护被少女深深地吸引了，视线再也无法离开那双水灵灵的眼睛。少女白皙的脸颊微微泛红，灿若桃花。

崔护回过神来，才想起自己登门拜访的目的，见女孩也盯着自己，微笑着，不禁有些尴尬于自己的失态。少女仿佛读懂了他的心思，害羞地垂下眼帘，别过脸去。崔护整理了一下心绪，礼貌地问少女可否在这里歇歇脚，喝杯水。少女转身进屋，不多久，为崔护端出一杯清凉的水。

品茶的空隙间，崔护自然地询问起少女的家室，从谈话中得知，少女名绛娘，与父亲在这桃花林中隐居。之后少女便不再多谈，似乎不愿聊起自己的身世。两人陷入了沉默，崔护不知如何另起话题。他四处张望，好奇于这个世外桃源般的住处到底是怎样的。细看之下，才发现院中角落一张石桌，两个石凳，桌上还摆放着笔墨纸砚，一幅墨迹未干的诗笺。

“素艳明寒雪，清香任晓风。可怜浑似我，零落此山中。”

娟秀的笔迹，约莫是眼前这位少女所书罢。初见绛娘，面容美若桃花，她的身影隐约在桃花林中，整个桃花林恍若仙境，而她，是无忧无虑穿行在林中的仙子。而今又看到绛娘所书的诗句，句句透露着孤独寂寥，满是孤苦伶仃的漂泊之感。

这般美若天仙的女子，到底有着怎样的故事？

有故事的女子是最为迷人的，让人忍不住去触摸美丽之下的沧桑过往。但

面对如此女子，美丽而贤淑，热心而矜持，崔护几番欲开口，问题却又停留在嘴边。

就让绛娘的身世成为一个谜吧，越是未知的事物，越是令人着迷、心驰神往。

崔护对于这位刚刚邂逅的女子，心怀绵绵的情谊，却又被封建礼教束缚着，难以开口，羞于表达。两人本素不相识，却在这一个小院内独处，本就是不合礼数了。

实则绛娘也对崔护这位误闯桃花源的男子萌生出绵绵情谊，而她一个少女怎能先于对方开口。

两人就这么端坐着，时而对视着，眉目传情，却又不越雷池。

天色渐晚，不得不抓紧时间赶路的崔护依依不舍地起身告别。少女将他送至门口，万般不舍，但还是温婉地微笑着，向他挥手告别。

走出桃花林，崔护回首张望，却见绛娘依然站在门口，远远望着他。桃花一般的少女，和少女一般的桃花，相互衬托着，掩映着，美得恍若置身世外，让他不愿归来。

崔护离开后，虽心念绛娘，时不时想起那次的邂逅，心中蠢蠢欲动，想要再去寻找那片桃林。但他毕竟是个苦读书生，男人的一生，还不就是为了个功名，他告诫自己不能因此分神，一心扎入浩瀚书海中，回到了他挑灯夜读的生活。而那个春日里的花下邂逅，仿佛一个梦，或是一场幻觉，保存在他心底。

一年时光飞快地溜走，又是一年春花烂漫。推开窗棂，窗外桃花沐浴春风招展着，粉中透白的色彩触动了崔护一年前的回忆。这一刻，他不可遏止地开始思念绛娘，思念那个桃花林中的清幽院落。

崔护寻着记忆中的路，一路远行，再次寻找那片偶遇绛娘的桃花林。行至晌午，终于在大片田野中看到了那片桃花林，他迫不及待地走近，直奔向那座门扉掩映的小屋。

人未到，心先至，崔护迫不及待地要见到绛娘，远远地便高声呼喊绛娘的名字，期待着看到她听到他的声音推门轻盈奔出的场景。然而呼喊几声，院落

中都没有动静。

崔护走到院门口，扣了扣门，又轻声呼喊绛娘的名字，而院落中依然寂静无声。他自顾自要推门进去，定睛一看，才发现小屋的门插得严严实实，上了锁。

这个场景无疑给了崔护当头一棒，他幻想过无数与绛娘再次相见的场景，也许绛娘这一年来也在思念他，见到他便高兴地无法自己，流下两行美人泪；也许绛娘已不记得自己，那就再将此行当做一次不期而遇的邂逅，两人再次相识。

而现实的场景，不同于他的任何一种幻想。伊人已不在，人去楼空。

“人面不知何处去，桃花依旧笑春风。”虽是在抒情，感慨人世间美景，但也是在诉说痛苦的思绪。

美景依旧，桃花依旧，这座小院也如去年般静谧，然而物是人非，迫不及待想要见到的女子，已不在这桃花林之中了。

崔护独自立于门口，不知该如何是好，只好静静地等待，期待绛娘只是暂时离开，片刻就会归来。然而日落西山，桃花林归于寂静，仍不见故人来。

崔护悲怆之余，提笔疾书，在小院的门上，写下了这首诗。

“去年今日此门中，人面桃花相映红。

人面不知何处去，桃花依旧笑春风。”

短短七言绝句，竟两次写到“桃花”，两次提及“人面”，反反复复，不断回放着绛娘站在桃花林中，深情款款地望着他，绽放开一个微笑的画面。在崔护的心中，这是他一生中见到的最美好的场景，最美的风景，配上最美的人儿，回忆多少遍，都意犹未尽。

崔护盼望着，绛娘只是暂时离开这个桃花林中的小家，也许不久，也许明天，就会回来。他留下这首诗，希望绛娘看到，就能想起他，想起他们去年今日在桃花树下的眉目传情，并且知道，他曾经来过，曾经回来找她，希望再续前缘。

若她回来，或许两人再次相见，成就一段姻缘；若她未归，那年，那个画面，便成为崔护心中永恒的、最美的画面。

22. 白居易／大林寺桃花——人间四月芳菲尽，山寺桃花始盛开

人间四月芳菲尽，山寺桃花始盛开。

长恨春归无觅处，不知转入此中来。

公元817年，白居易在江州。此时正值初夏，微风拂面、鲜花烂漫，树枝吐绿的盎然春季已过。时已入夏，人间大地，春意阑珊。

诗人醉心于山水，行至山间。此时踏春时节已过，这番出游，算是怀念一下逝去的春光吧。却不曾想，刚刚依依不舍地告别春天，却又再次在这人迹罕至的山间相遇，是与春光有特别的缘分，还是自己未知的另一个世界？

提到江州，再提到白居易，人们总是会想到好多有关的诗句，其中最先闯入脑海的，是《琵琶行》中的“江州司马青衫湿”。白居易是一个不可多得的人才，也是为了自己的仕途奋斗官场的文人大军中的一员。凭借其才华，白居易早年的官场生涯可谓是平步青云，顺风顺水。他一路步步高升，升至左拾遗，也许是这一路春风得意，造就了他不畏权贵的性格，于是对于品味高于自己的官员，他依然直言不讳。这样的作风，自然引起了当朝权贵的愤怒。得罪了权贵的白居易，被贬江州。

在这个山水如画的偏远之地，无数瑰丽的诗作就此诞生。

优秀的诗篇常来自山水之间，自然深处，尤其诗人身处逆境时，更加想要远离世俗纷扰，亲近自然，徜徉在天地之间。在山水之间，流连忘返。

作《大林寺桃花》一诗前，白居易还作有一篇《游大林寺序》。时已春色将逝，白居易与十七人同行，共同前往大林寺游玩，同行人中，有文人，有官宦，也有东林寺的出家之人，各行各业，形形色色，这般出行的队伍，着实令人觉得有趣，不禁悦然成行。

大林寺建在深山之中，地处偏远，人迹罕至。一行人先是路经大话城寺，到达第一座山峰的峰顶，休憩片刻，再次上路，过了许久，才到达位于香炉峰上的大林寺。

虽然路途艰辛，跋涉过几重山水，但围绕着大林寺的优美风光让人不禁感慨之前行路是多么得值得。寺院坐落在一片人间仙境之中，不闻世声，不问世事，连建筑中的每一块砖，每一片瓦都透露出超凡脱俗的姿态，对他们这群人间来客说，仿佛这里不是凡间，是纤尘不染的仙境。

在这样的幽谷丛林中，绿树深院内，住着怎样的世外高人呢？

这般幽静的、凌然心旷神怡的环境，实在是个绝佳的修行之处。身处其中，不由得会静下心来，丢开一些干扰和牵挂，思考生命，思考轮回。

大林寺的四周，围绕着一条潺潺的溪流，溪流穿过茂密的竹林，蜿蜒而下。远远地就能看到溪水之下沉淀着的颗颗卵石，每一颗都光洁剔透，仿佛都有了生命，有了思想。

寺院之中，是几所朴素而精致的木屋，作为寺院的修行之处，几位僧人在院中缓缓走过，人与环境似乎合为一体，都是寂静的，超然的。僧人们似乎没有发现这一群不速之客，并不受他们的惊扰，继续着自己的步伐，继续着自己的修行。

所有人都沉浸在这山间美景中，醉心于美景，不可自拔。

白居易在美景中回过神来，看向小溪畔夹岸的桃树。就这一眼，便收回了他凝聚在大林寺上的心思，惊讶得说不出话来。

时已初夏四月，桃花开尽，落红遍地。春意阑珊，百花盛开的时节已过去，大地上的植物都被夏天披上了茂盛的枝叶，绿树成荫。

分明此时已繁华落尽，粉嫩的花朵换成了凉爽的绿荫，花瓣争相落入泥土中，为来年的盛开奉献肥美的养料。花瓣离去的枝头上，渐渐开始形成了小小

的果实，悄无声息地开始生长。

然而眼前的一幕令诗人吃惊到移不开目光，分明春天已去，芳菲落尽，而这如世外桃源般的山间，竟然还盛开着朵朵桃花，迎风绽开着笑脸。

诗人几乎忘记了要用什么样的语言来形容这般奇景，思来想去，最终舍弃了所有华丽的辞藻，用了最朴素的叙述："人间四月芳菲尽，山寺桃花始盛开。"在白居易眼中，世上已没有什么词语可以形容这般奇异的景象。

难道，这真的是到了仙境，已与自己身处的人世不是一片天地？

难道，这里真的是神仙的居所，这番美景和久未凋谢的烂漫桃花是神仙的杰作？

诗人心中说不出、道不明的激动，对这番美景爱不释手，无论如何都移不开视线。他不断思索着，到底是什么原因，使得在世间已逝去的温暖春天在这世外山间重现，那些在人世间已凋零的花朵，又在这山间溪畔再次绽放。

后人读罢此诗，或许会不由得用科学的眼光来评判诗人所见，会很自然地去联想海拔因素、气温因素。诗词是艺术，是古典艺术，充满着神秘的气息，套上科学的帽子，就没了味道。

也许正是古人对诸多科学现象的无知，而创造出了无数的山水田园诗歌。他们不知道为何人间的阳春三月又在这四月的初夏再次出现在山林中，他们也从未见到这般奇异的景象，于是，免不得目瞪口呆，大惊小怪。

景色引人吃惊，作品才能引人入胜。

白居易前半生起起落落，走过这片辽阔土地上的大江南北，然而，却从未见到这般景象。他不知此景为何，便以为误入仙境。面对这满山的灼灼桃花，他不仅是惊讶，更多的是欣喜。

人间三月已去，白居易一介文人，自然最爱春天，阳春三月，满目都是勃勃生机：嫩绿的草，翠绿的叶，粉红的花，冰雪刚融的流水，以及冬眠刚出的各种动物……每个所到之处都那么令人喜爱。然而春光苦短，如白驹过隙，指间流沙，转瞬即逝，怎么留都留不住。诗人满心烦恼和怨恨，他恨不得飞奔而去，追上那灿烂的春光。然而春色不解他的心思，毫不停留，就这么溜走了，迎来了灼热的盛夏。

一切都是那么的始料未及，他竟然在这陌生的山中，与他心心念念的花红柳绿的春色再次邂逅。“芳菲尽”是令人难过的，仿佛自己此生最珍爱的女子，突然抽走的纤纤素手，没来得及告别，就匆匆离去。而“始盛开”是欣喜的，那个不告而别的女子，竟然像约定好似的，在这山间溪边等待着他的到来。

诗的前两句看似是朴素的叙事，只是一位一身文学气息的人在为你讲述：天哪，你看现在时已四月，美妙的春光早已不在，百花都凋零殆尽，但是近日山中，我竟然再次看到了第二个春天，山间的桃林，才刚刚开出花朵，实在是一件幸事!

但前两句又是在写情，诗人对美好春光的喜爱之情，珍惜之情，跃然纸上。

不知诗人是不是真的在美景中恍惚出了神，飘飘然竟觉得这已不是在人间，所以有了“人间”和“山寺”的对比。也许这真的是神仙修行的地方，是山中的神仙，造出了这满山春色。但他又清醒过来，分明寺院中的僧人在静静地扫地，竹屋中传来念经的声音，若是仙人，必不会是这般景象吧。于是诗人在第一句说了“人间之后”，猛然回神，最后还是没有写出“仙境”，而是写了“山寺”。

这时白居易如同一个孩子，对于春天的离去表现出些微的恼怒。他太热爱春天了，春天的一切都能让他感到温暖而充满阳光。

这时的白居易所处的，正是人生最失意的时间段，官场不顺，遭到贬黜，远调他乡，他心中的苦闷可想而知。几乎每一位文人，都胸怀报国理想，渴望实现自己伟大的人生理想，年少离家，在官场摸爬滚打，最终得到朝廷中的一个要职。白居易就是这大军中的一员，并且是比较成功的一位。然而他没有成功到最后，为朝廷奉献几十年，年岁已老时，却遭到了排挤和贬黜。这大概也是很多文人的必经之路，有气节，有风骨，不趋炎附势，不攀附权贵，固执地坚持自己的观点，然后“顺利”地得罪了权贵，远走他乡。

这时的白居易，还是在《琵琶行》中听到悲伤乐曲就涕下沾襟的多愁善感之人，此时他必定对自然美景最为热爱，甚至依赖。只有身处美景中，才能忘

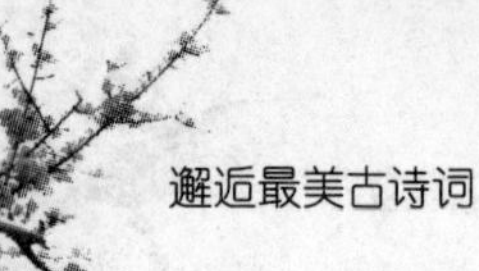

记官场的不顺，醉心于山水，沉醉于吟诗作赋，悠然自得。一年之计在于春，古人诚不我欺，春色之美，是任何一个季节都比不上的，它的美，不仅在于满目的绿色掩映着红花，更在于大地复苏，一切都焕发出勃勃生机，展现出生命之美。

白居易热爱着春天，在这春光中忘却了不快，重拾生活的希望。然而春色匆匆，挽留不住，还未等他痛快地享受这春光，春天已去，无影无踪。

白居易想要去寻觅春天，找回这美好的春光，却寻之不得。

然而近日山中，踏破铁鞋无觅处的烂漫春光，却突然出现在眼前，白居易心中责怪与欢喜杂糅在一起，甚至有些哭笑不得。

但最终还是满心欢喜，寻寻觅觅却找不到的春色，原来没有留下这人间独自离去，它像一个调皮的孩子在与人捉迷藏，藏在这深山之中，就等怀念着它的世人在此找到它。

在诗人的欣喜之中，春光活了。在白居易眼中，这春天是个孩子，顽皮地从人间溜走，让人苦苦寻之不得，自己躲在这山林中，也许是想令看到它的人大吃一惊，也许是想给想念着它的人一个惊喜。

这首诗没有华丽的辞藻，没有宏大的比喻，只是怀着欣喜而激动的心情，将自己在山中所见娓娓道来。就如一盘清淡的小菜，看似平淡，细细咀嚼，别有一番滋味。

23. 李延年 / 佳人歌——北方有佳人，绝世而独立

北方有佳人，绝世而独立。
一顾倾人城，再顾倾人国。
宁不知倾城与倾国？佳人难再得。

颂女子之美，最极致的词语，莫过于“倾国倾城”。这佳人歌中的倾国倾城女子，便是汉武帝集三千宠爱在一身的妃子李夫人。

于李夫人之前，汉武帝有一位备受专宠的爱妃王夫人。

汉武帝极好美色，传说武帝曾巡遍天下著名方士，听了方士的进言，为了迎接各路上神，建造了建章宫。建章宫方圆三十公里，白玉为阶，其中有千万座亭台楼阁，在最高的殿之上，有金凤翱翔。宫中有传说中的太液池，就是多年后杨贵妃仙去的仙山中的仙池，传说中的地方。太液池中有瀛洲、蓬莱和方丈三座仙山，周围以夜明珠照耀，以金玉珠玑作帘。

如此仙境中，汉武帝藏了来自各地的三千佳丽，多么豪华奢侈的后宫阵容。然而这三千佳丽，仅仅是供汉武帝玩乐的，几乎无法得到汉武帝的宠幸。唯有一位王夫人，集万千宠爱于一身，常年得到汉武帝的专宠。在众多的佳丽中，无一人能及其美貌与才气，在她的光彩之下，其他美人都黯淡无光。

然而红颜多薄命，王夫人红颜早逝，独享了汉武帝的几年恩宠，便驾鹤西去了。

从此，整个大汉土地之上，再没有令汉武帝宠幸至此的女子。

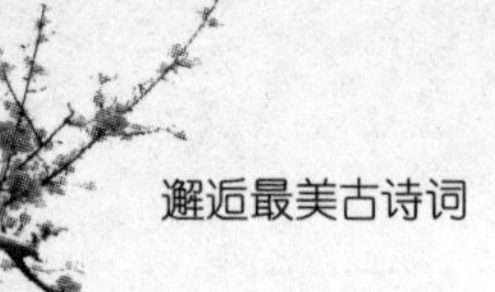

而数年之后，终于有另一位女子，站在了王夫人曾经的位置，身负万千宠爱，被大汉王朝的最高统治者揽于怀中，几乎是一人之下，万人之上，享受着世间绮丽珍宝，这个女子，正是后来名动天下的李夫人。

这位李夫人，相比已故的王夫人实在是有过之而无不及。美若天仙，能歌善舞，天下没有哪个男人，能抵挡住她的诱惑，连一国之君也不例外。李夫人对于汉武帝来说，可谓是生死难忘。

而李夫人的得幸，可谓是中国后宫史上一个绝妙的策划案，她从进宫到受宠，不仅靠的是她天生的美貌，后天的才学，还依靠了她的哥哥的有效“助攻”。

李延年是当时汉武帝身边的宫廷乐师，也算是帝王身边极受重用的人了。

李延年的人生也不平坦，能够有幸在帝王身边奏乐，也是几经波折和坎坷的。李延年出身音乐世家，父母以及兄弟姐妹都是精通音律的艺人。但李延年早些年曾触犯大汉律法，受到腐刑，一直在宫中的训犬处从事卑微的工作。后来他的音乐方面的才华被人发现，传入汉武帝耳中，继而得到重用。

李延年与其妹妹李夫人，以今天的眼光来看，实在是绝佳的搭档。李夫人因为哥哥李延年的举荐入宫，后受到极致的宠爱，而李延年也正因为妹妹的备受宠幸，得到了汉武帝的宠爱，被封为乐府协律都尉，“与上卧起”。

一切的源头，都在于这首韵律美妙的《佳人歌》。

李夫人入宫前，李延年在汉武帝身边，也算是颇受青睐的红人，他极具音乐才华，“性知音，善歌舞”，在汉朝这男宠盛行的时代，李延年也算得上是帝王身边的一位宠臣了。他所作的曲子，听到的人都深深地被吸引，沉浸其中，感动流涕。

《佳人歌》是李延年在宫廷宴会上献唱的诗，直白而又脱俗的诗句，美妙且回味悠长的曲调，令在场的宾客无不动容，连高高在上的皇帝也被这首诗感动，殷切地渴望寻找这位诗中佳人。

整首诗的基调都是平淡而温和的，不加修饰，未曾雕琢，仿佛未经准备和思索，信手拈来，发自肺腑。

然而这平淡之中，深藏着几重深深的心思。一位皇帝面前受宠的宦官，如

此向皇帝描述一位美若天仙的女子，其中深意，让人忍不住细细琢磨。

李延年诗中推举的这位女子，正是他的妹妹。

在华殿之上，满座宾客中央，此刻的李延年，在想什么呢?

或许，在他心中，对自己的妹妹有着很深的情谊，他这一生，每天都在想着的事，就是让妹妹过上富足的生活。然而他曾是有罪之人，虽以自己的才华受到了皇帝的赏识，但毕竟只是一个宫廷乐师，没有高官俸禄，无法给妹妹世间珍宝。所以他唯一能做的，是尽自己所能让妹妹进宫来，到一国之君的身边，才能有机会看尽世间繁华。所以在宴会上，李延年凭对妹妹的感情和给予的希望而出口成诗。

自己为妹妹竭尽所能，之后便只有交给命运。

或许，李延年如此推举自己的妹妹，也是为了自己。李家不过是身居下等的艺人，很难有翻身时日，但若李家女儿受宠于当今皇帝，不但是整个家族的面貌为之改变，也必定是光宗耀祖的事情。

李延年当时的想法今日我们无法追寻，只觉他的诗，他的歌，萦绕在耳边，激起层层涟漪。

一位宫廷乐师，他说话的分量，毕竟是不够的。纵然他的歌会引起皇帝的注意，但想必皇帝也不会接受一位乐师开门见山地推举自己的妹妹。李延年机智地求助了平阳公主，希望通过平阳公主的引荐，让妹妹入宫。

金碧辉煌的大殿之上，丝竹声声，觥筹交错，宾客们忙于相互敬酒，相互寒暄。皇帝沉浸在美酒美人中间，时而痛饮一杯，时而开怀大笑。欢乐的人们的喧哗声盖过了乐师们的丝竹声，整个宴会沉浸在奢华而糜烂的享受之中。

突然一声破空的琴声，清澈空灵，犹如一支银箭破开平静的湖水，清澈的水花飞散开来，在月光下如精灵一般舞动着。

李延年独自坐在喧哗的大殿中央，抬手抚琴，开始演奏一首安静悠扬的乐曲。欢笑着的人们渐渐被这天籁般的乐曲声吸引，不由得放下酒杯凝神静听。

这首歌，没有华美的辞藻堆砌，没有一层一层的托物言志，毫不渲染，毫不掩饰，为这位“北方佳人”戴上了桂冠。

诗歌将听众引入了一个奇妙的境界，忽而回神，发现自己立于北方的苍茫

大地，皑皑的白雪，剔透的冰凌，一切纯净得仿佛过滤过一般。李延年先是营造出一番如仙境般的环境，让置身其中的人，忍不住在他的歌声中走下去，看看这苍茫雪原的尽头，有着怎样的景象。

还未等众人多加思索，未等情境中的人四处看看，乐师开门见山地告诉所有饱含好奇心的人，北方有佳人。

北方的美人，不同于南方的娇小温婉，不同于草原的豪迈奔放。北方佳人，有着沐浴着冰雪一般白皙晶莹的胴体，身材窈窕，面容清丽，有着北方姑娘独特的贤淑和开朗。

淡淡的四个字“北方有佳人”，出口的瞬间便引起了汉武帝的注意，也引起了在座宾客的注意。乐师无意点明佳人来自哪里，唯想令听者进入北国神奇的世界，仿佛看到风雪中走来一位如冰雪般美丽纯洁的佳人。

单单这么一句，便勾起了听者的无限遐想，每位听者心中，都勾勒出一位冰雪美人的形象。而这无数来自北方的美人中，唯独有一位，有着绝世的风姿，无论是她的美貌、肌肤、身材还是举手投足的气质，都是独一无二的，无人能及。此句一出，众人心中描绘出的千万个美人形象，都被这一位佳人的光芒所湮没。她貌美而多才，纯洁而脱俗，在整个北方广袤的大地上，再也找不出第二位如此美艳动人的姑娘。

歌唱至此，乐师稍作喘息，穿插了一段悠扬的弹奏，再次娓娓道来。

这位来自北方的佳人，一顾倾城，再顾倾国。

古来就有“红颜祸水”之说，前朝商、周皆是因美女而亡国，美女的诱惑，使得帝王倾尽了整个国家，国破，无数人家亡。

这位北方佳人，与古来倾国的美人一样，她若一回头，足以倾倒一座城；她若再回眸一笑，足以倾倒整个国家。

自古，男人最大的成功在于坐拥天下和美人，而女人的成功，在于令男人放弃这天下。有着这种美貌和魅力的女子，足以称作倾国倾城。这位北方佳人，就有着这样的魔力，她的回眸一笑足以倾国倾城。

然而，失了天下的君王今日我们都能看到，大汉的天子，必定是以社稷为重，大汉的群臣，也一定鞠躬尽瘁为了国家，今天在座的各位怎能会不知道绝

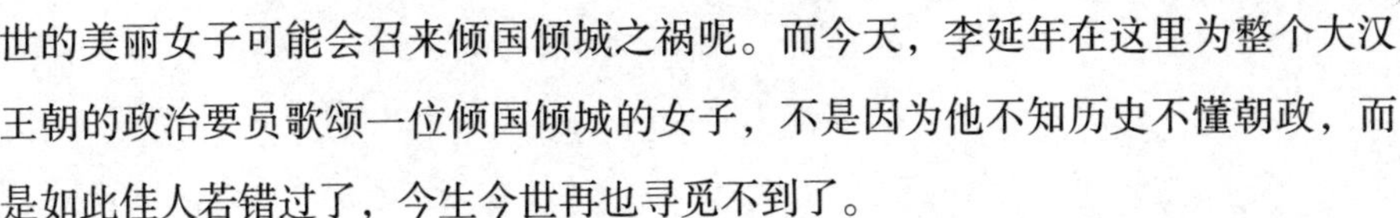

世的美丽女子可能会召来倾国倾城之祸呢。而今天，李延年在这里为整个大汉王朝的政治要员歌颂一位倾国倾城的女子，不是因为他不知历史不懂朝政，而是如此佳人若错过了，今生今世再也寻觅不到了。

李延年的这番歌颂，显然引起了汉武帝浓厚的兴趣，忍不住从座位上站起来，问："善！世岂有此人乎？"

这时，早已准备好进言的平阳公主把话接了过去，告知汉武帝，李延年家中有一位妹妹，就是歌中的这位佳人，美貌绝世无双。汉武帝当即下令召李氏佳人进宫，仅看一眼，便是万分惊艳，从此李家备受恩宠。

由于李夫人受宠，李延年也得到了协律都尉的官职，李家也逐渐发展壮大起来，整个家族的命运也随之改变。优秀的诗作能打动人、改变人，而李延年这首诗，改变了妹妹的命运，改变了自己的命运，也改变了族人的命运。诗歌、音乐的魅力，竟如此之大。

李延年的命运，以及李家人的命运，可谓是成也《佳人歌》，败也《佳人歌》。李夫人后来病逝，汉武帝终日恍惚思念，甚至请了方士作法，想要招李夫人的魂回来。一国之君，对一名女子，如此情深意切，李夫人也不枉这一生了。但她去世后，李延年随之失宠，后来李家发生了一系列的事件，被诛全族。

即使时过多年，当年那位轻声唱着"一顾倾人城，再顾倾人国"的男子已不在，但在汉武帝的心中，或许始终会记得，那歌词和韵律，以及歌背后的那个生死莫相忘的女子。

24. 王昌龄 / 闺怨——忽见陌头杨柳色，悔教夫婿觅封侯

闺中少妇不知愁，春日凝妆上翠楼。

忽见陌头杨柳色，悔教夫婿觅封侯。

初唐，国家鼎盛，从军远征成为男人们心目中的不二理想。多年寒窗苦读考得一个半个功名，似乎已不再是人们所追求的目标。男人，要成家，要立业，要在朝廷混出个官职，靠的不是饱读诗书，而是杀敌立功。

战马和刀枪似乎自古以来就是男人的浪漫，真正的铁血汉子，决不能足不出户吟诵软绵绵的诗句，一定要提枪上马，驰骋黄沙。

那是一个尚武的时代，或者说，每个朝代的初期，都有着尚武的情结。刚刚用刀枪打下的天下，迎来的和平，每个人骨子里都有着执剑保家卫国的思想，满腔热血，等待着有朝一日挥洒疆场。

男人离家出征只为“觅封侯”，却留得妻子在家独受冷清孤独。闺怨诗便是产生于这种情景之下。

男人生来就有着英雄情结，又生于如此鼎盛的时代，人人有着抗击外敌保家卫国的心，任何一个铁血男儿都不甘落后于人，纷纷奔赴战场。战士们的离去留得年轻的少妇们独守深闺，终日沉浸于离别和相思的愁苦之中。

诗中的女子，天真烂漫，怀着一颗单纯的心，支持着自己的心上人。这时的她，还不知道离愁别绪为何物，相思之情是什么。天真无邪的她，只知道女子应该三从四德，她一心一意地支持着夫君的选择，为他赶制远行的衣裳，

为他披上保暖的大氅，打点好行装，送他远行。她被丈夫从军报国的热血所感染，也有着一腔热血，渴望着自己的丈夫能够在边关杀敌立功，建功立业，多年以后，满载军功而归，衣锦还乡。

她每天都幻想着丈夫归来时的场景：他策马扬鞭，从地平线处突然出现，马蹄后卷着滚滚黄沙，他披着战甲，提着长枪，明明那么远，她还是看到了他脸上豪气而憨厚的笑容。他呼唤着她的名字，提枪的手向她挥了又挥，每向着她行进一点，脸上的笑容都更灿烂一些。他仿佛从天边而来，那么远，马儿奔跑得那么快。她从家门飞奔出来，跑跑又停停，直到跑不动了，便站在原地，不停地挥手，生怕他看不到自己似的。

她站在那里，时间仿佛静止了，他跨在战马上飞奔的样子那么高大，那么英俊，她呆呆地望着，仿佛生命剩下的时间里，都是他策马飞奔向她的场景。而时间仿佛又过得那么快，就在她出神的时间里，她脑海中空空一片，只有丈夫的身影，什么还没来得及想，他就来到了她的面前。他从高高的战马上一跃而下，来不及拴好踏起前蹄嘶鸣的战马，就冲到她面前，迫不及待地紧紧握起她的手，细细地端详着多年未曾相见的清秀面容。

他载誉而归，几年的戎马生活，终于为他们带来了富足的日子，他终于做到了他的承诺，为她带来了好日子。

她依偎在他的肩头，喜极而泣，这么多年的等待没有白费，他终于回来，带着高官俸禄，带着沉甸甸的爱。

一直以来，她都是这么想的，也是这么告诉自己的。

丈夫离开之前，她满心欢喜，她没有想过离别之后的事，更没有想过离别的愁苦，相思的孤寂。那时的她，只知道，她的丈夫，是个大英雄，要为祖国建功立业了，也要为她赢得更加优越的生活了。她支持丈夫去边关从军，甚至盼望他早点去，早点建功立业。她欢天喜地地为丈夫准备离别的行装，并没有意识到，两个人相守的无忧无虑的时光就要结束了，她将要面对的，是漫长的等待，和饮不尽的孤独。

没有经历过人生波折、大风大浪，是无法理解忧愁的滋味的。诗中的年轻少妇身处优越的家庭环境，她的丈夫离家之前，她每日晌午慵懒起床，家中

侍女服侍着，端坐在梳妆镜前，挽一个精致的发髻，戴上簪花，在院中悠闲散步。时而坐在树下石凳上，沏一壶茶，独酌至傍晚，一天就这么过去。夜晚来临，丈夫也回到家中，她有时会亲手烧一桌好菜，两人一边享受着美味佳肴，她一边听着丈夫为她讲述白天发生的有趣的事，或听丈夫发几句牢骚，她安慰之余掩面轻笑。

丈夫离家之后，她的夜晚，没有陪伴，无人再对她讲述外面的纷繁世界。有时她拉过侍女，对着侍女们唠唠叨叨，诉说自己一天之中遇到的琐事。也有时，她百无聊赖中拈花赏月，看着满天繁星，直到倦意袭来，稍稍收拾，便沉沉睡去，再迎来另一个清晨。

最初，她并没有因为丈夫不在身边而感到不自在。也许是因为身处优越的环境，她白日走出家门，来到集市，感受外面世界的热闹，觉得甚是有趣；也许她年纪尚小，根本不懂得什么是离别。她反而十分享受这种新的生活，把丈夫的离家当做是另一种生活方式，依然无忧无虑。

诗人的妙笔之下，写闺怨诗，开头却不提闺怨，反而叙述女子“不知愁”，让人不由得好奇，这首诗的主人公的怨恨在何处。文思实在精妙，一句诗的反转，引起了读者的强烈好奇心，忍不住读下去，看看这位女子的故事，这位女子的心绪。

丈夫离家已是一年多光景，又一年春天来临，窗外花红柳绿，惹人爱怜。如此美好的时节，独自身在闺中的女子，突发奇想，换上最精致美丽的衣裳，坐在梳妆镜前，为自己化了最秀丽精美的妆。她如此精心打扮，只是为了不输给这生机盎然的美丽春天。

女子推开屋门，看着满园春色，翠绿的柳树枝桠那么惹人怜爱，不由得加快了脚步，登上自己家中高高的楼阁。

立于楼阁之上，才清晰地感觉到春天已扑面而来。一整个冬天，北风寒冷刺骨，院子里的积雪，刚刚清扫干净，便又是一天的大雪，堆满了庭院。在冬天里，她几乎足不出户，每天裹着厚厚的棉衣，怀抱着小手炉，与侍女们谈天说地，几乎忘记了外面世界的样子。

而今登上楼阁，仿佛突然打开了一扇门，冬天已过，满目春意盎然，路边

的柳树已吐了新芽，春天的美景令人不忍移开视线。

在寻常人看来，春天的的到来，柳树的发芽，是再寻常不过的事情。春色之美总能让人联想到美好的事物，令人不由得心情愉悦，满眼希望。然而在诗中的女子眼中，完全是另一番景象。

诗行至此，突然转折，整个情绪急转直下，前一秒还在无忧无虑的少妇，突然凭空生出许多的哀怨，无法自持。

看着这满城春色，恍惚间，仿佛感觉身边缺少了什么。她顿时醒悟，时间过得那么快，转瞬便是又一年春天，而她的丈夫已经离家那么久，他们已经分别那么久。仅仅一眼瞥见的花红柳绿，便引起万千思绪，情绪瞬间跌至谷底，这巨大的落差让她终于感受到了离愁是什么。

诗前两句反向铺垫的情绪，至此全部迸发出来，化为更深的离愁别绪，更引人潸然泪下。品尝到愁苦滋味的过程，也是成长的过程。这位年少天真“不知愁”的女子，总会有一个契机，使她有了复杂的心思。而春色中路边的杨柳，就是这么一个引子。

她呆呆地望着飘绿的柳枝，回忆起丈夫离家之前，两人一起登楼远望，他指抽芽的柳枝给她看，她站在他身旁娇憨地笑。两人就这么嬉闹着欣赏烂漫的春光，看着路上的行人，享受着温暖的时光。

丈夫在外征战一年，她每日独自做些闲散事情，未曾察觉分别给她带来的苦楚。而近日登上楼阁，独自欣赏春色的场景，与两人并肩而立，嬉笑着看风景的画面重合了。同样的亭台楼阁，同样的灿烂春光，楼下同样的行人，她同样为自己打点了精致的妆，唯一不同的是，身边少了陪伴的人。

古时的女子，嫁了一个男人，这个男人便是她生命中的一切了，她除了侍奉丈夫，似乎也没有其他的生活目标了。而她生活的重心不在身边了，她天真无邪的性格也不能让她无忧无虑很久，终有一天，她明白了什么是离愁，而这一天，到来得这么快。

她终于发现，自己曾经做的那些美梦，是多么不切实际。保家卫国也好，建功立业也好，跟她又有多大的关系呢？她只不过是生活在深闺中的一个小妇人而已，只要国家还是平安的，她的生活依然会继续，不起波澜。那万里之外

的战场上，也并不缺少他丈夫一人。以她的小女子眼光看来，他奔赴战场，杀敌的大军中不过是多了一人，多一人少一人，战斗都还会继续。然而对于这个家，少了一个人，天就塌了，她便失去了整个生活的重心。

站在这欣欣向荣的春光之中，她却如同身处寒冬，看到了别人执手相伴，看到万物生机勃勃，才突然感觉到了自己的孤独。回想这一年来，始终一个人游玩，一个人赏月，苦闷的心情无人可以诉说，瑰丽的美景无人可以分享，只有相思和孤独，在夜晚扰得人彻夜难眠。

女子陷入回忆中，后悔不已，后悔当初希望丈夫为取得功名而奔赴战场。相比之下，英雄情结、功名利禄，有哪一样，能比得上两人日日夜夜长相厮守更重要呢。少了丈夫的陪伴，才懂得平凡生活的珍贵。她宁可自己的丈夫一生平凡，她也宁愿不要那些荣华富贵，只要当她看到动人的美景时，能够有人分享，有人陪她笑，就足够。

若人生还有再选择一次的机会，她一定不会让他征战沙场觅封侯，只要两人长相厮守，便足够。

25. 秦观／鹊桥仙——两情若是久长时，又岂在朝朝暮暮

纤云弄巧，飞星传恨，银汉迢迢暗渡。金风玉露一相逢，便胜却人间无数。柔情似水，佳期如梦，忍顾鹊桥归路。两情若是久长时，又岂在朝朝暮暮。

世人皆艳羡天长地久、百年好合的爱情，能够缠绵朝夕该是何等惬意之事。厮守终身是爱情的常态，浓情蜜意之时，再短暂的分别都是难言的苦闷，更何谈一年的光阴之中，只有一天可以相聚相拥。

斗转星移间，四季轮回更迭，无论是春花、秋月，还是夏花、冬雪，他和她都无法共享。

团聚是上一轮别离的结束，更是下一轮别离的开始。牛郎一再回望，她绝世的容颜和飞舞的裙摆，还是渐渐变得模糊了。他是天，是地，他的影子无处不在，可他始终不在她的身边。

一个人并不难捱，心里揣着另一个人却一个人独处才难捱。

泛滥成灾的思念搅得她心神不宁，她也只好束手就擒，沉溺在回忆里纵然可以抵挡一时的苦涩，终究是徒劳的，映衬现实更加残酷。

七月七日，它有一个美丽又带有些许忧愁的名字——乞巧节。

纤薄精致的云朵变换着曼妙的姿态，流淌千年的天河在这特定的一天都会变得格外欢快，一改往昔的沉静悠然，因为它将迎来一对久别重逢的苦命鸳鸯。

天地之间的距离是多少？隔着凡人与仙家的不同，便无情地隔开了两个

人，多少个日夜期盼，不问前程过往，只专注于下一个重逢之日。

多少离愁别绪哽在喉咙，不道相思，却最相思。

他出现在无端的梦中，那些与他有关的零碎片段，整合成一场短暂绮丽的相逢，她是高贵的神仙，却无法将成空的一切变为现实。

成群结队的喜鹊默契地搭起一座拱桥，以便痴心不悔的牛郎与织女互诉衷肠，浩渺的银河欢腾着，迎接牛郎与两个孩子的到来。

躲在葡萄架下的人们，悄悄地竖起耳朵，等着听牛郎织女的蜜语甜言。短暂的相逢，来不及说些离别的苦，还有什么比此刻那人就站在眼前来得更令人动容。

凡间多少自诩的深情，不经意间被时间和距离打败，樱桃红了，芭蕉绿了，人却不似从前，心意已改，浓情已浅。在平淡的流年之中，在粗茶淡饭的每一天里，即使相隔万里，却始终知晓你与我心意相通。

上苍剥夺了牛郎织女厮守一生的权利，如平凡夫妻那般“你耕田来，我织布”，都是妄想。不在身边，却在心上，依旧有百般的甜与暖。

一句“两情若是久长时，又岂在朝朝暮暮”，让原本听着心碎的故事，有了崭新的诠释。

相爱的两个人却无法长相厮守，总归是不圆满的，可秦观却在牛郎与织女的不圆满中，找到了另一种圆满。短短几十个字，也是秦观说给心上人的情话，似宽慰，又似解脱。

常人皆道：“不须留，欢情短，别痛久。还君千江水，慰我一幽秋。”分别总是与情怨和无奈挂钩，那份难以言状的愁苦，叫说者落泪，闻者神殇。

秦观一反常态，抽丝剥茧，将旁人咽下的苦品出了蜜糖般的甜。感情的深厚或淡薄，处主导作用的并不是在一起的时间长与短。这就很好理解，为什么有些人耗费光阴相识相知那么久，却始终是淡于水的关系，而有些人却在极短的时间内一见如故。

好的爱情不会轻易被距离阻隔，那远山、近水，无一不是她的化身，带着轻言浅笑，出现在他的梦中。阳光在脸颊上镀上一层金黄色，是她温柔甜蜜的一吻。

日积月累的想念，会在重逢的那一刻愈加浓烈，熬过了万般酸楚，能得到一刻的释放，在秦观眼里，所有的付出是那么值得，相逢的一刻也是那么令人心驰神往。

我暗自认为，没有任何人甘愿忍受长久的分离，牛郎织女也是如此。起初，织女为了能和心上人朝朝暮暮、耳鬓厮磨，不惜舍弃仙风道骨，宁肯冒着触犯天条的危险，也要过人家平凡夫妻的生活。荣华富贵、锦衣玉食，远不如他厚实的大手来得踏实。

位高权重的秦观有着不同一般的才情，他与黄庭坚、张耒、晁补之并列史馆，人称“苏门四学士”。自然，他也有心爱的姑娘，她的名字叫做边朝华，有着“小荷才露尖尖角”般的清新自然。六岁时，因家境贫寒沦落红尘，从此陷入水深火热。

唐宋时期，文人墨客的观念极为开放，不似先前那样拘谨。朝华正值十九岁，如花似玉的姑娘，更是惹得风流倜傥的秦观喜爱，在他游宦京师的时候，与她偶遇，电光火石间一见钟情，郎有情妾有意，于是一切顺理成章。

她是极美的，亭亭玉立，宛若出水芙蓉，不骄不躁，不卑不亢，十三岁起便知书达理又擅歌舞，举手投足间透着娴熟温婉的气质。

英雄好汉或是文人才子都爱美人，一时间，边朝华声名鹊起，甚至与琴操、王朝云等齐名。她卖艺不卖身，在混沌不清的世间努力维护着自己的清白，纵然得罪了不少达官显贵，却无怨无悔。

身在红尘是非，心却远离红尘是非。她是爱笑的，却不愿卖笑为生，那些一掷千金只为博她一笑的人，粗鄙浅薄，令她生厌。唯有秦观，一身正气，言谈举止毫不浮夸。

秦观散尽钱财，将边朝华从妓院赎回，从此还她自由之身，不必再为身世而感到凄苦，不必再为强颜欢笑而感到无奈。

他是爱她的，心中欢喜，却从未说出口。毕竟，二十六岁的差距摆在眼前，想要好好爱一场也需要考量现实的情况。他本打算待朝华长大成人，为她挑选一位如意郎君，所以将爱意藏在心底，从未提及，也从未忘记。

岁月静静流淌，转眼边朝华出落得更加貌美，在跟随秦观左右的这几年，

她愈加爱他，大有此生非他不嫁的气势。一个弱女子尚且如此坚决，秦观岂有再推脱的道理。从此世间又多了一对老夫少妻，也多了一份“与子偕老”的恩爱感情。

如果事情可以一直平顺发展下去，秦观大概对牛郎织女的理解也会有所不同。可世事难料，太多不可预知的更迭扑面而来，尤其官场之上，今日晴明日雨。

绍圣元年，秦观因反对奸相章惇等篡政新法，被视为“元祐党人”，随后外放至苏州任通判。官场上的失意，让秦观不得不重新思量今后的生活，自己苦一点没关系，却不忍心连累朝华。与其在一起尝尽苦涩，不如让她早一点解脱。

于是，秦观按捺住心中的不舍，写信给朝华的父亲，言辞恳切，由于带罪赴任不允许携带家属，便请求他将女儿带回。他的心意，她都懂：

如果有一天，我壮着胆子向深爱的人告白，那么，我一定做好了一切准备，是前进一步海阔天空，还是退后一步暗尝心碎，我一定将绵延不绝的情意细细道尽，我的长情和深情，我的前因和后果。

唯独一点，我不愿承受分离。

秦观将朝华遣送回家，对于朝华而言，是残忍的，可对于秦观，又何尝不是？众人误以为他是花心的男子，几日欢愉过后，便喜新厌旧，白白辜负他人的一颗真心。唯有他自己明了，放手也是爱的一种。

如果爱她需要伤害他自己，那么他也愿意。心中的痛无需多加言说，怎样去爱是他的自由，只要能护她安好，无论以何种方式，他都愿意尝试。

只是爱愈深，愈是忍受不了分离之苦。一个月后，饱尝相思之苦的秦观迫不及待地与朝华团聚。历经短暂的分别之后，更加清楚心中揣着的是一份何样的感情。朝华对秦观的爱，也是真挚的。她宁可与情郎共度难关，也不愿再次被他从身边推走。外放纵然可以远离官场的尔虞我诈，可一个人的孤单落寞要怎么弥补。

惺惺相惜的两个人互相扶持，连粗茶淡饭都吃得津津有味，因为饭菜中有爱情的滋味。再苦再累，全然不知，一抹微笑、一个拥抱，就将所有不如意、不顺心统统收回。

原本以为日子会这样一直平静下去，谁知更大的厄运就埋伏在二人的四周。秦观再度被贬，处境更加困苦，思量再三，以要去修身养性为由，毅然决然地再次将朝华送回娘家。他给她的理由并不具有说服力，可朝华却信以为真，当下表示要去削发为尼，临走前泪眼婆娑，向他磕了三个响头以示诀别。

也许好的爱情就是一种成全。

从此，朝华在玉皇山慈云庵度过余生，不再追问那些过往中隐藏了多少深情厚爱，既然好好爱一场，就不后悔过去、现在和将来。

朝华如约再未与秦观有半点联系，远远的守护就足够了。

公元1100年，秦观病逝。边朝华闻讯圆寂随他而去，临终前还在呼唤着他的名字，感念着最后尚存的一丝温暖。

从古至今，从不乏痴男怨女，为了一个情字，甘愿冒天下之大不韪，耗尽全身力气也要图一个圆满，这样的故事让多少如今只知红灯酒绿的男男女女为之汗颜。

爱了就别轻易尝试分开的滋味，既然有情有义，就越过一切在一起，古人的轶事纵然看起来洒脱，可其中的辛酸曲折，旁人又怎么会懂。

26. 曹植／七哀诗——明月照高楼，流光正徘徊

明月照高楼，流光正徘徊。上有愁思妇，悲叹有余哀。

借问叹者谁？云是客子妻。君行逾十年，孤妾常独栖。

君若清路尘，妾若浊水泥。浮沉各异势，会合何时谐？

愿为西南风，长逝入君怀。君怀良不开，贱妾当何依？

古来，高悬于天边的明月与相思如影随形，皎洁的月光倾洒出一片流光，那是思念在无声蔓延。有时候热闹会叫人心烦，有时候寂静更叫人心寒，黑夜竟让断肠愁绪无处躲藏。

十年，对于一个独处深闺的妇人而言，过于漫长，积攒在心口的抑郁惆怅无处安放，她盼着良人早日归来，远行的良人却音信全无。

有人在想你、念你，等你、怨你，你可知晓？

散布在血液里的愁苦，同咽下的苦酒一般，让人在沉醉中清醒。一个女子的哀怨，七尺男儿曹植竟都懂：那是身如浮萍飘忽不定的不安与不能释怀。处在高处的雄心壮志，处在低处的卑微凄凉，命运将一个人的人生分为前后两个半场，遍历张扬快活与低落消沉。

建安如巍峨的高山，是他难以逾越的分水岭，恩怨情仇变换如此之快，让他有些措手不及，想要奋力挣扎，却蓦然发现自己的手脚已被无形的绳索捆绑，

他自有年少气盛的资本和实力，洋溢的才华令世人瞩目。此时，他是人人

追捧的少年才俊，正值风光无限，自是无暇顾及居安思危的道理。呼朋引伴，把酒言欢，引吭高歌，惬意至极，完全是富家子弟的做派。

其父曹操更是“特见宠爱”，对这个“每见进难问，应声而对”的儿子刮目相看、赞赏有加，一度将他视为宏图霸业的下一任继承者，筹划着将一手打下的江山传承给他。

“少小去乡邑，扬声沙漠垂。”想要驰骋沙场、扬名立万的渴望，显露无疑，而雄心壮志之余，多少有些趾高气昂、不可一世的优越感。他卓尔不群的天赋成就他，也耽误了他，“任性而行，不自雕励，饮酒不节”，过度的自傲便成了狂妄。

曹操一直以来望子成龙，可曹植稍后的表现着实欠佳，让耐心实在有限的父亲失望透顶。当一个人对你持有坚定的信心时，不要让他有所动摇，因为一旦信任坍塌，恐怕再无重建之日。

世间有些东西是不能伤的，比如人心。

若是没有比较，也许曹植的不尽如意就不会如此明显，可惜的是，与他同父异母的兄长曹丕的光芒这时愈发耀眼。与曹植的放浪形骸不同，曹丕自重自持，懂得何时该犀利，何时该收敛。

曹丕性格上的优势弥补了他才华上的不完美，最终曹操思量再三，“文帝御之以术，矫情自饰，宫人左右并为之说，故遂定为嗣。”

落选的曹植一定是心有不甘，可失败来得这么快，让他来不及自省反思，一切就已成定局。当辉煌过后，人走茶凉，只有自己一个人独尝落寞。

他不愿亲历的是非还远没有就此结束。

曹操叱咤风云数十载，缔造了三国鼎立中的曹魏政权，“挟天子以令诸侯”，一时间，豪杰汇集在他身边，助他征讨四方，平定割据，随即统一中国北方，扬名立万。不论何等大英雄，终究也是凡人，逃不开生老病死的定律。公元220年，争霸一生的曹操撒手人世，从此与子孙阴阳相隔。

曹植又何尝不想建功立业，继承父亲雄伟慷慨的气魄，以及清峻凛然的建安风骨，可事与愿违，他的人生因为父亲的去世，开始发生翻天覆地的变化。

不出所料，曹丕子承父业，成为曹魏政权新的霸主。在他准备大展宏图，

开疆辟土的的同时，没有忘记时刻提防兄弟曹植的一举一动。曹植被分封至京城以外，让他最大限度地远离政治权力的中心。

生他养他的这片沃土，却没有他的容身之所。家不是家，兄弟不是兄弟。他成了曹丕的眼中钉、肉中刺，有他存在的一天，就无曹丕安宁的一日。于是，曹丕想方设法地将曹植置于自己的掌控之中，设立监国使者，以防他图谋不轨。

“煮豆燃豆箕，豆在釜中泣。本是同根生，相煎何太急”，曹植终于按捺不住心中的压抑和不满，他不忍看着兄弟之间，没有任何感情可言。

不能共生，比陌生人还要冷漠。他懂得兄长的担忧和顾虑，唯恐防不胜防，被他钻了空子。亲情成为政治权力的牺牲品，在无休止的欲望中，被碾压得粉碎，只剩下冷冰冰的防备和敌视。

若是父亲泉下有知，看到他们两兄弟之间彼此猜忌，手足相残，该作何感想。满腔抱负无处施展的曹植，面对兄长的严密防范，不由得心灰意冷。

他是多么渴望无拘无束地投身政治，踏着父亲曾经的足迹，去追逐自己的理想，有朝一日，成就一番伟业，以告慰父亲的在天之灵。

悲哀的不是他不愿付出，而是无人回应。

曹植说过：“吾虽薄德，位为藩侯，犹应庶几戮力上国，流惠下民，建永世之业，流金石之功，岂徒以翰墨为勋绩、辞赋为君子哉！”

动荡不安的建安时代，多少名人志士甘愿以身效国，深受父亲熏染的曹植，也是如此，甚至欲望更加强烈。他渴求兄长能够明白他的一片苦心，是真心实意而非虚情假意或别有所图。

只可惜，空有一腔热血，换不来君主的信任和赏识，这与一心爱着丈夫，却被丈夫离弃的怨妇有何分别，找不到生活的重心，没了活下去的理由，行尸走肉一般，再无半点生气。

曹植是在抒发弃妇的百转愁肠，更是在抒发自身抑郁不得志的委屈与无奈。原来天底下的自作多情，说穿了，都如出一辙，有着惊人的相似。

刘履道：“子建与文帝同母骨肉，今乃浮沉异势，不相亲与，故特以孤妾自喻，而切切哀虑也。”曹植的心，曹丕不懂，也不愿懂，他宁愿与他世代为

敌，也不愿“引狼入室”，而刘履却都懂。

一个旁观者，比当局者更明白事理。

得不到缓解释放的愤懑，只得寄托在别人的故事里。

月光笼罩大地，悄悄爬上高楼，不经意间撩拨起绵延不绝的思绪，脑海升腾起牵肠挂肚的那个人、那些事，无尽的哀愁混合着朦胧月色反而愈加清晰。

出门远行的丈夫，茫茫十年间，了无音讯，作为他的妻子，终日里形单影只，在窗台张望，在月下徘徊，等了一日又一日，却还是未能等来那张熟悉又陌生的面孔，浓烈的爱渐渐被淡淡的恨所取代。

他为尘，她为泥，本可以共生的两个人，如今却分道扬镳，一人为轻尘四处飘散，一人为浊泥落入水底，尘与土的浮沉之间，代表了两段没有交集的人生。

曹丕自继位之后，不念及一丝手足之情，绝情地压制着自己的亲兄弟，没有给曹植一丝空隙。曹睿称王时，曹植多次上表上书毛遂自荐，恳求给自己一个机会，却终究以失望收场。他是浊泥，君王为轻尘，一天一地，再难团聚。

他内心的渴求，他人不愿接受，更不愿成全，能够在曹丕、曹睿身边效力，是他毕生的希望。但愿自己能化作一阵西南风，投奔兄长的怀抱，以求一线生机。

曹丕对他冷眼相看，无时无刻不是用质疑的眼光打量他、端详他，似乎想要一眼看穿他的破绽，随后好痛痛快快地置他于死地，以打消心头的顾虑。

曹植当然知道曹丕的所思所想，所以试图展示自己的清白，他对现有的江山并无丝毫的觊觎之心，不过是想求个实现“建永世之业，流金石之功”的机会。可君主的心，不是旁人可以随意左右的，曹丕一天不卸下防备，曹植一天就难以实现理想。

时间久了，再火热的心也会逐渐冷却的。

处在困窘之际的曹植，迸发出与先前完全不同的力量。意气风发之时，他骑马射箭，游山玩水，所作诗篇也大抵出于此类，没有深刻的感触也就写不出深刻的内涵。落魄潦倒时，却在失意当中将漂泊罹难的孤苦、有志却不得志的愁闷，倾泻出一篇篇经典之作。

也许悲剧更能发人深省，这是一股潜藏的力量，以振聋发聩之势唤醒心底沉睡的英雄情结。自古以来，生不逢时的文人墨客大有人在，他们多是身世飘零，却怀揣着治国平天下的豪情壮志，期许一位伯乐，开启光明的仕途之路。

只是，结果总是不遂人愿又不尽人意。毕竟这个世界上，幸运儿太少，纵有满腹诗书才华，还要应和时代的步伐并顺应历史的选择。

不是你我想要得到，就一定能够得到的，古人如此，今人也是如此。

曹植描绘的怨妇形象，有着太多人人生的缩影，引发了太多人感情上的共鸣。读罢全诗，恍然大悟，那不是别人，正是自己。

27. 王维 / 相思——红豆生南国，春来发几枝

红豆生南国，春来发几枝。
愿君多采撷，此物最相思。

红豆是浓得化不开的相思。

一颗颗浑圆、鲜艳的红豆，承载着多少剪不断的相思、理不清的思绪，辗转反侧的无眠之夜里，思念让月光愈发朦胧，让离人的脸庞愈发清晰明朗。

诗篇可谓是前人“赖以生存”的精神食粮，文字与生活息息相关。他们的喜怒哀乐、悲欢离合，都离不开文字的记录和渲染，比起对文字并不敏感的后人，一句平铺直叙的“红豆生南国”，相思的气息就扑面而来，来不及设防，就霸道地占领了心房的每一寸空隙。

大丈夫的相思直白豪迈，小女子的相思含蓄绵长，一个情字，到底包含着多少道不尽的是非曲折，以及不足为外人所道的跌宕起伏。

小桥流水、莺歌燕舞的南方是红豆的家乡，它生于此、长于此，一方水土孕育出晶莹的果实，表面看似平凡寻常，内中却孕育着可歌可泣的故事。

岁月悠悠，反转到千年前，一位柔弱的女子听闻丈夫死于边塞，消息传来，一时柔肠寸断。她怎会料到，更不愿去想，向她承诺过白头偕老的枕边人，竟然从此与她阴阳相隔，命运对她未免残酷，先是生离，随后死别。

泪珠儿仿若有感主人的悲怆凄凉，不停滚落下来，满脸泪痕，眼神空洞。她的人生随着丈夫的去世而变得了无指望，这份悲哀压垮了她，最终随丈夫的

亡灵而去，意料不到的是，她的躯体竟然化为颗颗红豆，存于人间。因此，红豆有了另一个名字——相思子。

来人间走这一遭，若没有相思，该是何种遗憾。人生在世，本不会相思，遇到了某个人，结下一段缘，相思便会尾随而至。

“玲珑骰子安红豆，入骨相思知不知”，温庭钧在某一刻定然也是在想念着某个人吧，才会与王维有着异曲同工的心心念念。

王维是诗人，开山水诗派；亦是画家，开南宗派。他的情丝可书可画，他的思念可远可近。于是，在某个清晨或午后，面对友人的离别，他有感而发，成就一篇如画的诗卷，寄情于此，话不多，情却深且真挚。他用生花的妙笔整合婉曲动人的诗篇。

温柔细腻的春风阵阵，细雨相随，红豆就在这半阴的天气里发芽、抽枝，欢喜得不得了。共同的时间和空间里，它在欢喜，他在忧愁。等不了多久，它的枝叶会繁盛无比，它的籽实会挂满枝头。同样的不久后，他的挚友李龟年将动身离开南方，至于何时才能再会，却没有答案。

此地一别，一去经年，大丈夫不善离别，却常离别。

唯有在片刻的相聚中，殷切叮咛，多采撷一些红豆吧，也许今日一别，再无归期。让这小小的红豆跟随他漂泊远方吧，共同承担异乡的风风雨雨；让它化为故乡柔媚的阳光，拂去所有因不如意而带来的阴霾；将挚友的想念凝练在它的身上，陪他熬过疲惫孤独的时刻。

这份思念绵延不绝，千年来仍不绝于缕，随风入夜，吹进人们的心扉，勾起那缠绵的情思，暗自发笑或暗自垂泪。

望穿秋水的等待期盼，满腹缠绕的情思，填满了因思念而愈发空虚的白昼与黑夜。感情就是这般神奇，教人彻夜辗转不成眠，教人整日食不知味。自然而然地学会了牵肠挂肚，真正体会到入骨的相思有多甜又有多苦。

红豆如此近，那人如此远，相思才会如此浓。

古时不仅有相思子，还有相思木。南朝任昉《述异记》记载，战国时，有人出征未归，其妻思苦而逝。葬后，墓上生树，枝叶皆倾向其夫出征方向，遂称之为相思木。梁武帝《欢闻歌》云：南有相思木，合影复同心。

还有一种名为相思树，晋干宝《搜神记》记载，宋康王夺韩凭之妻。韩氏夫妇自尽，康王不许合葬。两冢相望。一宿之间，坟顶各生一株大树。久之，两树屈曲环抱，根系相交于下，枝叶杂错于上，并有鸳鸯一对宿于树间，日夜交颈悲鸣不去。宋人哀之，称此树为相思树。

摸不到、看不见的相思，需要有形实在的物体作依托，让飘忽不定的念想有了着落，可以稳稳地慢慢思量。

不经意间，思念就冒出头来，扰得人意乱情迷，想要抓住虚幻的人影却是徒劳。

远方的恋人或是朋友，在闲暇的时间里，是否能记起自己，记起那段共同的过往。时至今日，记忆如此鲜活，成为不褪色的印记，时刻提醒彼此，一片赤诚之心，切勿忘记，切记珍重。

不能长相依，但愿可以长相忆；不能长相守，但愿可以长相思。

有过相思，才会深切体会他人的夜不能寐并不可笑，甚至有些可爱。他人可知，会有人在静寂无语的夜里想他想到不能眠，将日月颠倒，忘乎所以。

流水湍湍的小路旁，混着明媚与忧伤，聚散离别本是常事，却最能触及最柔软的心田。多少人感同身受，情到深处，泫然泪下。太多的无可奈何，无处倾诉，只得憋闷着，醉看风花雪月、阴晴圆缺。

斗转星移间，天地都换了模样，唯有这一份教人忧愁又教人欢喜的相思，静静地在时空中往来穿梭，那一轮明月照亮了今生来世的每一抹相思，人各有志，感情也不尽相同，可沉浸其中的心路历程，总有些许共同点可寻。

当今人与古人遥望同一片天空，攀登同一座高峰时，时间和空间开始向同一个方向撤退，追溯到同一个根源，闪过的某些画面竟然可以重合，共鸣在一瞬间产生，为了不同的人和事发出相似的感慨。

隐藏在心灵深处的某些情绪，与相隔千年的他不谋而合，不是心有灵犀的默契，只是已经有过的心情和感受，在天地轮回了这么久之后，依然存在。

费尽心思酝酿精妙的起承转合，盼着在每个转折处都能与心上的那个人一起经历。诗人创造出的艺术世界，成就了对文字无能为力的许多人，能够在其中找到与自己相契合的节点，即使处在不同的时代路口，那些流传至今的诗篇

足以见证感情的可贵。

也许后来人对诗人与友人的过往似懂非懂，他们共同经历过什么，推心置腹些什么，似乎并不重要，或者说是对于后来人并不重要，可历久弥新的情感是联通古今的桥梁，各怀心事的众人都在默默地填补着空缺的心灵一角。

曾经说过天长地久，到头来成了一场空，所以相思；曾经说过友谊至上，后来由于莫名其妙的误解而分道扬镳，所以相思……

如今渴望同甘共苦，却无缘结伴，所以相思；如今祈求金玉良缘，却情深缘浅，所以相思……

有过曾经，拥有如今，许多执着的事情都在不知不觉间看淡了，看开了，对些许过往可以心平气和地娓娓道来，对些许苦难可以云淡风轻地笑着接纳，可相思却一直没有改变。

光阴的流逝，带走了倾城倾国的容颜，却带不走千年前的思念，它顽强地透过历史的重重迷雾，来到此时此刻，停靠在今人的心上，重复着千年以前的基调。

正是因为不论古今，都有思念着的人儿，于是有了这份共鸣，才会有更多的人沉醉在诗人所描绘的场景中不能自拔，配合着自己的故事，惦念着某些人、某些事，即便是不善言辞的木讷之人，一旦碰触感情，他的心中也会激起阵阵涟漪，激荡起的波澜也会久久不能平复。

笔停于此，借着红豆的相思来回味一下自身的相思，不禁试问，多少人在悄无声息地想念一个人，而被想念的人却毫不知情，相思醉人，单相思磨人。

不被知晓的相思，多了份无奈，却丝毫不会使感情有所减少。甚至，不见天日的相思让人更加欲罢不能，一个人的独角戏要演到何时，才能迎来双宿双飞的美满收场。

红豆最相思，教人无法释怀。

被想念的人是幸福的，不管他是否知晓，他一直驻扎在某个人的心尖上，被百般呵护，轻微的风吹草动都足以震撼某个人的灵魂。想念他人的人也是幸福的，至少在茫茫天地间，在他念及某个人的时候，或微笑或苦笑，都是一段温暖的回忆，可以在隆冬抵御严寒，可以在酷夏抵挡骄阳。

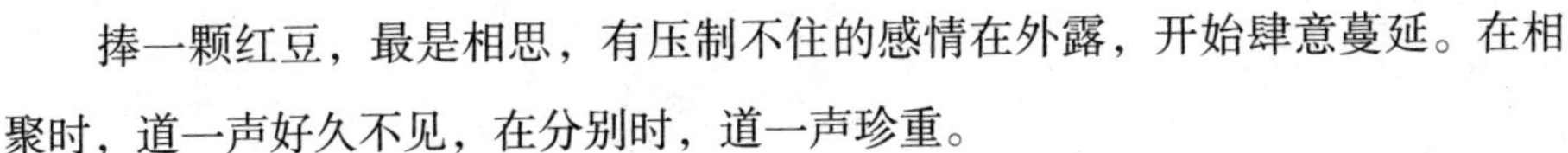

捧一颗红豆，最是相思，有压制不住的感情在外露，开始肆意蔓延。在相聚时，道一声好久不见，在分别时，道一声珍重。

最炽热的感情往往最朴实无华，并不华丽的外表之下，藏着一颗火热的赤诚之心，有些话不说，其实心里已经装得满满的，简单的三言两语之下，掩盖着深情厚谊，不说不代表没有，希望那个人可以懂。

担忧朋友背井离乡的孤苦，远赴他乡的路上，是否还能有幸遇到三五好友、一二知己？离开温润的南国，是否能够习惯？即将离乡的并不是王维，可愁绪最多的却是他。

假若他日重逢，定当把酒高歌，促膝长谈，用今朝的欢乐弥补分别的时光，老友相见，定会别有一番滋味。无关风与月，无关功名利禄，只是感情的寄托和释放。

细细碎碎的思念被更迭的四季碾压，可正如红豆的本质那般，它是常绿的乔木，豆子不腐不蛀，任时光荏苒，它都会保留最初的本色，作为纪念相思之物，再合适不过。

南方的绵绵细雨最是惹人怜，正如红豆那般讨人欢心，故事讲完了，雨却还未停，是离人的眼泪，还是诗人的眼泪？

不明了，才最迷人。

不多言，才最相思。

28. 贾岛 / 剑客——十年磨一剑，霜刃未曾试

十年磨一剑，霜刃未曾试。

今日把示君，谁有不平事？

为世间的不平事拔剑，为萍水相逢的苦命人打抱不平，好一副侠肝义胆。不去进一步探究的话，会顺理成章地认为贾岛是个虎背熊腰的壮汉，才会有如此义薄云天的满怀豪情，殊不知，他比一般白面书生来的还要文弱。

贾岛，字浪仙，又名瘦岛，生于由盛转衰的中唐时期，盛唐的宏伟气势虽还未走远，可那片繁花似锦已是过眼云烟，不复存在。他无缘见证大唐的空前盛况，却经历了动荡和离乱。贫寒困苦追随他一生，大有不离不弃的架势。

范阳是他的家乡，由于曾是叛臣安禄山的老巢而赫赫有名。安史之乱后，长期为藩镇所占据，时刻处在紧张的防备状态，几乎算得上是与世隔绝。

出身平民家庭，门第寒微，迫于生计，不得已栖身佛门，法名无本，自号“碣石山人”。长年累月的艰苦岁月，让他过早地品尝到生活的不易以及现实的残酷，清幽寂静的佛门净地，也许可以拂去心头的尘埃与阴霾。

一遍遍诵读经书，参禅悟道，枯寂的禅房里，回荡着袅袅的佛音，他的灵魂可曾受佛祖的净化和洗涤，旁人不得而知，在这万籁俱寂的圣地，逐渐形成了孤僻冷漠的性格，沉默而寡言，惜字如金。

不喜世间的繁华热闹，对功名利禄淡而处之，宁静而致远，孤独又无畏地活在自己的世界里，总是面无表情地观察着周遭往来的一切，他的喜怒哀乐从

来不会轻易挂在脸上，他的情绪与表情是脱节的，似乎尘世的一切纷扰是非，都难以让他挂怀。

或许，吟诗是他唯一的惦念，也是他躲避世俗的好去处。

他可以为了吟诗而忘乎所以，“虽行坐寝食，苦吟不辍”，因此世人又称他为苦吟诗人。

迈入佛门，在他的心里，其实是出于无奈的选择。在洛阳，对出家人是有规定的，午后绝对不得踏出寺院半步，这似乎并不是什么苛刻的规定，而贾岛却满是愤懑，只因为他的自由被束缚住了，这是他难以容忍的事情。淡泊一切的他，固执起来一点都不含蓄，独自叹道，“不如牛与羊，犹得日暮归”。可他的不满终归得不到解决。

不论何处，束缚都是存在的，只是某些明显，某些不明显而已。

也许，在他落发的那一瞬间，已经确定自己将永不沾染尘世了，决心此生此世与枯灯、佛珠为伴，可内心深处的骚动，经不住撩拨，一旦有释放能量、实现抱负的契机，他断然决定还俗，重新坠入尘网，继续未完成的心愿。

一个半俗半僧的诗人，有一颗想要出仕的尘世之心，也有一颗甘愿寂寞相伴的禅心。

每个人的生命中，都会邂逅几个重要的人物，可以在不知不觉间改变一生的命运轨迹。韩愈之于贾岛而言，正是一个不得不提的转折点，让他放弃了佛门，重归世俗。

“推敲”二字，是贾岛的首创，说来话长。

平凡的一天，贾岛来到长安城的郊外，打算拜访一个叫做李凝的朋友，怀着与旧友即将相见的喜悦心情，他在蜿蜒曲折的山路上走走停停，费了好大功夫才找到李凝的家门。

此时，皎洁的月光铺满大地，澄澈又安详，白昼里生机盎然的万物在黑夜里变得静悄悄的。轻轻地敲门声无意间惊醒了安眠于树上的小鸟，诗人感到有些抱歉，也有些悠闲。

三五下的敲门声过后，小鸟都醒了，主人李凝却还未应声开门。原来，李凝已经外出。贾岛不愿空手而归，于是吟诗一首：“闲居少邻并，草径入荒

园。鸟宿池边树，僧敲月下门。过桥分野色，移石动云根。暂去还来此，幽期不负言。”

作诗一首也不枉此行，第二天他便骑着毛驴返回长安。路上，趁着思绪放空，他想到了昨晚一时兴起而作的那首小诗，“鸟宿池边树，僧推月下门”一句让他琢磨了许久。月亮之下，推门而入，意境倒是也不错，如若换成“敲”字，也许更为恰当妥帖。

想着想着便入了心，走了神，一边骑着毛驴，一边反复吟诵着，不断比划着敲门、推门的动作，不知不觉间，已经进了长安城，迈入天子的脚下。

他与韩愈的相识就由此开始。被仪仗队簇拥着的韩愈，从大街的那一头缓缓走来，还沉浸在自己诗句里的贾岛，骑着毛驴无意间闯进了韩愈的仪仗队中。下场可想而知，差人将他带到韩愈的面前，质问他为何乱闯。

换做旁人，也许会因为惊吓，支支吾吾地说不出话来，而贾岛竟然无动于衷，甚至将这首诗念给韩愈听，并讲明了自己的纠结。

意想不到的是，韩愈竟饶有兴致地思索起来，认真地对贾岛说：“依我所见，还是用‘敲’字较好，万一门是关着的，又如何推得开？况且，深夜造访友人，还是要先敲门才好啊。而且，单单一个‘敲’字，使夜深人静之时多了几分声响，静中有动，岂不是更加活泼？”

韩愈的一番分析让贾岛深深折服了，觉得甚是在理。两个原本素不相识的人，就在一个偶遇中成了至交。他深藏不露的才华，也为韩愈大为赏识，劝他还俗，参加科举，走上仕途。

在韩愈的支持鼓励下，他终于决定还俗，想要凭借一腔热血与满腹文章转战仕途，奈何与金榜题名无缘。理想虽恢弘远大，现实却冰冷无情。举子想要凭借科举在官场上崭露头角岂是易事，出身卑微的他，没有坚强有力的靠山，一切只是镜中水月罢了。

苦心磨炼了十年的宝剑，在等一个出鞘的机会，跃跃欲试，剑锋直指天下不平之事，横扫千军的气势和魄力，无人能敌。遗憾的是，如此宝剑，竟然没有一展雄风的机会，只得苦苦等候着，忍受着不为人知的孤独寂寞。

寂寞不可怕，怕的是无人赏识。

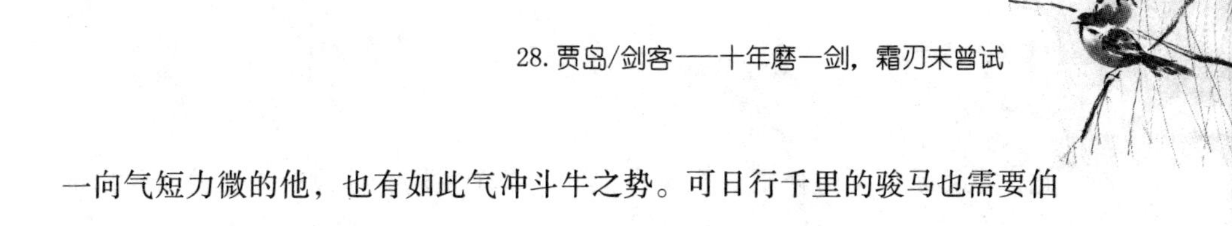

一向气短力微的他，也有如此气冲斗牛之势。可日行千里的骏马也需要伯乐赏识，将它安置在合适的位置上，从而发挥出它的威力与能量。

决然还俗，壮志满怀，结果却不尽人意。他将自己的抑郁归结于公卿的压制，对此无能为力，却又无法满不在乎。他从裴度庭院经过，吟道："破却千家作一池，不栽桃李种蔷薇。蔷薇花落秋风起，荆棘满庭君始知。"

他作诗嘲讽裴度的聚敛无度，却也无奈自己的出仕无门，他的抱负无处施展，位居高位的人却不知收敛，可叹、可叹。

贾岛有个名为无可的堂弟，同时出家，同为诗人。贾岛半路还俗，一心奔前程，想要有所建树，无可却依旧合掌向佛，不问世事。

在贾岛准备还俗时，二人有约，将来功成名就之后，依然皈依佛门。约定固然是诚恳的，可尘网恢恢，一旦沾染，再想脱身，难如上青天。无可写诗提醒他勿忘约定，他是如何答复的呢？

"名山思遍往，早晚到嵩丘"，他对清静之地的向往，未曾磨灭过。可身在凡事，心念凡尘，七情六欲再难割舍。

一生坎坷，却在诗艺中得到精神的馈赠和满足，"二句三年得，一吟双泪流"，耗尽心血，只为争得几首典藏之作，字字锤炼，句句斟酌。

贫困潦倒的一生之中，官职微小，所得俸禄难以自保，曾妄想剪断三千烦恼丝，却割不断愁丝千缕，想要建功立业、成就一方，却郁郁寡欢，终生不得志。即使曾得到韩愈的支持和资助，却依旧没能免受现实的挫折。

十九岁时四处云游，结识孟郊，在随后的岁月里，二人齐名，为后世留下久远的印记。

韩愈赠诗云："孟郊死葬北邙山，从此风云得暂闲。天恐文章浑断绝，故生贾岛著人间。"

去世的那一天，身无一钱，唯有一头病驴，一张古琴，除此之外，再无其他。如此落寞，在弥留之际回望此世时，是否觉得一切都值得？他会悔恨自己曾弃清静之地而去吗？他是悲是喜，不得而知。

悉心擦拭的宝剑，终是只能停留在剑鞘中，孤独一世。

他在创作上的一丝不苟和善于雕琢，成就了他诗人的一生，也许，想到

此，也算是了无遗憾吧，至少在他的某一个主场，他没有辜负他所付出的的辛劳和心血。诗篇中处处可见荒凉、枯寂的境地，凄苦就是他的主旋律。

泪、恨、死、愁、苦……字字见血，直戳他的心灵。

他的诗风在晚唐自成一派，成为无数人的信仰，对他顶礼膜拜。他的苦吟，不单单只有苦滋味，他精心遣词炼句，在每一个字上都颇下功夫，他也舍得下辛苦。精道的词句之外，其中所蕴涵着的思想，与他所处的时代和环境是密不可分的。

诗中所营造的每一处意境，读罢后，教人感同身受。这是他反复锤炼、用心推敲的成果，并且他的精明独到之处在于每一处的匠心独运不着痕迹，自然而然、一气呵成。

佛曰：不可说，不可说。一说泪便落，十年成因果。

一切过往，都随风去吧。

29. 李白 / 登金陵凤凰台——凤凰台上凤凰游，凤去台空江自流

凤凰台上凤凰游，凤去台空江自流。
吴宫花草埋幽径，晋代衣冠成古丘。
三山半落青天外，二水中分白鹭洲。
总为浮云能蔽日，长安不见使人愁。

拨开历史重叠缠绕的迷雾，在流传于世的诗篇中，寻找一个傲然挺立、不卑不亢的身影。哪怕时光的河水流淌了这么久，他的眉眼和气魄依旧如此清晰。

他的血肉早已腐朽，与大好河山融为一体，涓涓细流是他的低吟，巍峨雄山是他的脊梁，璀璨星光是他的神采，同日月一起，存世千年。

他是李白，是那个将美酒大口地喝入愁肠，七分化作月光，三分呵成剑气的男子。

他说“天生我材必有用，千金散尽还复来”，他有远大的政治抱负，愿意将国家兴旺扛在肩上，坚信有朝一日可以凭借满腹学识“出则以平交王侯，遁则以俯视巢许”，他鄙视依靠门第荫封而享高官厚禄的权豪，不屑阿谀奉迎，更不甘心受世俗摆布，被动接受沉浮，他的傲骨和才气让盛世大唐都黯淡无光。

遗憾的是，他的光芒扫不尽现实的黑暗与阴霾，他的洒脱不羁本就与牢不

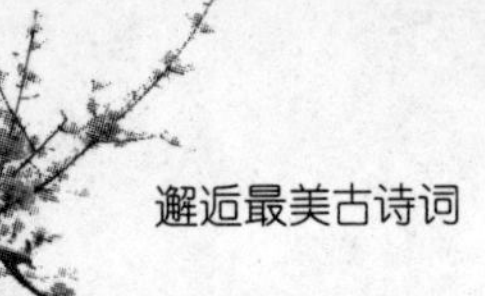

可破的封建礼教格格不入，封建等级的桎梏让他窒息，他要自由，要解放，留下一句“安能摧眉折腰事权贵，使我不得开心颜”，翩然而去，继续纵情山水之间，对酒当歌，不问人生几何。

漂泊的一生充斥着豪迈和激昂，他是不屈的独行侠，以天地为家，不论是洞庭的浩渺烟波、赤壁的风云突变还是蜀道的横绝峨眉巅，都在他灵动飞扬的笔下得以重生。

他在诗中不断塑造自我，表现自我，也在不断追求自我，澎湃的情怀流淌于每首诗的字里行间，他的诗就是他的个性，他不同于贾岛字字斟酌，一句话反复思量，他往往一气呵成，随性而发，大江大河、群山峻岭，都流露出鲜明的浪漫主义情怀。

对于任何一种感情，他从不添加半分掩饰，更不会刻意节制，嬉笑怒骂自然流露。他有“手持一枝菊，调笑二千石”的洒脱不羁，傲世而独立；他有“一唱督护歌，心摧泪如雨”的悲天悯人，对百姓的同情化作泪如雨下；他有“过江誓流水，志在清中原。拔剑击前柱，悲歌难重论”的豪情壮志、慷慨激昂，甘愿抛头颅洒热血而救国家于危亡之际；他有“两人对酌山花开，一杯一杯复一杯。我醉欲眠卿且去，明朝有意抱琴来”的天真直率。

感情之热烈奔放，豪情之纵横驰骋，以及那神游八极的亦幻亦真，着实配得上“诗仙”的雅称。尘世的纷纷扰扰竟然没能侵扰他半分半毫，尔虞我诈也好，勾心斗角也罢，他挥挥衣袖，一扫而空。

他醉着，却比许多人更清醒。他醒着，却希望自己一直醉下去。浪漫混着癫狂，寂寞混着痛苦，都一并揉进诗里，倒进酒里，洋洋洒洒喷洒出来，留给后世去揣摩吧！

起起伏伏、走走停停，在长安城不得志的他是矛盾的，一方面四处受到排挤，大展宏图的伟愿难以实现，不由得灰心丧气，痛恨奸人当道；一方面朝堂之上难以逾越的封建礼教让他倍感痛苦，阿谀奉承的事他做不来，也忍受不了他人谄媚的嘴脸，他需要解脱。

曾经以为长安是他的福地，他的人生将在这里开始发生翻天覆地的变化，可惜他错了，错得如此离谱。这里不是供雄鹰展翅的广阔天空，而是囚禁他的

牢笼，会击碎他的梦，斩断他的翅膀。

离开才是最佳的选择。

途中经过曾为六朝帝都的金陵，登上凤凰台，望着天，望着水，难掩心中的惆怅。

凤凰台就建在金陵的凤凰山上，凤凰山上凤凰台，凤凰台上凤凰游。相传，南朝永嘉年间，有凤凰聚集在这座山上，因此筑建了凤凰台。

凤凰贵为百鸟之王，雄为凤，雌为凰，它是天下太平的祥瑞之兆，万民和乐则凤凰来仪。它死后，周身会燃起大火，火光冲天，而它却能在熊熊烈火中得以重生，并且烈火赋予其更强大持久的生命力，由此被称为凤凰涅槃，周而复始，生生不息。

金陵是六朝帝都，曾经繁华似锦，佛寺林立，宏丽奢华，“南朝四百八十寺，多少楼台烟雨中”，可见其兴盛至极。

百年前，凤凰鸟结伴而来，在这里游憩，往昔风光仿若历历在目，依稀可见。如今，昔日的凤凰台犹在，静默地伫立在江边，不见凤凰故地重游，不是天地变了，而是人心变了。

江水不问喜悲，自顾自地东流不息，将前尘往事一并抛诸脑后，湮没在湍湍的流水中。也许最快乐的当属这滔滔江水，流动着、跳跃着，不论是细细低语，还是引吭高歌，每一日都是崭新的开始。

李白独自一人登上这空荡荡的凤凰台，迎风而立。遥想当年恢弘壮丽的吴王宫殿，郁郁葱葱的花草树木，以及那余音不绝的靡靡之音，不由得心生感叹。繁华散去，唯独留下荒凉幽僻的小径，杂草丛生，再不见往日风光。

曾经驰骋沙场、指点江山的风云人物，连同他们建立的辉煌功业，都被历史的车轮一并碾压，变成了尘土和回忆。前人留给后人的，唯有一声叹息。

远处的高山挺立，三峰并列，南北相连，不阿天、不媚地，在风云变幻的百年、千年里，见证着各家王朝的兴亡更迭，将一切尽收眼底，却不言不语，那看透世间百态的悠然，岂是凡夫俗子可以模仿。

陆游《入蜀记》云：“三山，自石头及凤凰台望之，杳杳有无中耳。及过其下，距金陵才五十余里。”其中“杳杳有无中耳”与“半落青天外”相

辅相成。

不远处的秦淮河，受到白鹭洲的阻隔，水势一分为二，同一个源头却注定走过不同的历程，看不同的风景，怀着不同的心情。

浮云也有自己的人生轨迹，那就是微风将它带到哪里，哪里就是它短暂的居所，一生都在飘荡，一生得不到安稳。有时遮天蔽日，有时倾盆大雨，有时万里无云，找不到它的踪迹，它不知道远方为何方，无忧无虑地跟随，未尝不是一件好事。

他极力想要看得远一些，再远一些，那是长安城的方向，却看不到长安城，那是他心心念念的地方，让他欢喜让他忧，寄予他希望，也让他空欢喜。

时间一点一点流逝，人走楼空，峥嵘岁月也罢，爱恨情仇也罢，都随风而逝，一去不复返。想要在岁月中留住什么，简直太难了。

长安城与六朝帝都金陵相比，并不逊色，可停留在他的眼中的并不只有这些。王朝的盛衰，取自君主帝王的运筹帷幄，也与一代臣子息息相关。明主出明臣，昏君自然也与奸臣贼子相配。

陆贾在《新语·慎微篇》说道："邪臣之蔽贤，犹浮云之障日月也。"贤臣良将一向受奸佞之人的排挤，想方设法置他们于死地，为了保住高官厚禄不惜一切代价，又怎管黎民百姓是否身陷水火之中。

一心为国的人，却得不到半点展现的机会，只得郁郁寡欢，无奈退场。祖国的大好河山，千万百姓，要谁来守护？退隐还是济世，在这二者间该作何选择，他是纠结的。

李白很早起便对道教情有独钟，"尊道贵德，天人合一"是道教的最高信仰，喜欢隐居山林，敬天法祖，寻仙访道。同时，他也有建功立业的政治抱负，向往能够"申管晏之谈，谋帝王之术，奋其智能，愿为辅弼，使寰区大定，海县靖一"。

"谈笑安黎元""终与安社稷"是他不变的追求和理想，"大鹏一日同风起，扶摇直上九万里。假令风歇时下来，犹能簸却沧溟水"，他常以大鹏、天马自比，期待能有辅佐明君的机会。

可惜的是，唐朝向来实行重农抑商的政策，商人在很大程度上受到抑制。唐朝规定，凡是祖先经商之人禁止参加科举考试。而李白恰恰触犯了这条禁令，无奈他没有参加科举考试的资格。连出仕最基本的道路都被堵上了，可想而知，他的心境如何。

他积极入世，心系国家大事，深切体会到劳苦大众的辛酸和劳累，他想要有所作为，却找不到一个任他发挥才能的机会，报国无门，苦不堪言。

幸而他心胸开阔，生性洒脱，一生放浪不羁，且行且歌，才会有诗仙李白，而不是政客李白。他从黑暗的官场脱身，重新回归自然的怀抱，感念万物自然的气息。

在他之前，诗人崔颢作一首《黄鹤楼》：“昔人已乘黄鹤去，此地空余黄鹤楼。黄鹤一去不复返，白云千载空悠悠。晴川历历汉阳树，芳草萋萋鹦鹉洲。日暮乡关何处是？烟波江上使人愁。”

据《苕溪渔隐丛话》《唐诗纪事》记载，李白闻之大为赞赏此诗，在登上凤凰台后，有感而发，写就传世经典，天然成韵，没有一丝一毫的雕饰，全诗潇洒清丽，处处透着他的情怀。

一生辗转，从未停歇。只是走了很久的路，却未能到达理想的彼岸，一直在现实和理想中徘徊，兜兜转转，却找不到二者相连的桥梁。

人生的末尾处，他定居金陵，窘迫的生活压迫着他，不得已投奔在当涂做县令的李阳冰，寄人篱下，孤苦度日。

他的忧愁还未来得及消散，生命就走到了尽头。今生今世，虽坎坷颇多，却不枉来人世走这一遭。在他弥留之际，是否能记起凤凰台上，他眼中的江水和群山，他心中的长安和帝王？

30. 佚名 / 越人歌——山有木兮木有枝，心悦君兮君不知

今夕何夕兮，搴舟中流。
今日何日兮，得与王子同舟。
蒙羞被好兮，不訾诟耻。
心几烦而不绝兮，得知王子。
山有木兮木有枝，心悦君兮君不知。

多少爱慕相思，都停留在嘴边，还未来得及一吐为快，却悄悄打了退堂鼓。不是爱得不够深沉，只是有些爱更适合沉默，以免对方投来的目光，让人无处躲藏。

让人无可自拔的单相思，自古有之，像是不能言说的秘密，一直沉在心底，唯有夜幕降临，或是晚来风起时，叫人加倍不安与彷徨。不倾诉，自然有各种曲折与理由，就在悄无声息间慢慢累积、沉淀，等待一次爆发。

如同往常一样，她驾着一叶扁舟，在悠悠江面上徜徉，原本平淡无奇的事情，因为心仪之人的到来，而变成非比寻常的时刻。

该是怎样的一个良辰吉日，能够有幸与他同乘一舟。痴痴地注视着他俊朗刚毅的面庞，看着他随风飘扬的衣摆，表面上一片沉静的她，心底早已掀起阵阵波澜。

多少个辗转反侧的夜晚，多少次不成眠，多少次自顾自地陷入沉思，都是因为他的存在。此时此刻，朝思暮想的人就站在身旁，无以言表的喜悦悄悄化

作红晕，出现在她的脸颊上，这样短暂的时刻，足以让她欢喜许久。

她眷恋着他，可她不能大声地告诉他，彼此相差甚远的身份，让她的爱恋变成没有结果的结局。她是卑微的蝼蚁，他是高贵的王子，天壤之别、云泥之差，让她自卑，也让她绝望。

在他的眼神中，并没有流露出些许的厌恶与鄙视，这就足以弥补她一厢情愿的悲凉，这是她的独角戏，所有悲哀或者欢喜，皆是拜他所赐，却是她一人承受，纵然叫人无奈，却也着实叫人愉悦。

高高在上的他，并没有因为她泛舟者的身份而嫌弃她，甚至如其他人那般责骂她，他只是微笑着，不说什么话，却能让周遭的空气都变得欢快，如此得来不易的幸福，还有什么不甘心，还有什么不知足。

爱情有时贪婪，让人沉浸其中，一味地索取，可更多时候，它是慷慨的，让人一心一意地追随，不问过去，不问将来，能够拥有当下的时光，就是最大的心愿。

也许是她隐藏得恰到好处，她的紧张，她的兴奋，都生生压在心里。巍峨的群山之上，有广袤繁盛的树木，树木之上有茂密的树枝，这是人人皆知的事情，太过平常，并无需多解释，可她的一片深情，他却一无所知。

爱他却不能告诉他，是世间最无奈的抉择。

据刘向《说苑·善说》记载：春秋时代，楚王母弟鄂君子皙在河中游玩，钟鼓齐鸣，好不热闹。摇船者是位越人，趁乐声停息，便怀抱双桨，用越语唱了一支歌。鄂君子皙听不懂歌词，便叫人翻译成楚语，即是《越人歌》。

婉转悠扬的旋律，搭配字字真情的歌词，那份真挚的爱恋之情便不再空洞，异常真实动人，叫人忍不住一听再听，勾起多少旁观者内心相似的相思之情。

悱恻缠绵的语调，穿透时光的间隙，从公元前540年飘扬而来。心心念念的人啊，此刻就出现在她的视线中，青山白水间，一切都变得愈发模糊，唯独他的身影愈发高大，也愈发清晰，恳请时间的细沙，流得慢一些，再慢一些，好容她看得再仔细一些，就用一次长久的凝望，换来此生此世的不能忘怀。

飘逸洒脱，绝世独立，仿若不食人间烟火的仙人，叫人一眼望去，就再难以挪动视线，他只顾着欣赏美景，她只顾着欣赏他。

岸边低垂的杨柳，随着微风轻轻摇摆，好似她此刻暗自摇曳的心情，也许湖面上一圈圈的涟漪懂得她的心事，所以笑而不语，同她一道沉默着，悄悄享受着难得的甜蜜时光。

尽管是两个人的故事，却只有她一人知晓，她顾不上未来如何，只是最清楚，此时此刻，此情此景，是她梦寐以求的画面。也许是上苍听到了她的祷告，为她安排了一次短暂的相处，她情不自禁地唱起了歌，释放着压抑许久的热情。

清脆的歌声，唱出了她的心声，他也许不懂，可这并没有关系，这是她的爱恋和深情，他无需懂，也无需回应，哪怕今后的某一天，他会忘记曾经与他同乘一舟的她，她也没有任何哀伤的理由。

如此与众不同的一天，会成为她此生绮丽的梦，蔚蓝无云的天空会记住她的惊喜和娇羞，她的忐忑不安和故作镇定，会永久地留在她的脑海中，成为徘徊不去的记忆。

从此以后，当浓烈的思念在周身蔓延时，至少可以记起他的模样，他的微笑，以及他的气息，就让这个无人知晓的秘密与那款款深情的歌声一起，留在她的记忆深处吧。

如果可以有任何奢望的余地，多么希望还有这样的机会，能够再一次为他撑桨，哪怕是以卑微的身份相伴左右，也好过再无交集的守望。

千年前的心情，跟随时光流转到如今，依旧如此，多少痴男怨女苦守着一颗真心，假装若无其事地走走停停，随意说笑打闹，殊不知多少强颜欢笑背后，是说不出的心酸和寂寥，是一忍再忍的炽热情感。

有情人终成眷属，随后开启白头偕老、天长地久的余生。两情相悦的浓情蜜意，让多少爱而不得的单相思愁碎了心肠。原来，有缘无分是最大的惩罚。

此生只有一面之缘，是由不得人选择的哀愁，思绪万千，却不能只顾沉浸在不可抗拒的漩涡里，毕竟难得相识一场，即便岁月无情，终归是一段无可比拟的回忆。

不能诉说的恋情只是演绎了《越人歌》的其中一个版本，除此之外，它还有另一个故事。

《越人歌》有记载的出处，是汉刘向《说苑》，卷十一，善说篇，第十三段。

明媚爽朗的某一天，是楚国襄成君册封受爵的日子，意气风发的襄成君身着华丽庄重的礼服，伫立在悄悄流淌着的河边，望着川流不息的河水，不知在思索着什么。

楚大夫庄辛偶然在河边经过，见到傲然挺立、风度翩翩的襄成君，内心深处有莫名的狂喜涌动，那是难以表达的情愫，可他确定一定是有些什么东西是与众不同的，它可遇不可求，轻轻柔柔地缠绵在心尖上。

他心里揣着轻快，赶忙走上前行礼参拜，并主动伸出手来，想要与他握手示好。期待之中的是一场相识，等来的却是对方的愤懑不快和不予理睬。

换做今时今日，握手示好是再普通不过的一种礼节，而当时当日，简直可当做异端。此情此景，庄辛没有丝毫犹豫，他仔细地洗了手，依旧站在襄成君的身旁，不急不缓地讲起了楚国鄂君的故事。

鄂君子皙是楚王的弟弟，在阳光普照大地的某一天乘船出游，一路上大好风光一览无余，心情在不知不觉间，也随着流转的空气欢快愉悦起来。

对他爱慕许久的越人船夫环抱着船桨，开始纵情高歌。悠扬缠绵的曲调，带着船夫的深情厚意，宛若生出了翅膀，飞扬盘旋在空中，传遍九天。

船夫正在唱着的，是歌曲，更是他的心事。曲声飞扬，委婉地诉说着，吐露着，在这千载难逢的时刻，没有什么值得考量的事情，也没有什么能够阻挡他的歌声。

鄂君即使并不知晓船夫所唱的内容，可委婉的歌声还是深深打动了他，当即命人将越语翻译成楚语，这便有了《越人歌》的词。

明白歌词大意后的鄂君，恍然大悟，非但没有丝毫怒气，相反，竟然出乎意料地走到船夫身边，张开双臂拥抱了船夫。不仅如此，他取出精致柔软的绣花被，亲自盖到船夫的身上，表示愿意与他同床共寝。

故事讲到这里，庄辛淡淡地询问襄成君，尊贵无比的鄂君没有因为自己的身份而拒绝船夫的美意，而他又为何不可以轻握他的手。

听罢庄辛的一席话后，襄成君心悦诚服，一改最初的不情愿，大方地将手

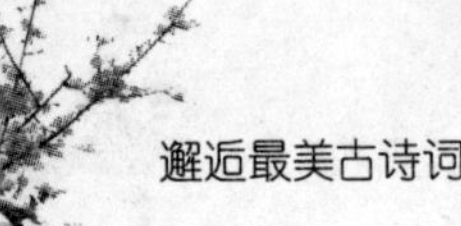

递给庄辛，满足了他的请求。

在情分面前，没有高低贵贱之分，一片真心、一番好意都是恍惚人世间最值得珍藏的宝物，若是谁人不懂珍惜感情，则是太大的失误。当百年后，孤零零沉睡于黄土之下时，无人惦念的寂寞，岂能怪他人。

纵观古今，歌声都是人们表达心声的不二之选，满心的欢喜都借着歌声表达出来，它不同于静止的文字，无声无息，比起有声的曲调，多少欠缺了一丝丝氛围。

时光倒转回千百年前，率性爽朗的越人凭着天籁般的歌声，将一腔热情呈现在意中人的面前，不论是何种版本，何种结局，都带着百转千回的情思，让多少人感同身受，意犹未尽。

31. 柳永／雨霖铃——执手相看泪眼，竟无语凝噎

寒蝉凄切，对长亭晚，骤雨初歇。都门帐饮无绪，留恋处，兰舟催发。执手相看泪眼，竟无语凝噎。念去去，千里烟波，暮霭沉沉楚天阔。

多情自古伤离别，更那堪冷落清秋节！今宵酒醒何处？杨柳岸，晓风残月。此去经年，应是良辰好景虚设。便纵有千种风情，更与何人说？

没说出口的情话，如宣纸上的留白，静默无声，却摄人心魂。万语千言，竟然不知该从何说起，唯有眼神中的情深意长，稍能表达内心的不舍、无奈以及种种。

深秋已到，处处透着萧瑟，每片从树枝上飘落的叶子，似乎都带着一段无人知晓的尘事，还未向旁人一一讲述，就已经乘着寒风降落到底端，与泥土为伴，直到变成泥土，守护来年新春的嫩芽。

秋末的蝉藏躲在某处，发出阵阵凄凉又急促的叫声，隆冬即将降临，在热闹了一个夏天和秋天过后，终究是要度过漫长的寒冷，想要躲，怕是无处可躲。

正值傍晚时分，一阵倾盆大雨刚刚停歇，空气中弥漫着丝丝凉意，包裹在身体四周，让一颗火热的心都凉了几分。

都城外，长亭旁，帐篷里，一场饯别正在进行中。美酒香醇浓烈，芳香四溢，在座的人却完全不在意，若换做平常，怕是推杯换盏间，好不快活，正是“酒逢知己千杯少”，一杯接一杯，畅饮到天明。

如今，同样的人，同样的酒，却怀着别样的心情。分别在即，让美酒都变得索然无味，酒入愁肠，徒留下苦涩，叫人久久无法释怀，不想走，却又不得不走。如果别离是注定的因果，那么是否可以让这最后的相聚变得长一些，再长一些。

不舍的情绪在蔓延，别离的苦闷在持续，一不留神便陷入难舍难分的境地，时间行走的时候悄无声息，却以不动声色的力量红了樱桃、绿了芭蕉，它没有任何声响，却让一切为之改变。

依依惜别的两个人，手握着手，沉默不语，只能从彼此闪烁着的泪光中追寻逝去的短暂相聚。酝酿了许久的道别，竟在最后关头哽在喉咙，说不出也道不明。此时此刻，无言却胜过千言，无声却胜过有声。

因为某些心绪，不用说，其实心知肚明，这就是彼此长久以来形成的默契和情谊。

此次一别，不知何时何日才能重逢，甚至也许没有归期。一路向南，千里迢迢，走过一程又一程，仿若走在时间无涯的旷野之上，没有尽头，不着边际，唯有不停地走下去，驶向一个又一个的开始或结束。

烟波浩渺，夜幕四合，沉甸甸地落在心头，驱赶不开，只得让身心一同去体味，一望无边的楚地天空，没了繁星璀璨，竟有说不出的落寞。

自古以来，世间多情的人，最能令其伤心的时刻便是离别，细腻敏感的心，要经受别离的痛与苦。寂寥冷落之感，似乎要将人吞噬，在暗无天日的光景中独自徘徊、感伤。

悲凉的秋意啊，让一切离愁别绪无限放大，扩散至每一条神经，醉了却更清醒，醉了也更是痛。更何况今朝一醉，待到明日醒来，又有谁会知道他身在何处。也许唯有岸边的杨柳作伴，去面对凄厉的晨风与黎明的残月。

此去经年，近日向别，不知何日再见，在漫长的光阴中，不论是晴朗明媚还是鸟语花香，怕是无人一同分享，一个人的好时光又有什么意义呢？

纵使满腹的深情厚意，无人回应，也只是无聊之谈罢了。

北宋的词人众多，群星荟萃，随意一指，便堪称大家，柳永就位列其中，开创了婉约一派。他是宋仁宗朝的进士，曾官至屯田员外郎，故世人称其为柳

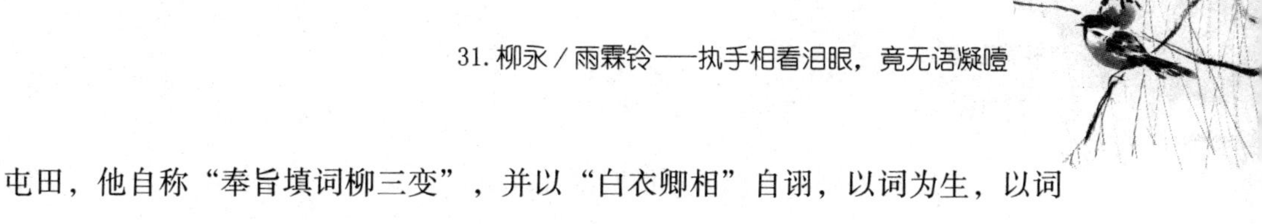

屯田，他自称“奉旨填词柳三变”，并以“白衣卿相”自诩，以词为生，以词过活。

每一句词，都隐藏着他的情绪和心思，不知如何与外人道，便挥洒成文字，写就一段段风花雪月，朝露是缠绵，黄昏是留恋，一草一木皆有悲喜。

多情的人拥有更为细腻敏感的神经，他的欢喜，他的悲凉。生活中的点点滴滴，以神秘的魅力吸引着他去感悟体味，尤其是歌妓的喜怒哀愁，以及羁旅行役之情，笔笔生辉。

用笔将故事临摹，铺陈刻画，没有无情的景，也没有无景的情。南宋叶梦得在《避暑录话》中记有“凡有井水饮处，皆能歌柳词”。

将浓烈或委婉的感情以淡淡的口吻慢慢道来，在不知不觉间，触及人心底最柔软的部分，或哭着追忆感伤，或笑着品味甜蜜。

世间一个情字，最复杂也最简单。

柳永出生在崇安五夫里，这里盛产荷花，在他家门前，便是一片偌大的白蕖之象，满目盛开的荷花，给人的是一片好心情。钟灵毓秀的山水，给了他飘逸的情怀，在人生的苦短中，成为他内在修正自我的标准。

走出家门之后，柳永再也没有回到家乡，轻盈舞动的荷花，久久存留在他的记忆深处，每每忆及，都带着纯粹的思恋和想念。

少年时，柳永来到汴京应试，城市的繁华和风光的绮丽，丰富了他的内心世界。他擅长作词作曲，在花街雨巷，游游走走，结识众多歌妓。

一时间，风流倜傥，浪子作风，好不快活。

有人赏识他的才华横溢，在仁宗面前大力举荐，满以为他会是平步青云的结局，却没有料到，仁宗得闻此人后，只是批了四个字：“且去填词。”

没有预想中的顺风顺水，对他而言是个沉重的打击，君主只看到了他表面的纸醉金迷，却没看到藏在文字下面想要大展雄风的一颗心。

他自称“奉旨填词柳三变”，透着潇洒不羁，看似不在意，实际上，谁能体会他壮志未酬的苦涩和不甘心，这个表面随性、实则纠结的名字，浸满了他的无奈，一句简单的自嘲罢了。

汴京、苏州和杭州，是他经常辗转的地方，在这里，开始了一种流浪似的

生活。失意又无聊，大把大把的时间无处安放，此时，乐坊就成为一个打发闲暇的理想之地。

是逃避，还是解脱，也许连他自己都说不清楚。

说不清楚索性就不要再说，顺其自然就好，何必强求无法拥有的东西，对自己也是一种折磨。

乐坊的乐工和歌妓对他尤其拥戴，他们爱他的每一首小词，清丽别致，流畅悠扬。赏识的力量是无穷的，他感激他们的捧场，愈发刻苦，创作出大量适合歌唱的新乐府词曲，伴着婉转的旋律，倾听一段故事。

坎坷仕途路，每走一步都如此艰辛，使得生活潦倒，没有保障，过着捉襟见肘的日子。曾经一心想要功成名就，在官场有所作为，他日荣归故里，衣锦还乡，也不算辜负家门。

残酷的现实却将美梦击个粉碎，偌大的官场却没有他的容身之所，一身才华无处施展，落寞之余，愈发感到官场的黑暗，与其在旋涡中苦苦挣扎，不如早日脱身，畅游旖旎繁华的都市生活，流连花丛中，推杯换盏，低吟浅唱。

一生不羁，一生潦倒，种种红尘是非，得过且过，何必纠缠太多，扰得心神不宁。只是，生活就是生活，比起浮光掠影的诗词，它有更强的真实性。郁闷不得志的柳永，去世时，甚至要靠歌妓捐钱安葬。

落魄文人的痛苦，是他的切身体会，所以他的曲调更凄切，而悲怆之余，更真实感人。他以严肃的态度，温柔的口吻，将离别的不忍、思念的浓烈喷洒到纸上，一览无余。

一首词，是他的往事，也正是每个人的往事，历历在目，久久难以释怀。

谁无年轻气盛的岁月，柳永更是如此。就在准备大展宏图，一试身手的时候，光怪陆离的汴京将他牢牢吸引住，从青楼歌馆里飘来的浓情蜜意，让他暂时迷失了方向，他骨子里的潇洒倜傥被完全释放。

“近日来，陡把狂心牵系。罗绮丛中，笙歌筵上，有个人人可意”，他的心思被固定在风月场里，“知几度、密约秦楼尽醉。仍携手，眷恋香衾绣被”，享受不尽的温存。

他是有才之人，对此自己也深信不疑，所以将应试看得过于简单，还曾夸

下海口，“定然魁甲登高第”。

世间万事如意少之又少，事与愿违却比比皆是，他的豪言壮语并未成真，以名落孙山收场，这远远超出他的预料，是他难以接受的结果。

“忍把浮名，换了浅斟低唱”，这是他的选择，“才子词人，自是白衣卿相”，无冕之王，也未尝不可。

漂泊不定的一生，看惯了离别，也最恨离别，想求个安稳，却始终未能有个结果。他鄙视功名利禄，拥着自己的叛逆一条路走到底，却又向往功名，渴望一个机会。他说“浮名利，拟拚休。是非莫挂心头”，又道“富贵岂由人，时会高志须酬”，所以才有屡战屡败、屡败屡战的应试之路。

漫长的希望与寂寞中，他试图将周身的浪漫与现实相融合，情场与仕途，都是他难以舍弃的。

浮生一世，充满失意、落寞。

他对自我命运的剖析，对生存苦闷的探察，对纯粹爱情的向往，以及对功名利禄的追求，构成了他完整的一生。

不愿分别，却总在分别。究竟要以何种面目示人，恐怕他自己，也是矛盾纠结的。

32. 杜牧 / 秋夕——银烛秋光冷画屏，轻罗小扇扑流萤

银烛秋光冷画屏，轻罗小扇扑流萤。

天阶夜色凉如水，卧看牵牛织女星。

秋意渐浓，夜色渐深，天地之间，万籁无声。

银白色的蜡烛孤零零地伫立在窗台，微弱的光萦绕在它的周身，淡淡地投映到屏风上，悄无声息间，平添了几分暗淡与幽冷。

一个人的时光，也许注定要与寂寥为伴，黑夜是挣脱不掉的枷锁，它帮衬着孤单绑架了孤身一人的宫女。百无聊赖时，感觉满天繁星都在对着自己眨眼睛，带着些许不为人知的心事，小心翼翼地搜寻可以赶走落寞的办法。

一把绫罗小扇在手，是道不尽的许多愁，她追赶着四散飞舞的流萤，想要寻得一点快乐，忙碌一通，却只是枉然。古人常说“腐草化萤”，经常出没在草丛荒冢间，有它的出现，就预示着荒凉，没有生气。

薄凉的夜色，浸出心底的寒意，她的生活在这深宫之中，没有了指望。当短暂的热闹散去，徒留下斑斑驳驳的寂寞，她已经记不得如此无聊的日子是从哪一天开始的，当她有所察觉的时候，无事可做的一天又一天，早已不知道过了多久的时日。

卧在榻上，望着星星点缀的夜空，思绪一下子飞向很远很远的地方。牵牛星隔着迢迢银河，与织女星遥遥相望，对视无言，唯有思念在蔓延。

她是天帝的孙女，他是牧牛的凡人，一见钟情的爱情让他们甘愿违反天

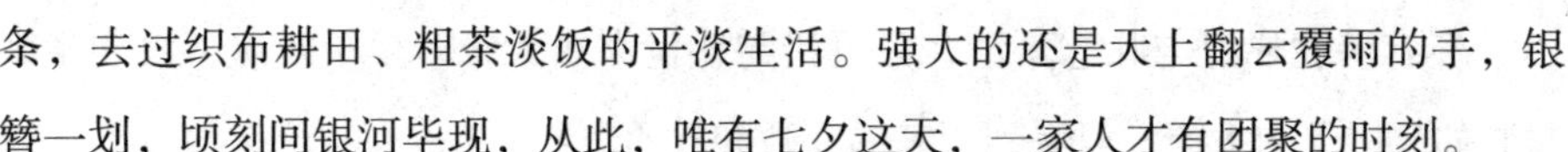

条，去过织布耕田、粗茶淡饭的平淡生活。强大的还是天上翻云覆雨的手，银簪一划，顷刻间银河毕现，从此，唯有七夕这天，一家人才有团聚的时刻。

爱情到底是什么模样，真的如旁人说的那般，充满甜蜜与欢喜吗？没有经历过爱情的她，纵然向往，却只能在高墙之内，仰着头自顾自地琢磨、幻想。

天色已晚，月光挟裹着寒意扑面而来，已经到了就寝的时间，她却迟迟不肯回房，比起恼人的孤独无助，这点侵人的寒意又算得了什么。

如果孤单是常态，那么她不甘心如此了却一生，那些繁花似锦的梦，还没来得及实现，就不经意间落到了如此境地。

夏日用来纳凉的扇子，陪伴她熬过酷暑，来到秋天，依旧是这把扇子。相传汉成帝班婕妤为赵飞燕所谮，曾集千娇百宠于一身的她，一时间成了失宠之人，将所有的苦涩悉数咽下，写下《怨歌行》：“新裂齐纨素，皎洁如霜雪。裁为合欢扇，团团似明月。出入君怀袖，动摇微风发。常恐秋节至，凉飙夺炎热。弃捐箧笥中，恩情中道绝。”

扇子成了失宠女子的象征，王昌龄在《长信秋词》写道：“奉帚平明金殿开，且将团扇共徘徊。”不管如何都改变不了被遗弃的命运。

三言两语间，一位独处深宫之中的宫女形象跃然纸上，她想要解脱的期望，不得解脱的哀怨，在动静之间描绘得淋漓尽致。这不仅是她的悲哀，更是整个封建时代的悲哀，宫女的命运成为那个时代全部妇女的缩影。

愁绪满腹，却不知道该如何排遣，孤寂之感布满生活的每一个角落，幽幽哀怨此起彼伏，肆意乱撞，根本不受控制。她的悲与苦，旁人不会懂，她也只好憋闷着，有朝一日，会不会等来彻底解脱的那一刻？

其实，她的苦，诗人感同身受。

杜牧，字牧之，号“樊川居士”，他是宰相杜佑之孙，杜从郁之子，二十六岁中进士，授弘文馆校书郎。后赴江西观察使幕，转淮南节度使幕，又入观察使幕。史馆修撰，膳部、比部、司勋员外郎，黄州、池州、睦州刺史等职，最终官至中书舍人。

杜牧对自己的家世很自豪，他说：“旧第开朱门，长安城中央。第中无一物，万卷书满堂。家集二百编，上下驰皇王。”

怀有满腔热血与壮志豪情，只可惜与盛世大唐无缘，生于晚唐，没能亲眼目睹如日中天的大唐，只看到了它的衰败和没落。

他有一段安稳富足的童年生活，杜佑的樊川别墅位于长安城南，林亭美宅，草木幽邃，他在这里度过了一段无忧无虑的时光，并且深受家学的熏陶，为他的文学之路奠定了坚实的基础。

可惜好景不长，祖父、父亲相继去世，颠覆了他原本的平静生活，贫困逐渐向他靠近，“食野蒿藿，寒无夜烛”，这是他曾经难以想象的日子，如今身处其中，才深切感知贫贱的艰辛。

二十岁时，便已博通经史，对于治乱与军事有着精辟独到的见解，二十三岁时一首《阿房宫赋》使他声名鹊起，“呜呼！灭六国者六国也，非秦也；族秦者秦也，非天下也。嗟乎！使六国各爱其人，则足以拒秦；使秦复爱六国之人，则递三世可至万世而为君，谁得而族灭也？秦人不暇自哀，而后人哀之；后人哀之而不鉴之，亦使后人而复哀后人也”，其以史明鉴的睿智可见一斑。

五十知天命之年，卒于长安，走完坎坷的五十载春秋。面对这个中兴无望，且内忧外患的时代，纵然忧心如焚，极度渴望力挽狂澜，无奈单凭一己之力怎能与历史的车轮对抗。

济世安民的宏愿，只存在于他的期待中，如天边的繁星遥不可及。

他在《郡斋独酌》里这样描绘自己：“岂为妻子计，未在山林藏。平生五色线，愿补舜衣裳。弦歌教燕赵，兰芷浴河湟。腥膻一扫洒，凶狠皆披攘。生人但眠食，寿域富农商。”

他“关西贱男子，誓肉虏杯羹”的气概，堪比驰骋疆场的勇士；“治乱兴亡之迹，财赋甲兵之事，地形之险易远近，古人之长短得失”的睿智，堪比诸葛在世；“主兵者，圣贤材能多闻博识之士，则必树立其国也；壮健击刺不学之徒，则必败亡其国也。然后信知为国家者兵最为大，非贤卿大夫不可堪任其事，苟有败灭，真卿大夫之辱，信不虚也”的主张，堪比军事谋略之大家。

一身的文韬武略无处施展，深感自己怀才不遇，大丈夫志在四方，只可惜没有给他提供展翅翱翔的空间，愿望落空的无奈，跟随他始终，也因此造就了他放旷不羁的性格。

据《唐才子传》载，“后人评牧诗，如铜丸走坂，骏马注坡，谓圆快奋争也”。刘熙载在《艺概》中也称其诗“雄姿英发”。

走近他，就不难发现，他的每一首诗都体现着他的张扬个性，洒脱不羁，又俊朗飘逸。他热衷于军事和政治，曾悉心研究过孙子，写下十三篇《孙子》注解，一篇策论咨文被宰相李德裕采纳，一时备受瞩目。

可用之才却生不逢时，正值晚唐江河日下，昔日的繁荣早已烟消云散，消失在人们的视线中，成为多少人魂牵梦绕的过去，每每忆及，都禁不住唏嘘感叹一番，如今留给后人的，只有昏聩无能的君主、连绵不绝的战事，以及独断专权的宦官，内忧外患击溃了这个昔日的帝国。

他想要做些什么来挽救摇摇欲坠的国家，熟读史书、精通军事，奈何看透了时局却看不透命运，在他去世后不过几年时间，风起云涌的农民起义不断壮大，几十年后，便彻底推翻了这个王朝，江山易主也只不过是弹指一挥间。

“请数击虏事，谁其为我听”，他的理想和抱负，他积聚已久的才能，在这个持续衰败的年代里，变得一文不值，纵然悲愤，却也只能眼睁睁地看着一切的恶化。

茫茫人海中，纷乱的大千世界中，竟然找不到依托。

相比于困在宫中的悲苦宫女，也许他更自由，当幻想破灭，再难成全的时候，他终于意识到，人是多么渺小的存在，这一生之中，有太多的无可奈何，与其苦苦挣扎，倒不如顺其自然。

可他做不到顺其自然，糟糕的心情需要释放，于是酒肆就成了绝佳的去处，饮酒成了他摆脱烦恼的良药，岂不知借酒消愁愁更愁。

不胜酒力的他，拥着酩酊醉意，将才情随意挥洒，无拘无束，无所顾忌，“高人以饮为忙事”“但将酩酊酬佳节”“半醉半醒游三日”，他与酒已经难舍难分，哪怕“一世一万朝，朝朝醉中去”，也是心甘情愿。

事实上，再浓烈醇香的美酒，也只是短暂的快活，此刻“乞酒缓愁肠”，下一刻却“得醉愁苏醒”，酒入愁肠，更添些许愁滋味，无论醉着还是醒着，现实的噩梦总是追随着他。

事已至此，那就这样吧。满腹经纶也好，壮志未酬也罢，都随风去吧，不

如及时行乐，游戏人间。

风流倜傥的杜牧，在扬州畅游，踏遍青楼酒肆，常常宿醉不归，将天与地，白与黑，一并抛诸于脑后，一并忘却。

不加节制的消遣方式，让淮南节度使牛僧孺大为担忧，为了确保他的安全，甚至暗中派人保护他。当杜牧调任回京的那天，牛僧孺将兵卒们发回来的平安帖拿给他看，满满一筐的平安帖令他惭愧至极。

“十年一觉扬州梦，赢得青楼薄幸名”，功名未成，艳情却不在少数。可不论他如何沉迷花街柳巷，他依旧是杜牧，一个有头脑的诗人，他以史讽今，句句切中要害。

走过五十载风风雨雨，墓志铭是他留给世人的最后一份心情，虽然平实无奇，与往日里的大手笔有所差距，却依旧掩盖不住他的文采。据《新唐书》载，墓志铭完成后，他闭门不出，将之前的文章悉数整理，挑出十几篇后，将其余的一概焚毁。

或许，外人以为他此生飘逸俊朗，把酒纵情，酣畅淋漓，而这一切背后，也许是他独自承受的悲凉。

33. 岳飞 / 满江红——三十功名尘与土，八千里路云和月

怒发冲冠，凭栏处潇潇雨歇。抬望眼，仰天长啸，壮怀激烈。三十功名尘与土，八千里路云和月。莫等闲白了少年头，空悲切。

靖康耻，犹未雪；臣子恨，何时灭！驾长车踏破贺兰山缺。壮志饥餐胡虏肉，笑谈渴饮匈奴血。待从头收拾旧山河，朝天阙。

流水悠悠，唱响多少仁人志士的悲歌，曲调浑厚嘹亮，闻者心情久久不能平息。

乌云堆积在一起，密谋着一场酣畅淋漓的大雨，不出多久，闪电配着雷鸣，狂风携卷着暴雨呼啸而来。天地之间，顷刻被大雨覆盖，留给世界一片苍茫。

那是谁，迎着风，独自一人登高凭栏远眺？他看到了什么，又想到了什么？紧锁着的眉头，让原本严肃的表情愈发凝重。

个人的是非恩怨比起国恨家仇显得如此不值一提，苍茫大地之上，飘荡着一个国家悲怆的长啸声，充斥着黎民百姓的哀怨与不满，此生此世，竟会如此艰辛，是国家的无能，也有国家的无助。

骤急的风雨一番惊天 动地之后，将寂静重新还给大地，只留下风声在继续。孑然一身的人，原来是民族英雄——岳飞。

岳飞在历史的长卷之上，留下浓墨重彩的一笔，他是军事家、战略家，更是民族英雄，是南宋中兴的四将之首，赫赫雄风，一展无余。

身经百战，怀着誓死拼搏的决心与觉悟，踏上每一次浴血奋战的征程，他配得上“最杰出统帅”的称号，他善于集结人民的力量，形成对抗外来入侵者不可或缺的战斗力，缔造了“连结河朔”之谋，主张黄河以北的抗金义军和宋军互相配合，夹击金军，以收复失地。

为人沉默寡言，却不木讷；治军上，赏罚分明，讲究严明纪律，铁面无私却也能够体恤部下，做到将心比心，以身作则。由他率领的岳家军素有“冻杀不拆屋，饿杀不打掳”的铁令。

在金人之中流传有“撼山易，撼岳家军难”的感叹，敌人的惧怕则是对他的最高赞誉。

面对外敌入侵，宋王朝一贯坚持“仅令自守以待敌，不敢远攻而求胜”的消极防御的战略，一忍再忍，一退再退，任由敌人踏上国土，侮辱山河。

精忠报国的血液在他的身体中流淌、欢腾，他难以容忍敌人的叫嚣，更不能无视百姓的哀嚎，每一条神经都在提醒警示他，如此退缩下去，只能坐以待毙。此情此景，唯有主张积极进攻，才能争取久违的胜利。

众多的统帅将领之中，组织大规模进攻战役的人，唯有岳飞。在枪林弹雨中，冲锋陷阵，甘愿抛头颅、洒热血，只为守护世世代代生存的这片土地。

他生于一个普通的农民家庭，出身卑微，却有着冲天的豪情与壮志。相传，在他出生之时，有若鹄的大禽，“飞鸣室上”，故而父母为他取名飞，字鹏举。

《左氏春秋》和《孙子兵法》是他的枕边书，夜以继日熟读于心。曾拜周同、陈广为师，骑射及刀枪之法无不精通，武艺“一县无敌”，加上天生神力，未满二十岁的时候，就能挽弓三百斤，开腰弩八石，“时人奇之”。

一生戎马，御敌于千里之外，为国、为家，拼上性命在疆场厮杀。

公元1122年，童贯、蔡攸兵败于契丹，河北宣抚司官员刘韐于真定府招募“敢战士”以御辽，正值弱冠之年的岳飞前来应募，经过重重选拔，被任命为“敢战士”的一名分队长。

从此，他开始了自己驰骋疆场的岁月，流过汗、洒过血，唯独没有泪。

靖康元年冬，岳飞的有勇有谋初露峥嵘，他的骁勇善战让他屡创战功。在

与金军的较量中，多次冲锋陷阵，亲手杀死敌军将领，将敌军逼退。

功名利禄伴随着军功而来，屡战屡胜，从而屡屡升迁，高官厚禄是他应得的奖赏。此时的他，是骄傲威武的英雄，他的每一场胜败都与这个国家的兴旺更迭息息相关，他清醒着，懂得拼搏的意义，每每身先士卒，直贯敌阵，他时刻不忘脚下的这片土地，不忘父老乡亲。

一个人的英勇，挽救不了一个王朝的软弱。

公元1127年四月，这个摇摇欲坠的国家终于轰然倒塌，它所承受的侵害，令人痛心疾首。汴京城被入侵者洗劫一空，昔日繁华的都市沦落为一座空城，金军带着金帛、珍宝一路北上，于他们而言，这是莫大的胜利和丰收。

对于北宋而言，这一年是莫大的耻辱，徽宗、钦宗二帝和皇室成员、机要大臣、百工等三千余人都做了金军的俘虏，再尊贵的皇亲国戚在此时，也只是阶下囚罢了，连自由都丧失殆尽，又何谈其他。

打江山容易，守江山难。

存在了一百六十七载春秋的北宋，就此灭亡，国而不国，家而不家，史称“靖康之耻”，这段不光彩的岁月永远地留在了史书之中。

有结束就注定会有开始，靖康元年五月，康王赵构在应天府即位，是为南宋高宗，改元建炎，虽然着力启用抗战派名臣李纲为相，却依旧对投降派黄潜善、汪伯彦等人颇为器重，其实赵构还是想要逃避。随后，赵构采取黄潜善避战南迁的政策，打着南行“巡幸”的旗号，试图退避到长安、襄阳、扬州等地。

二十五岁的岳飞，经过几年沙场的磨练，愈发英勇无敌。一味的躲避只会让境遇变得愈发糟糕。看着自己的国家一步步迈向深渊，他不顾自己低卑的官职，直言进谏，向宋高宗赵构“上书数千言”，其略云：“陛下已登大宝，社稷有主，已足伐敌之谋。而勤王之师日集，彼方谓吾素弱，宜乘其怠击之。黄潜善、汪伯彦辈不能承圣意恢复，奉车驾日益南，恐不足系中原之望。臣愿陛下乘敌穴未固，亲率六军北渡，则将士作气，中原可复。”

慷慨陈词，直面症结之所在，试图打动高宗的心，重整旗鼓，收复河山。可惜的是，他的期待是美好的，可现实却狠狠甩给他一个响亮的耳光。

满腔热血和一片赤诚之心，换来的不是应有的重视，而是“小臣越职，非所宜言”的批语，短短八个字，他看了一遍又一遍，仿若一把匕首插进他的胸膛。不仅如此，他被革除军职、军籍，逐出军营。

他的忠诚换来的却是对他的打压，誓死效忠的国家和君主，竟然如此轻易地将他抛弃，往日的所有心血都付诸东流。

痛定思痛，君主可以无视他的忠心，他却不能放弃自己的气节，抗金的决心并没有因此受到动摇，反而愈发坚定和执着。

公元1127年八月，岳飞不顾艰险渡河北上，奔赴抗金前线，来到北京大名府，经过河北西路招抚使干办公事赵九龄的推荐，与正在多方收揽英才抗金的招抚使张所会面。张所获悉岳飞的遭遇后，大为感慨，决定留他在“帐前使唤”。

拥有非凡见识，又怀有高超武艺的岳飞，不多久便在新环境中崭露头角，被破格提拔，先是“以白身借补修武郎”，继而又升为统领，后又升为统制。

好景不长，由于各种分歧，这里并未成为岳飞的最终归宿。随后他率领部伍南下东京开封府，再次接受宗泽的领导。宗泽也是惜才之人，他看中岳飞的才干，体谅他的爱国之心，大度地原谅了岳飞先前违反军纪的所作所为，留他在营中听候差遣。

宗泽面见岳飞并授以用兵作战阵图，且说“尔勇智材艺，虽古良将不能过。然好野战，非古法，今为偏裨尚可，他日为大将，此非万全计也。”

岳飞回答：“兵家之要，在于出奇，不可测识，始能取胜。阵而后战，兵法之常，运用之妙，存乎一心。”

对于行军打仗、两军对垒的奇妙之处，作为久经沙场的老将，自然有独有的一番理解。他是何等骄傲之人，平日里不多言、不多语，一旦行将至战场，立刻斗志昂扬，力量便在沉默中积攒。

他曾说过：“飞不擒贼帅，复旧境，不涉此江！”豪言壮语掷地有声。

战争就意味着流血与牺牲，它本身就是残酷的，炮火无眼，对于肉体凡胎的人类而言，在眨眼之间就能将生命掠夺，致使性命不保，多少人唯恐避之不及，而岳飞，却习以为常。

当他坐在大纛下指挥时，突然有一大块炮石飞落在他面前，左右两旁的人大声惊呼，四散躲避，唯有他，岿然不动，透过他的眼神，可以看到他内心的坚毅与勇敢。登云梯，攀城墙，奋勇杀敌，为国尽忠。

收复襄阳六郡的胜利，让朝廷都为之震动，高宗得知捷报后，对胡松年说："朕虽素闻岳飞行军极有纪律，未知能破敌如此。"胡松年继续道："唯其有纪律，所以能破贼。"

岳飞曾两度北伐，立誓收复河山，就在准备就绪的关键时刻，年过古稀的母亲姚氏病逝，铺天盖地的悲痛朝他涌来，丧母之痛让他的目疾复发，为了扶母灵柩至庐山安葬，他奏报朝廷想要乞守三年终丧之制。岂料朝廷再三催促，让他忍痛赶回军中。

一片报国之心，却难成全。

在血腥风雨中闯荡了三十几载，转战南北几千里，便利周折，尝遍路途中的艰辛与漫长，的确建立过一些功名，却如同飞扬的尘土般微不足道，人生变化，青春易逝，若不抓紧时间建功立业，待到迟暮之年，徒留抑制不住的悲切与难以弥合的遗憾。

靖康之变的耻辱，至今仍在，作为臣子的无奈与愤恨，久久不能泯灭。他的抱负，他的展望，都停留在遥不可及的梦中。

34. 薛涛／牡丹——只欲栏边安枕席，夜深闲共说相思

去春零落暮春时，泪湿红笺怨别离。
常恐便同巫峡散，因何重有武陵期。
传情每向馨香得，不语还应彼此知。
只欲栏边安枕席，夜深闲共说相思。

何物最遥不可及？

不是天、不是地，是曾经。

去年暮春时，亲眼目睹朵朵牡丹凋零飘落的场景，纷纷扬扬，下了一场花雨，刹那芳华间，感伤的情绪无意间蔓延开来，断了线的泪珠滴落在红色的纸笺上，晕开一圈圈相思。

心底有小小的恐慌，看着巫峡的雨散后难聚，犹如看到自己和他，此世今生，害怕一经分别，再难相聚，难道要守着清苦的时光，与寂寞相伴到老不成？

如此这般挂念着、惦记着，盼过一天又一天，看过朝霞和夕阳，却唯独是他的面庞最为清晰。佳期难寻，谁会料到竟然盼到了再一次的相会。也许，这是上苍对有情人的眷顾。

雍容华贵的牡丹，虽然沉默不语，可这飘散出的淡淡馨香，就是它的问候，就是它的情意，其实不用言说，既然彼此心意相通，又怎会不知晓暗自涌动的款款深情。为了这份情深意长，甘愿在栏杆边成席，与牡丹共叙相思之

情，不眠亦不休。

这位不愿就寝的女子，便是唐代堪比卓文君的才女——薛涛。

她的父亲薛郧为朝廷官员，学识渊博，对唯一的女儿自然是宠爱有加，认真教她认字、读书和写诗，期望她长大成人之后，不是无知的人。

天资聪颖的薛涛，自然没有辜负父亲的良苦用心，独到天成的气质和才思，让小小年纪的她就格外出众。

八九岁那一年，正是酷热的夏天，父亲在庭院里的梧桐树下悠然小憩，忽然灵光一闪，脱口而出："庭除一古桐，耸干入云中。"在一旁嬉戏玩耍的薛涛，未加思索，随口续上了父亲的诗："枝迎南北鸟，叶送往来风。"

小小年纪，便有如此敏捷的才思，不由得让父亲大为赞赏，虽为女儿身，好好栽培定能有所成就。然而命运的走向，并不是由个人来决定，它飘忽不定，喜怒无常，不知道下一刻是怎样的结局。

父亲为人刚正不阿，敢于直言进谏，奈何权贵当道，一时间被贬谪四川，一家人迫不得已辗转千里，从繁华的京城跋山涉水，来到遥远的成都。

原本无忧的生活开始走向另一端，薛涛的人生轨迹也逐渐开始倾斜，一切苦难与挫折，在此刻，才刚刚开始，更沉重的悲哀给了她一个措手不及的袭击。

几年的清贫生活过后，父亲出使南诏，意外竟然先于转机而来，他不幸沾染了瘴疠而英年早逝，与心爱的女儿就此诀别。今后的路还如此漫长，就早早让她一个人去面对所有未知，十四岁的薛涛，已经知晓未来的前景不容乐观，却难以想见她会走上一条多么坎坷的路。

父亲是一家人的靠山和支柱，他如同一把大伞守护着她和母亲，如今，这把保护伞轰然倒塌，生活的重担毫不留情地压在了她稚嫩的肩膀上，她别无选择，只得硬着头皮去闯荡。

姿容秀丽曾经是她的骄傲，出落得亭亭玉立，美人姿色，更难得的是"通音律，善辩慧，工诗赋"，凡世女子向往的美貌与才华，集于一身，令多少人羡慕嫉妒，只是想要对抗生活的苦，就需要付出相应的代价，做出相对的牺牲。

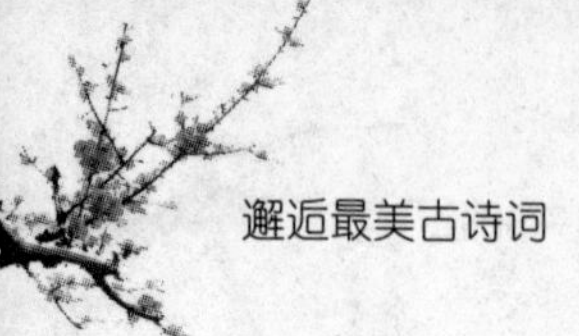

十六岁，韶光如玉，为了养家糊口，她无奈地将韶光抛却，换来温饱和安定。从此，她加入乐籍，成为一名营妓，身在此中，身不由己。

也许命运无意置她于绝境，囚禁她的自由，却也给了她施展才华的舞台。穿梭来往的官员皆是科举出身，经历了十年的寒窗苦读，自然满腹诗词，想要博得他们的青睐，单凭美貌是不够的，更是需要出众的才艺和不俗的见识，好在薛涛不仅拥有外在的美貌，更具备内在的修养。

身在花花世界，免不了强颜欢笑，唯一让她稍加释怀的便是来往的宾客中，不乏文学大家，如白居易、张籍、王建、刘禹锡、杜牧、张祜等诗坛领袖，皆是她的座上客。与他们接触的过程，激发了薛涛的创作灵感，遗憾的是，尚存的诗篇不足百篇，令人惋惜，后人再难充分地领略她的风采。

贞元元年，成为她生命中的一个转折。在一次寻常的酒宴中，出任剑南西川节度使的韦皋，让薛涛即席赋诗，她神态从容地拿过纸笔，不多时便写就《谒巫山庙》，诗中写道："朝朝夜夜阳台下，为雨为云楚国亡；惆怅庙前多少柳，春来空斗画眉长。"

韦皋读罢全诗，拍案叫绝，不敢相信这竟然为一个小女子所作，没有华丽的辞藻，没有浮夸的点缀，寥寥几笔，就描绘出一种历史的空灵、深邃之感。

有了节度使的赞誉，薛涛一时间声名鹊起，人人皆知有一位超然脱俗的女子名为薛涛。帅府每有盛宴，皆会出现她的身影。久而久之，她开始参与韦皋案牍的工作，对于她来说，这是过于轻松的事情。

原本生硬刻板的公文，一旦出于她手，开始变得富于文采，透着灵动，这让韦皋更加欣赏她的才华。为了避免大材小用，韦皋竟为她向朝廷申请作校书郎一职，主要是公文撰写和典校藏书。官职仅为九品，却对任职者要求颇高。按照规定，唯有进士出身的人才有担当此职的资格。大诗人白居易、王昌龄、李商隐、杜牧等皆担任过这个职务，而且，历史上还从未有过女版校书郎。

拥着璀璨闪烁的光环，薛涛也是凡人，难免恃宠而骄，过分的纵容导致她有些狂妄不拘。求见韦皋的众多官员，多数都是请求薛涛引荐，韦皋对此极为不满，盛怒之下，决定将她发配松洲，以示惩罚。

西南边陲之地，兵荒马乱，动荡不安，一个弱女子，要面对如此荒凉的路途，内心起起伏伏，抑制不住的恐惧开始揪住她的神经，“闻道边城苦，而今到始知。却将门下曲，唱与陇头儿。”

满腹的悔恨让她痛苦，落到如此田地，是拜自己的轻率和张扬所赐，种种感触落在笔端、纸上，成为动人的《十离诗》，韦皋看到后，不禁软了心肠，一纸令下，又将薛涛召回成都，免去了颠簸之苦。

磨难让她成长，也让她醒悟，透过残酷的现实看清了真实的自己，重新归于心灵的宁静。她脱去乐籍，赎回自由之身，在成都西郊浣花溪畔定居下来，不再受世俗的打扰，安静地享受生活，在院里种满了枇杷花，告别过去的种种纷杂，开始一段全新的生活。

她有羞花闭月的容貌，也有出类拔萃的才情，可爱情却迟迟不来，让她等了许久，盼了许久，幸而并不是遥遥无期，只不过有些姗姗来迟。

元和四年，元稹以监察御史的身份奉命出使，此前久闻薛涛的芳名，来到蜀地后，想一睹芳容，与她约在梓州相见。

她与命中注定的那个男子相遇了，四目相对间，柔情流转，也许这就是所谓的一见钟情，从此，心全然被他霸占了，漫天繁星是他，荷塘月色也是他，无处不在，无处不欢。

三十一岁的元稹，有着俊朗的外貌和出色的才情，二人一见如故，相见恨晚。这让步入中年的薛涛心生涟漪，平静的表情背后，爱意汹涌澎湃。爱情的火焰点燃了她的生命，炽热的感情喷薄而出，为了这份震撼与感动，她可以奋不顾身地去追求幸福，为了他义无反顾。

她写下“双栖绿池上，朝暮共飞还。更忆将雏日，同心莲叶间”，以诗传情，愿意与心爱的人长相厮守，地老天荒。她的柔情万种，尽在此刻显露无疑。

一番浓情蜜意，让她沉浸其中，不能自拔。双宿双飞的两个人，在锦江旁流连忘返，在蜀地青山绿水畅游翱翔，爱情的甜蜜滋润了她，给了她前所未有的体验，她甚至觉得自己的青春刚刚开始，大好时光刚刚起航，有他相伴的日子，胜过一切繁华。

是他，给了她生存崭新的意义。

幸福总是如此短暂，三个月后，元稹即将调离川地，去往洛阳任职，无奈之下，只得面对不可避免的分别。一腔热血刚刚沸腾，就要面临苦涩的离别，身处热恋中的她痛苦极了。

劳燕分飞的酸楚，只有当局者的体会最为深刻，相思的苦在全身游走，吞噬着她的心灵。此时，唯有元稹寄来的书信可以慰藉她的相思之苦。

满是深情的书信，飞越过千山万水，将他思念带到她的身边，配合犹在昨日的回忆，陪伴她度过一个又一个的不眠之夜，让她的辗转反侧有了寄托。

她喜欢写四言绝句，律诗也常常写八句为止，纸幅偏大，与她的诗并不般配，因此她迷上了写诗的信笺，对当地造纸的工艺加以精心的改进，并别出心裁地将纸染成桃红色，裁剪成精巧别致的窄笺，与她的短诗格外般配，人们称这种纸为薛涛笺。

爱情就是有这等魔力，叫人沉醉，一切不可能都变成可能，让全部的喜怒哀乐与之息息相关，所有等待和期盼都有了意义，只是爱情不仅能够让人喜，还会令人悲。

元稹是名符其实的才子，也是多情之人，他的爱情并不是唯一的，他的心可以同时容纳许多人，可以同时念着许多人，薛涛也只不过是其中之一罢了。

骄傲如她，却为了爱忍下了一切。她知他不安分，对他的思念却依旧刻骨铭心，他仍令她朝思暮想，魂牵梦绕，她怨恨他的花心，却也渴盼他的回归，“花开不同赏，花落不同悲。欲问相思处，花开花落时。揽草结同心，将以遗知音。春愁正断绝，春鸟复哀吟。风花日将老，佳期犹渺渺。不结同心人，空结同心草。那堪花满枝，翻作两相思。玉箸垂朝镜，春风知不知？”

聪慧睿智的薛涛，自然懂得元稹不归的理由，她明白悬殊的年龄差距是不可逾越的鸿沟，加上风尘女子的身份，对他的仕途有百害而无一利，所以她甘愿守住这梦一场，不再打扰他的生活。

纵然轰轰烈烈爱过一场，结局只是一场空欢喜，她也并不后悔付出的一片真心，坦然地面对得与失，不去计较爱与恨，看破了红尘是非。从此，她褪下五彩盛装，换上灰色道袍，了此一生。

爱过，恨过，也释怀了。

35. 王安石 / 梅花——墙角数枝梅，凌寒独自开

墙角数枝梅，凌寒独自开。

遥知不是雪，为有暗香来。

梅是带不走的一世清寂。

盛开在梅树上的花，绽放着沉睡了千年的孤寂。一朵五瓣的花朵，一枝嶙峋的花枝，一世桀骜的余生。

不畏严寒怒放的梅，像恋恋尘世的高洁女子。红尘虽热闹，惟愿遗世而独立。任谁人乐逍遥，独独自在寒料峭。

无意争春斗艳的梅，孤傲地盛放在寂寥的寒冬。苍松翠柏都会被白雪掩埋，唯有自赏的梅在枝桠盎然如春。

深深庭院里，开在墙角零星的数枝梅花，在这萧索的冬季，绚烂着的是自己的一年之春，风华绝代地妖娆在这白茫茫的世界。

千枝横斜的风姿在这冰封的世界里留下的，是顽强，是孤傲，是高洁，是坚韧。

远远的一眼便知那枝桠上的不是这白雪世界中的一粒尘雪。它那么遗世的模样，那么坚贞的姿态，雪花飘渺怎敌它阵阵清幽。

幽幽冷香，随风袭人。暗香袅袅，抚人心脾。冽冽深冬，唯有此景叫人不可辜负。这倔强绽放不为与他人争春，只把春讯将至的气息带到的精神和风骨，怎叫人不倾倒其中。

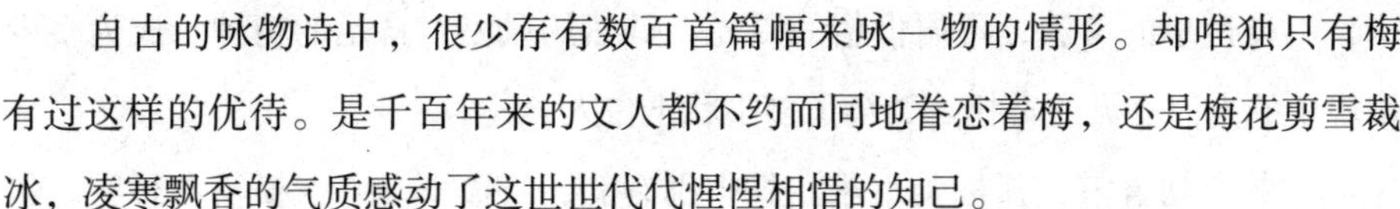

自古的咏物诗中，很少存有数百首篇幅来咏一物的情形。却唯独只有梅有过这样的优待。是千百年来的文人都不约而同地眷恋着梅，还是梅花剪雪裁冰，凌寒飘香的气质感动了这世世代代惺惺相惜的知己。

王安石，字介甫，号半山居士。是北宋时期政治家、思想家、文学家。主张变法，北宋时期的新党领袖。更是“唐宋八大家”之一。古语有赞其诗歌“雅丽精绝，脱去流俗，每讽味之，便沉沆瀣生牙颊间。”在他的一疏一放里，梅有了她绰约的风姿。在他的一字一句里，梅便呈现了她傲人的品格。

晚年的王安石，已告别政治。退居此地的他，在看到这庭院深处，墙角顽强凌寒开放的梅花，处境艰难内心本孤独的诗人，也不得不慨叹这梅花的桀骜与顽强。

想一想这世间种种，不过是似梦一场。起起落落的终归化为尘埃。世态的炎凉依旧薄凉，内心坚守的却依旧还坚守，像梅花一样。

提起梅花都会想起那句最为经典的咏梅绝唱“疏影横斜水清浅，暗香浮动月黄昏”，同为北宋的诗人，有着“梅妻鹤子”之喻的林逋一辈子不做官，也不娶妻生子，一个人住在西湖畔孤山山坡上种梅养鹤，过着隐居的生活。所以他的咏梅诗，表现的更多的是脱离社会现实自命清高的思想。

而在他之后的王安石巧妙地借用了林逋的诗句，用清幽“暗香”表达出了自己所认识的梅的高洁，所赏识的梅的孤傲，以及他为之深深震撼的遗世独立的坚贞。

梅花最令人倾倒的气质，是一种寂寞中的自足，一种“凌寒”中独自盛放的孤傲。它有它自己的骄傲，不屑与红尘中的凡桃俗李争春攀比，不屈服于天寒地冻的艰难险境，在这冰天雪地，万籁俱寂的深冬里。独来独往，独自盛放。

梅花最令人着迷的神韵，就是那样一种“冲寂自妍，不求识赏”的孤清。“清逸”是一种淡泊的情怀，是一种潇洒的神态，这样飘渺的梅，比雪高洁，比冬威严，是无法超越的清幽。

梅花最使人敬仰的品格，是一种隐逸淡泊，坚贞自守的坚韧。它在风欺雪压中，更盛开得愈发精神，秀气。青山渐老，松柏飘摇，独自绽放的梅在风雪

中，不畏世事的考验，不屑世俗的眼光，傲然的风姿，自足的精神。成为多少困境中的人们心灵的寄托。鼓舞了多少壮士仁人。

“数萼初含雪，孤标画本难。香中别有韵，清极不知寒。横笛和愁听，斜枝依病看。朔风如解意，容易莫摧残。”崔道融写这首诗的时候，是不是也和千年之后的王安石心灵相通呢。

穿越了时空千百年的孤寂，多少隐忍都在寂寥的天地间绽放，多少困难都不过是逆境中依然存活的坚毅的剪影。

梅花是岁寒三友之一，花中四君子之首。二十四番花信之首的梅花，遗世独立，冰枝横斜，疏影清雅，肆意花香，花期独早，享有“万花敢向雪中出，一树独先天下春”的美誉。

梅常被民间作为传春报喜的吉祥象征，有诗这样写道：“为使与严寒搏斗之俦侪坚持下去，便把春消息透露给人。”梅花培植起于商代，距今已有近四千年历史。它是花中的寿星，现如今不少地区尚有千年古梅，至今还在岁岁作花，灼灼怒放着不老的精神。

梅花是绰约的，比青松婀娜。梅花是纯真的，比白雪冰心。梅花是骄傲的，比寒冬傲骨。

梅是孤独的。

寥寥沉寂天地间，独独绽放的是梅。独自赏风赏月赏隆冬。没有谁会和它说说悄悄话，或者共同呼吸在这片浩瀚苍茫中。

诗人也是孤独的，在浮浮沉沉的几十载岁月中，两次辞相两次再任的经历，是失意的，是寂寞的。是无人能懂的。

唯有梅花，在此刻的相遇，像命定的重逢。

梅还是骄傲的。

像孤高的隐者。在这千年红尘里，风情万种。不为谁绽放，不为谁神伤。

这样的重逢，鼓舞着诗人。斗雪吐艳，铁骨铮铮，像对诗人诉说着，不要消沉，不要迷失自己。

世人不懂的，唯有梅花懂得。唯有梅活得透彻清醒。

“华发寻春喜见梅，一株临路雪倍堆。凤城南陌他年忆，香杳难随驿使

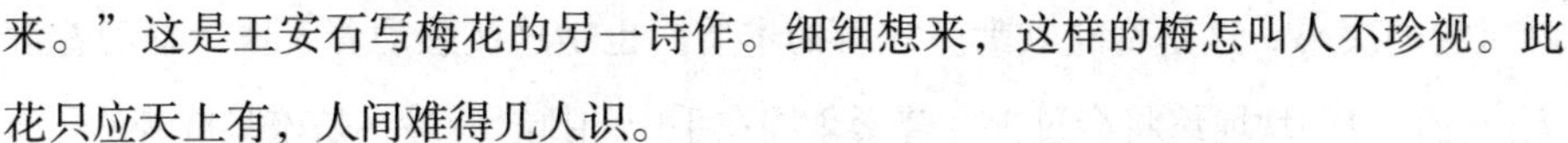

来。”这是王安石写梅花的另一诗作。细细想来，这样的梅怎叫人不珍视。此花只应天上有，人间难得几人识。

梅是从容的。

“无意苦争春，一任群芳妒。零落成泥碾作尘，只有香如故。”历尽千帆皆幻影，唯有香如故，只有香如旧。从容地盛开，从容地凋落。生命本就是这样的轮回，梅花就在这命定的轮回里，不悲亦不喜，静静释放着属于自己的如春的命运，在这萧索的世界里独放光彩。

但梅花不是寂寞的。几千年来，她有铮铮傲骨，自强不息。她有坚韧不拔，傲然风雪。古来仁人皆懂得它的美好。

“寒夜客来茶当酒，竹炉汤沸火初红。寻常一样窗前月，才有梅花便不同”因为杜耒懂得，所以才会慨叹有梅花的存在，夜色才变得不一样。有梅花的存在，凄寒的夜，也不觉得心酸。

谦谦君子当不掉的是自傲的品格，这蹁跹尘世里，奈何多少愁苦寂寥。举杯方可消愁，赏梅才能心安。

西子湖畔的梅花，洋洋洒洒在古老的苏堤之上，像是六桥风月的知音。冯子振在这西湖风光里懂得的是梅花“任他桃李争欢赏，不为繁华易素心”的寡淡幽寂。

渺渺尘埃，终将幻化成风。独占鳌头的梅花，在这春寒料峭的西湖旁，只为内心素净而盛开。犹如恍然初醒的诗人，懂得了这份不为纷争的清高。

就连与王安石政见不一的东坡居士也曾赞叹过这神圣的梅花“寒心未肯随春态，酒晕无端上玉肌。诗老不知梅格在，更看绿叶与青枝”。嶙峋的红梅，盛放了千年的骄傲，冰寒里的烈焰舞者，平添多少曼妙的骄傲。

这样的梅花，为多少诗人排遣内心的忧愁，又为多少迷茫失意之人找回方向。因为懂得，所以慈悲。因为理解，所以更加珍视，更加爱惜。

不为任何人绽放，是傲视群雄的冷艳。庆幸有人懂得，是在这世上可遇不可多求的知己相逢。世世代代的梅，因为有人懂得，所以是幸运的。它的绽放，从不孤寂。它的独处，从不寂寞。

颠沛流离的困境，只因心中有着不变的信仰。孤寂无援的处地，唯有战

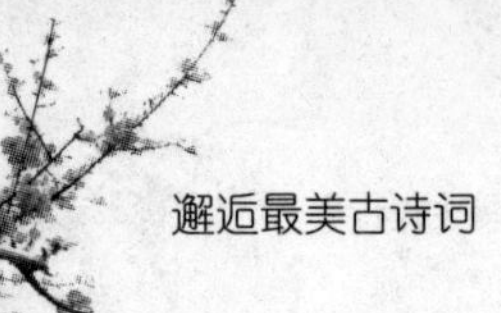

胜风雪的决心。这是梅花默默坚守着的本质。也是这些感动着天地，感动着世人。命运里的坎坷终将会过去。曾紧紧握在手中的执念，终将是该坚持着的。

徘徊的诗人，凄苦的生活，颓败的经历，都会过去的，也终将会战胜的。唯有任何时候都静静绽放，才会幽香千里，陶冶世间。

数千年的梅花，种群繁多复杂。墨色的梅花不似红梅妖艳，不似白梅冰洁，“梦里清江醉墨香，蕊寒枝瘦凛冰霜。如今白黑浑休问，且作人间时世妆。”就像朱熹的这首诗。只愿独作时世妆，独自明辨这是非黑白，看透这人间种种，活得清醒，分外透彻。

世人皆陶醉在这隆冬里的盛开，我愿独醒在这寥寥寒风里。彻骨的严寒提醒着忧患，冷冽的刺骨考验着坚贞。这独独绽放，不为别的，只为存在，只为这真切热烈着的生命的盛开。

这千年不老的梅，是浩瀚人间里的仙灵。梅枝和风轻轻舞动着，颤抖着的是那料峭的生命。多想唱一曲，轻叹年华似水流。多想舞一支，随那缕缕幽香缓缓入梦。

游走在仕途门外的失意之人，落寞又无助。徘徊着举棋不定中的诗人，空荡荡的内心深处，抑郁的愁苦终是找不到出口。看看这墙角里的梅花，几分相似的处境，几分无法言语的感同身受。

人生何其短暂，命运多么寂寥。颠簸的命途，命定了几分凄凉。庆幸有梅如此，坚守初衷，义无反顾。庆幸如此相遇，唤起往昔情怀，不悔当初。

念一段芳华，奏一世精华，唤一回流年，淡漠凡尘种种，至只愿自赏年华。流光抛得去容颜，带不走坚贞的过往。铮铮岁月，悠悠千载，只愿自傲如旧。

一世孤傲的梅是君子，是墨客，是英雄情怀。是隐士，是舞者，是淡泊飘摇。是侠客，是居士，是坚贞不屈。是“耐得人间雪与霜，百花头上尔先香。清风自有神仙骨，冷艳偏宜到玉堂”。

湖水清幽，因风而皱。青山不老，为雪白头。料峭深冬，春意如梅。唯有坚贞，方能独守。唯有桀骜，终成赞歌。

36. 苏轼／蝶恋花——枝上柳绵吹又少，天涯何处无芳草

花褪残红青杏小。燕子飞时，绿水人家绕。

枝上柳绵吹又少。天涯何处无芳草。

墙里秋千墙外道。墙外行人，墙里佳人笑。

笑渐不闻声渐悄。多情却被无情恼。

风暖花香的春日，在阳光的明媚里繁盛一时，红花绿叶俊俏了许久，随着时光慢慢流逝，不得不面对微微见凉的天气和早早西沉的太阳，喧嚣热闹了一整个季节，终是到了褪却红妆的时候。

凋零飘落前，忍不住回想起最初，在泥土中积攒能量，吮吸着四面八方的营养，只为有朝一日的盛大绽放，灿烂夺目的花瓣，将沉寂许久的大地装点。

也许作为花朵的这一世，已经足够满足，所以在坠落的那一瞬间，得以继续保持微笑。从泥土中来，再重新归于泥土，这就是属于花朵的宿命，承担得起鲜艳，也忍受得了败落。

杏树上，挂着青涩的果实，小小的，一颗颗，带着饱满的生命力，不慌不忙间等待他日果实成熟。无忧无虑的燕子不时掠过天空，展翅飞翔的感觉一定美妙极了，看它那般轻快自在，着实令人羡慕。

清澈见底的河流不懂时间为何物，也不知疲倦为何物，围绕着宁静祥和的村落人家，自顾自地匆匆流过，下一站也许就是梦中的归属，就是那片蔚蓝无边的大海。

袭来的阵阵微风将柳枝上的柳絮吹到很远很远的地方，不知将飘向何处，也不知何时才能落脚，就这样漫无边际地走走停停，不久后便可以被某一寸土地收留。天之涯，海之角，天下之大，四处都有萋萋芳草，又何必担心。

清脆悦耳的笑声越过高耸的围墙，传到路人的耳朵里，让人情不自禁地跟着愉悦起来，不自觉地驻足，想象着是谁发出这动听的声音。

一位妙龄少女在自家院中，无拘无束地荡着秋千，来来回回，笑声不断，真是千金难买的好时光。墙外的陌生人等到笑声消失，才意识到自己已然在这里站了许久，当笑声不再，怅然若失的感觉涌上心头。

墙内的人可曾知晓墙外有一颗静静聆听的心？他的心不知不觉间被打动，她却全然不知晓，自古多情之人都怀有一颗敏感细腻的心，而无情之人自然是铁石心肠，如此一来，多情总会被无情所伤，也是意料之中的结局。

伫立良久的行人，没能再等来佳人的嬉笑声，长久的寂静让他原本激昂澎湃的心慢慢冷却了下来，一时的热闹终究成不了永远，一切在冥冥之中就已经悄然注定了。

多情到底多在何处，其实苏轼并没有平铺直叙地解释清楚，也许是甜蜜又伴着心酸的爱情，也许是怀才不遇的身世之情，又或许是沉甸甸的思乡之情；无情也未必就是残忍的，所谓没有忧愁、不知忧愁，才会被旁人描述成无情之人。

写下这首诗的时候，苏轼究竟怀着何种心绪，后人不得而知，他用空无一物的留白丰富了人们对于人生哲理的思索和感悟，独自一个人，去静静体会五味杂陈，在某个平淡的午后，顿悟出些许真谛。

就以世间的爱情为例，两情相悦者有之，单相思者亦有之，谁人能够保证在他付出真心的同时，就一定能够收到对方的回应；或者，换句话说，为什么一个人动了心，就要求对方必须跟着一起动心。

这不是多情和无情的关系，多或无只是相对而论，唯一无可争辩的是，被冷落之人的落寞是真切可感的存在，恍然间钻进了后人的心中，撩拨起一阵惆怅和惋惜。

向来豪迈洒脱的苏轼，将伤春之情刻画得入骨三分，他的深情在此，他的

缠绵也在此，浓郁之中不失空灵，叫人一而再、再而三地沉迷在情景之中。

清人王士祯在《花草蒙拾》称赞道：“‘枝上柳绵’，恐屯田（柳永）缘情绮靡未必能过。孰谓坡但解作‘大江东去’耶？”苏轼一改往日豪放之气，将婉约之气表现得淋漓尽致，他的多情就这样呈现在每位看客的眼中。

现实中，总会有各种各样的快乐和烦恼，这正是活着的乐趣，对于生活的热爱和祈盼都在实践中每时每刻得到诠释，有热爱就会有伤感，谁人都不能免俗。

面对一去不复返的韶光年华和起伏更迭的宦海生涯，也就难怪苏轼会用一颗多情的心，去审视、打量这个世界。

苏轼，字子瞻，又字和仲，号东坡居士，又称大苏。他是北宋著名的文学家、书画家，与其父苏洵、其弟苏辙合称三苏。

宋仁宗景祐三年，生于眉州眉山，一个青山环绿水的好地方。他的父亲苏洵，便是《三字经》里那个“二十七，始发愤”的苏老泉。其父在二十七岁才意识到读书的重要性，发奋较晚，却用功最勤，不敢有一丝一毫的懈怠。

大器晚成的苏洵，对苏轼有着极为深远的影响，在潜移默化中，年幼的他受到良好的家庭教育和熏陶，年未及冠即可“学通经史，属文日数千言”，若是没有父亲的教导，恐怕也就没有日后的苏轼。

嘉佑元年，时年二十一岁的苏轼第一次走出家乡，踏上赴京的道路，去参加朝廷的科举考试。这一路走，一路游，科举对于饱读诗书的苏轼而言，无疑是最好的舞台，他的才华需要展示，更需要认可。

第二年，他参加礼部的考试，挥笔写就一篇《刑赏忠厚之至论》，有幸获得主考官欧阳修大加赞赏。可谓无巧不成书，欧阳修将这篇文章的作者误认为是自己的弟子曾巩所作，为了避嫌，只给了他第二的名次。

神宗时他极力反对王安石新法，出任杭州通判，历密、徐、湖等州知州。

一帆风顺过后，就是周折的开端。不拘小节的个性，让他吃尽了苦头，作诗讽刺时政，无奈下狱受审，并贬谪到黄州，这便是闻名历史的“乌台诗案”。

纵观一生，起起落落实属正常，只是谁人都懂得命运的常态，却罕有人能

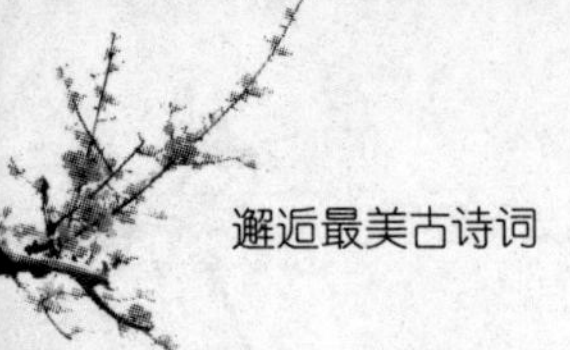

够做到不悲不喜，顺其自然是难以达到的境界。

苏轼是中国文学艺术史上耀眼的全才，是中国千年文化长廊中杰出的文学艺术大家。其文如人，洋洋洒洒，明炼畅达，与欧阳修并称欧苏，是唐宋八大家之一。他的诗更是清新豪健，别具一格，与黄庭坚并称苏黄。他的词自成一派，开豪放之先河，与辛弃疾并称苏辛，又与陆游并称苏陆。

除此之外，他所取得的成就还远不止此。他书法擅长行书、楷书，在起承转合间极尽烂漫之趣，又不失丰腴跌宕，与黄庭坚、米芾、蔡襄并称宋四家。

文学素养醇厚之人，绝对没有刻板呆滞之气，苏轼就很好地印证了这一点。他不仅是文学家，还是美食家，他对烹调菜肴的研究堪比诗文辞赋，其中尤以红烧肉最为远近闻名。

在徐州之时，苏轼就着手烹制红烧肉，到了黄州，手艺更是得到了进一步的提高，再到杭州，完成了闻名全国的过程。

元丰三年，苏轼不幸被贬谪到黄州，正值黄州市面上的猪肉价贱，又无人爱吃，就跃跃欲试，亲自烹调猪肉，并一时兴起，作了一首打油诗，名为《食猪肉诗》，诗中写道："黄州好猪肉，价贱如粪土。富者不肯吃，贫者不解煮。慢着火，少着水，火候足时它自美。每日早来打一碗，饱得自家君莫管。"此诗一出，百姓争相模仿，并命名为"东坡肉"。

相传苏东坡出任杭州知州时，不辞辛劳地带领当地百姓疏浚西湖，筑堤建桥，使葑草湮没大半的西湖重新恢复昔日美景，淳朴的百姓为了表达对他的感激之情，纷纷杀猪宰羊上府慰劳。苏轼一时间推辞不掉，只好收下百姓的一片盛情，随后亲自指点家人制作红烧肉，再回赠百姓。

人们品尝后，赞不绝口，肉肥而不腻，又带着令人久久回味的酥香，映着它的美好心愿，人们为它起名为"回赠肉"。

一个对生活挚爱的人，才有欣赏到生活美景的可能，才能够在普通平凡的琐碎事物中，找到生存的乐趣和勇气。他的豁达之心带领他突破羁绊和枷锁，在茫茫的人生岁月中，看到曲折挫败，也看到精彩美好。

想要真切地了解一个人，最好的方法便是去观察他与友人之间的相处之道。苏轼是举世闻名的风流才子，佛印是与世无争的高僧，二人引为知己好

友，常常一起打坐、参禅，探讨佛道，参悟人生百态。

不知二人相对而坐时，是否也如寻常百姓那般，聊些家长里短，说些茶余饭后的笑谈，或者只是安安静静地各自打坐，互不打扰。是是非非，都在沉默中涤荡，只在心中留下一片自在悠然。

37. 李商隐 / 无题——相见时难别亦难，东风无力百花残

相见时难别亦难，东风无力百花残。
春蚕到死丝方尽，蜡炬成灰泪始干。
晓镜但愁云鬓改，夜吟应觉月光寒。
蓬山此去无多路，青鸟殷勤为探看。

一个人的一生重要的几步尔尔，人生没有回头路，更无法回放。走的每一步，不到最后盖棺定论，当下的自己很难知道孰错孰对，这就是人生的残酷。一个空有抱负却无政治敏感度心无城府的文人，可能在他的世界观里，一次选择，一场婚姻和自己的才华无关，和自己的抱负无关。这在美学的注解里，解释为性格的悲剧。

晚唐时期正逢藩镇割据和宦官专权，这两大弊政横行，终令大唐沦于没落，与盛唐时节无法相提并论。李商隐便生于晚唐时节。在这样的环境下，他的性格格外敏感纤弱，诗句总以似有若无的情绪淡淡地散发着哀愁。

他的命运便由此而注定了。

生不逢时，是他遇到的第一个难避之结。因为牛党之争，因为他对政治斗争的迟钝，他终于在这场争斗里落于下锋，终生不得其志。

唐宪宗时，长安举行人才选拔考试，举人牛僧孺、李宗闵在考卷里写了文章批评李吉甫，得到了考官的欣赏，推荐给了宪宗。李吉甫不但没有重用这二人，反倒降了考官的职。这事招致朝野的哗然，终引得宪宗重新权衡。宪宗将

李吉甫贬谪，牛僧孺进入朝廷供职，李德裕是李吉甫的儿子同样供职于朝廷。这一场由进士考试引发的争斗终于引来了牛党之争，持续多年。

李商隐说自己是唐朝的皇族同宗，他数次在自己的诗歌和文章中申明自己的皇族宗室身份，虽经考证，所说不假，但这却不曾为他谋得任何现实利益，因为并没有官方的属籍文件给以佐证。

因为父亲过早离世，作为长子的李商隐承担起了与母亲共同抚育几个弟妹的生活重担。在这样的生存环境下成长起来的李商隐，比旁人更敏感、清高。

自小便令人不敢小视的才气令他即使身尚在故乡，就遇到了人生中的第一位贵人——他的一位极有才情的叔父，在这位叔父的教导下，李商隐有了长足进展。终令他“能为古文，不喜偶对”，写出了令当时士大夫所赞赏的文章。

并在这里遇到了他命运中的第二个贵人——天平军节度使令狐楚。令狐楚也是一位极有修为的骈体文专家，他对李商隐的提携不只是在文学造诣上，更资助了他的生活。在这样的条件下，李商隐得以与令狐楚阶层的群体有了相交的机会。

这曾经是李商隐所在之处不可企及的一个阶层，令狐楚的青眼有加不仅令他有了进一步结识官宦的机会，更多了与这个圈子的接触，在当时关系网才能成就个人才能的社会中，无疑，令李商隐对未来平添了勇气，看上去，未来的美好似乎指日可待。

因此，李商隐对令狐楚满怀感恩之情，曾经写下这样的诗句：“微意何曾有一毫，空携笔砚奉龙韬。自蒙夜半传书后，不羡王祥有佩刀。”诗中表达的只是他的期待而已。

后来的事实证明，虽然有了令狐楚的提携，但李商隐的仕途之路似乎依然不那么顺畅。其实不管是唐朝还是其他的任何朝代，没有门第背景的知识分子想要有所发展，恐怕只有科举可走。在唐朝，还有另外一种上升途径，便是幕僚。而到了中晚唐时期，人们发现，很多官员都有这两种共同的经历游走在官场，那就是，既参与科举考试又有作为幕僚的经历。

李商隐一样是希望在仕途有所作为的。在年少时，母亲所寄予的厚望，

第一位恩师叔父从未入主科举的期待，都加剧了他个人对仕途之路的热望。然而，这一路，谈何容易。

似乎，很多有才能且流芳百世的文人都曾经有过一段科举不利的经历。李商隐亦然。屡屡参加科举，屡屡失败，但这似乎并没有摧毁他最后的堡垒，他始终坚持。此时的李商隐让我们感受到的还是平静，因为在他的诗里并没有关于他这些经历的描述，可以想见，他能够接受这样屡试不第的现实。毕竟对于一个缺乏权势没有背景的年轻人来说，渴望一举成功似乎有点不太现实。

在一段时间内李商隐接受了这种现实的残酷，毕竟在现实面前他所经历的种种一切，远非是他一个人的经历，很多人都面临着与他同样的难堪。他平静下来，尽可能地从容面对。

只是，这科举之路一走就是十年，未免令李商隐不堪重负，不能再以坦然的心情面对这件事情。

对于一个擅长文赋词书的人来说，性格多会敏感又脆弱，他的坚持其实已近极限。

更何况，与他一起游学的令狐绹早在太和四年就已经考中了进士。他开始心生不满。在《送从翁从东川弘农尚书幕》诗中，他写道："鸾皇期一举，燕雀不相饶。"这是对考官赤裸裸的挑衅。虽然明明知道令狐绹与他的身份不同，其父令狐楚的影响力不言而喻，所以不便加以置评，这是时代背景所造成，而非他一人之力所能改变。

伤情感怀，却深感无力。于是在开成元年，他给令狐绹写了一封信，具体的内容不详，但其中有一句："尔来足下仕益达，仆固不动。"想来，此时的令狐绹与李商隐关系融洽，才令李商隐能将话说得如此直接。

开成二年，久考不中的李商隐终于考中进士。算是对过去十年的艰辛磨砺有了一个交代。也在这一年的年末，令狐楚病逝，李商隐为报答恩师，参与了令狐楚的丧事。

不久，泾原节度使王茂元聘请李商隐赴泾州做幕僚。他不知道，这一走，将走出一生的落寞，换来一段平静又美好的姻缘。

有得亦有失，有失亦有得。

李商隐大概是没有更好的机遇用以助力这企图崛起的人生，因为虽然已中进士，但是尚无任职，此时，在王茂元女婿韩瞻的举荐下，他选择接受王茂元的邀约，对他来说，幕僚毕竟是一个未来仕途的机遇。

在泾州，他的才华得到了王茂元的赏识，并将女儿嫁给李商隐为妻。他的老师令狐楚是牛党，而他却娶了李党的女儿为妻，无疑这在牛党，尤其是令狐楚的儿子令狐绹眼中是一种极大的背叛。李商隐为此付出了几近一生的代价，仕途梦灭。

进士资格一般不会立即授予官职，再通过由吏部举办的考试，才能有机会获得正式官职。李商隐经过授官考试后任职秘书省校书郎，但是由于朋党之争，作为曾经的背叛牛党的现任李党，他终于被踢出了中枢。到地方任职县尉，在这里承办了一个案件，他因为正直办案，得罪了上司，并遭到打击报复。李商隐不堪忍受这一切，于是请了长假。

中国有句古话，一步错，步步错。李商隐经历了命途多舛的一生，接下来又遭遇了母亲的去世、岳父的去世、朝廷的改天换地……他彻底失去了一个男儿的抱负。梦想在残酷的现实面前一次次凋零，巨大的挫败感啃噬着这个颇具才华的男儿的心。对于一个有理想，有才华的人来说，没有什么是比这更大的灾难。

三十七岁，李商隐再回曾经寄托了自己一腔热血的梦想之地——长安。只是此时的他已穷困潦倒。不知道他曾多少次摁压下自己的自尊，为了活着，写下了这首诗，给了故友令狐绹请求帮助，“相见时难别亦难，东风无力百花残。春蚕到死丝方尽，蜡炬成灰泪始干。晓镜但愁云鬓改，夜吟应觉月光寒。蓬山此去无多路，青鸟殷勤为探看。”

青鸟探看，有好几种说法，一种是令狐绹还念旧情，施予援手，提拔李商隐在京城做了个小官，但友谊不再继续。一种说法是，令狐绹气结于他的背叛，没有理会他的试探。

低微的官职，渺茫的前途，空余落寞。

在“牛党”得势独大、“李党”全面终结的政治形势下，令狐绹没有用自己日愈显要的权势打压挤兑李商隐，反而帮助他顺利返京调选，对李商隐来说

实在是雪中送炭。但李商隐纠结的是，自尊心无法承受，到头来还得向令孤家的人乞怜。况且，当年27岁时是县尉，兜了一大圈，如今37岁还是县尉。这一兜转已是失了自尊失了一切。

低微的官职，渺茫的前途，空余落寞。

他这一生都没有等来这样的机会。

李商隐的一生，大多数时间都在郁郁寡欢中度过。

一个有着一身傲骨，傲气的李商隐，一句“青鸟殷勤为探看”，折射了多少人生的凄凉，最后的最后，放下了一生的追求，放下了男儿的尊严，换来的也不过小小县尉一职。此寂寥一生，杜康又何用?！

李商隐这个自小就酝酿着想在仕途一展风华的才子，终于在残酷的现实中败下阵来，经历了一次又一次的的希望与失望，终究幻化为没处可发的愁绪与痛彻心扉的人生体悟。

随着年纪的增长，妻子离世，再也没有人替他整衣衫，共剪烛花；有的，只是凄凄惶惶乘舟西行，遇到的只有那巴山那断魂的夜雨。

38. 文天祥 / 过零丁洋——人生自古谁无死，留取丹心照汗青

辛苦遭逢起一经，干戈寥落四周星。

山河破碎风飘絮，身世浮沉雨打萍。

惶恐滩头说惶恐，零丁洋里叹零丁。

人生自古谁无死，留取丹心照汗青！

回忆永远是扇大门，让人不知如何去打开。有时候究其所以去冥思苦想或者寻找钥匙，有时候又简单到你只需要在某个记忆的节点，便轻而易举地穿越而入。这一次，忧郁的诗人在回忆的边缘看着曾经的自己，原本以为的平凡却也早已不再平凡。年少时，哪个不是在烈火如歌的岁月里浑身是胆，哪个不是带着满腔的抱负和理想向希望的长河迈进。

曾经，芸芸众生都一个模样，都是一个个怀揣希望的年轻人。年少时，每个人对于未来的希望看得情真意切，以为自己可以靠着自己的一番远大理想而为这个国家倾尽所有。回想起自己当时的天真懵懂与少不更事，那初入官场，早年入仕的经历就犹如一场梦一般，已经随风飘逝了数个年头。而在写下这首诗的时候，孤独又寂寥的自己也没了那曾经的冲动和激进，只是暗自感喟，又徘徊在回忆的大门背后，难以走出来。

如果说，当年的一切都是错误的，或者一开始就是错误的，也许错误不该在缘起时便轻易否定，有时候，要将这错误进行到底，未尝不是更好的抉择。

遑论这个国家如何，不论这一次的危难如何，苦难往往会造就意料之外的甜美。在个人与国家之间的选择永远是那个生养自己的后者。花开花落间，缘起缘灭，永远不要去违背自己的心愿，更不要为了自己一时的任性而将这片大好河山弃之于不顾。

看着这满目山河，虽然犹在此处静静的伫立，可是透过苦涩的风中看到的却是满目疮痍。任何人都难以欣赏美好的景色，目光所到之处无不写满了惋惜和哀伤。这个曾经美丽而慈爱的祖国母亲，现在好像狂风暴雨中的柳絮一般，再无一丝一毫的气力去与自己的命运抗争，或者说是再无一点去阻止更改一个时代的力量。谁敢说自己就能真正理解这样的痛苦，纵然自己的心中有再多的不满和无奈，纵然自己有多想扑在这片土地中放声痛哭，谁都不能允许自己放任。因为，这是一个爱国之人的慈悲，在国破山河在的时候，自己那些悲从中来的情结与感伤只是轻如鸿毛、无关痛痒的小事情，谁能够在一个国家的存亡之际娓娓道来自己那一点点如同飘萍的过往呢?

叶落无声，年少轻狂，总是毫无畏惧的。正所谓无知者无畏，年少见过的东西只有巴掌大，却以为看到了整片天空。繁花似锦之间，年轻的岁月总是不屑一顾地面对这个世界，轻狂而无礼地对待每一个人。不要说自己有过怎样的经历，只需对外人多说几句自己有过怎样的成功。所以我们无所畏惧——无所畏惧这个世界，就连失败也常常被我们说得那么简单，仿佛云淡风轻间便可对失败一笑而过。曾经天真地以为自己不会失败，以为即便那当空的明月也可以为自己升起，以为自己永远是命运眷顾的那个常胜将军，以为漫天闪烁的繁星也会为自己陨落。正是这样没有过失败的经历，让我们信心满满地将自己同这个国家的未来维系到了一起，让我们自然而然地背负起了更多沉重的负担。正是如此，后来在惶恐滩头这里的那场战争迎来的是惨败的结局，也正是这个惨败的结局让这个写诗的爱国者多了一个常常挥之不去的噩梦，以至于想起这所谓的惶恐滩便暗自里产生惶恐，焦虑到深夜辗转反侧，难以入眠。

若是清风可以捎去一点点期许，可否让人生变得轻松一点？本以为，此生就算不是富贵满堂，起码也要得一心人，然后膝下弄儿，从此幸福一生。岂料人至中年，却遭逢了这般潦倒。这又怎不是命运的玩笑呢?这一次所经过的是零丁洋，看着满眼奔腾不息的潮水，心中叹息的是自己孤身一身，在这零丁洋身陷元虏，自己一人孤苦伶仃，再没什么依靠，也再没什么期盼。

自古以来帝王都做着长生不老的梦，却无一人能够长存于世，都长眠于厚厚的泥土之下。这一次，可叹的是自己，可悲的是自己，可笑的也是自己。又有谁曾想到自己有一天会在这可悲与可笑的际遇中看清自己。飞鸟和鱼是难以复加在一起的眷恋，可是自我同江山又有什么分离的原因？如果说，对于国家深深的挚爱是难以抹去的情怀，那写这首诗的那一刻，满心情怀想必早已深深刻进骨子里。在对于国家兴亡的关切之间，生亦何欢，死亦何苦？这一次，再不论个人最后的结果，因为有哪个人最后的结果不是逃于一死呢？没有人能一直都活在这世界上，那么在活着的时候就要将自己所可以给予的一切都给予这个国家。痴人就是痴人，却也是个真性情的人。对生与死，我们一直畏惧，想到死亡也常常难以过多去想象，但是文天祥执着地将人生最后的结局看得云淡风轻，且只愿意将一片爱国的丹心献给自己的国家，将自己这份深厚的情感载入史册，与这片土地一同前行。

这是文天祥在祖国临危之际所写下的诗词，诗中无不透露着他对于祖国深深的眷恋与热爱，也是这首诗让人在走过广东零丁洋的时候驻足而思，向这个宋代诗人不畏生死，看淡一切的洒脱致敬。他是状元及第，他曾官高至右丞相，他曾被封以信国公的称号，然而他也曾被俘虏，被迫与家人分离，曾经遭遇生命的重创，然而他为后人留下了“人生自古谁无死，留取丹心照汗青”的名句，这是文天祥传奇的一生。

没有人敢妄言生命是何等伟大，也没人敢悬揣命运到底如何弄人。在花初绽放的时候，常常要放弃那些曾经馥郁清香的梦想。若是要一个乘风破浪的机会，就必然走进尘世的繁杂与庸扰之中，文天祥也不得不放下自己的孤高，自此走上仕途。想来我们都曾在一次次对于成绩的期许中落败，我们也都曾尝过胜利滋味的甜美，其实谁又会不知，那曾经无法入口的苦涩恰恰是为了酝酿日后的甜美。也许成功总是会眷顾对它期盼已久的人，正是一直以来的努力和抱负使文天祥在日后的旅途中得到了不同于其他人的机会，且不说这机会为他造成了何种的结局，文天祥紧紧地把握住了这每一次的机会。幼虫作茧，是为了

一次展翅飞舞的机会，凤凰自焚，是为了一次涅槃的重生，在每一次放弃自我的时刻，未尝就不是日后改变人生的转折。

似一棵挺拔的翠竹，有时也会被狂风暴雨予以最大力的摧残。其实若是无有这一身文人的傲骨，若是无有这圣贤书中所学的忠义之道，也许文天祥最后就不会是这令人扼婉的结果。因文天祥当时入朝为官，曾一再上书“请求斩杀董宋臣，以统一人心”的奏书不被采纳，文天祥就自己请免职回乡。精卫日复一日的填海也许略显偏执，夸父年复一年的逐日也许更显痴狂，有人觉得文天祥这是在拿自己赌一番更伟大的前程，可是也许文天祥只是做了一个文人能做的最简单的事情。若是无法依照自己内心真实的想法前进，那么不如归隐山林求得一世清闲。

当战争如同病毒一般开始蔓延在自己最热爱的土地上，也许文天祥在怪自己曾经对一时一事难以容忍，也许文天祥以为自己仍在朝中就可以改变战火纷飞的结局。因为自责，文天祥开始把家里的资产全部作为军费。也因为自责，文天祥每次与宾客、僚属谈到国家时事，就痛哭流涕，抚案说道：“以别人的快乐为快乐的人，也忧虑别人忧虑的事情；以别人的衣食为衣食来源的人，应为别人的事而至死不辞。”于此开始，文天祥接二连三地反复临危受命，随后在工作完成后主动请辞。或许，这时候的荣华富贵与高官厚禄在文天祥眼中已是无用的浮云，他更加期盼的是，能够真真切切地为这个国家做些事情。

文天祥为官如同做人一样，不肯言败也不曾想要低头，就这样默默地做着自己的事情，默默地过着自己的生活，也许后来结果会有其他可能。不多久，宋朝投降，文天祥却始终未屈服于这个世界，也并没有放弃国家。在朝代的更替中，稍显落魄的诗人再一次地漂泊，就是在这一路中写下了著名的《过零丁洋》。

文人总是既要傲气，又要傲骨的。文天祥也正是如此，如梅花，似青竹，铮铮的一身铁骨，打不断，也不肯主动屈服一丝一毫。于是在文天祥的执着中，有人看到的是死板，有人看到的是执拗。可文天祥是不在意的，这份不在意让人孤独，让人觉得寂寞，在寥落的星空中，总是有那么一丝的孤寒，让人望而却步，让人无法接近，却无人能想到这只是一颗追求共存、寻求温暖的星星。许多自己深思熟虑又大气凛然的话让文天祥遭受了被囚禁的命运，然而想必文天祥从未因自己说过这番话而后悔过，因为做便是做了，况且为了自己曾经忠诚一生的国家和朝廷。文天祥可谓是死而无憾，终用自己一片丹心照亮了祖国的史册!

39. 冯延巳 / 谒金门——风乍起，吹皱一池春水

风乍起，吹皱一池春水。闲引鸳鸯香径里，手挼红杏蕊。

斗鸭阑干独倚，碧玉搔头斜坠。终日望君君不至，举头闻鹊喜。

在闲静的午后，凭空拂来一阵细细的风，霎时间，呆呆站在园中的女子衣带如练，裙摆飘飘。正是这一阵轻轻的微风让佳人眉头微蹙，眼神变得急切又迷茫。就算是策马而过的路人也想停下来问一问，是什么让她慌乱又略显无聊。

其实，在茫茫人海中的找寻本就是如此，一面有心摘花，一面无心插柳，任岁月流逝，彼此寻找的人早已习惯了这样的时光。美丽的女子或许已经过去了那个在人海中寻求的阶段，却不知命运究竟要将自己置于何处，明明已经找到了，却要经历不知伊人何时归的分离，要经受着消磨自己大好时光的等待。

晨起时，只见镜中女子蛾眉轻蹙，只觉那池中春水所泛起的波涛那般惹人心烦，就好似晨间染红唇瓣的红色花纸，揉不烂，扯不碎，再想抚平却紧紧缩成一团。但见那花纸在檀木妆匣前慢慢地展开，褶褶皱皱的样子好像终日在家中等待的自己一样，心里百味杂陈，纵然与旁人不曾多言，到底意难平。

所幸的是，这只是春日里最寻常的一阵清风，若是如同那冬日的狂风，恐怕这一池的水也早已冰冻刺骨，到那时是否还有一番心意来怪这终日寂寂的等待？

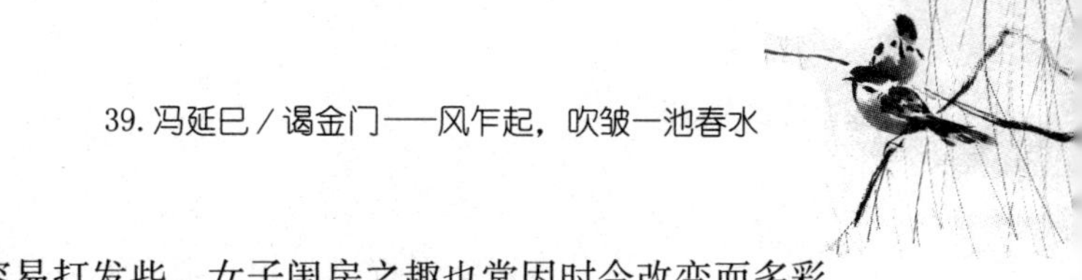

一个人的时光到底还是容易打发些，女子闺房之趣也常因时令改变而多彩缤纷。然，纵使外头百般景色，也到底是无那心思与志趣去考量了。这一下子等起来，心便慢慢地冷却，哪里有多余的温度再去捂热旁的事物？

想到这里，却发觉日子终要在这风卷云舒之间熬过去，也许那一熬之后，便能见到等的人踏着石径满面笑容地归来。但见那一池水中，鸳鸯愈发得多起来，平日竟然从不觉得这水中的鸟儿有几分碍眼。常常和等待的那个人一同观看，嬉闹间满眼皆是数不尽的风情。于是女子在水榭楼台香花翠柳之间逗弄起那浮水而过的鸳鸯来，只见那鸟儿竟似懂得女子心思一般，毫不理会仍旧结伴而过了。

女子玩得累了，却仍不尽兴，只恨这时光为何如此之慢，就算快上一点会老了几分自己的容颜，也无事罢了。思索时，这春日的杏花簌簌而落，满头满眼皆是胭脂粉与水月白的轻灵花雨。红酥手那么轻轻一伸，便收了满满一捧。开始看着美，闻着亦是清香，可在手中竟然看到的也是烦闷。于是不耐烦地随手扬尽，转眼却又见那枝头欲放的花苞。置身在这春日繁花间，女子想起自己年少的时光，那时的自己尚且懵懂不知，没有忧心也没有牵挂。怀念吗？怀念那略显空白却又毫无烦恼的青葱岁月，还是更喜欢现在这每天思念都漫上心头的少妇时期？女子轻轻扯下那枝头的花苞，反复揉搓着这小小的骨朵，那花蜜馥郁清香，沾满水葱般的柔荑。

这一春日的时光，只做低头思索，垂目发呆状，竟然对时光的流逝浑然不觉。再抬起头时已过去了大半天的时间，回首望着来时的小路，方觉每一根围栏已都被自己倚靠了个遍。那水中不得消停的野鸭，也好像都和自己相熟了一般，在水中嬉戏。女子想看看水中的自己，再重新整理整理如花的容颜，谁料自己因为一直未曾仰起脸庞，而将头上的发髻也弄得低垂松散了许多，连同那紧紧嵌入三千青丝中的玉搔头一起斜斜得摇摇欲坠。罢罢罢，如此这般还有什么可梳妆打扮的呢，终日等待的那个人他不曾回来，自己胜过这春日的绰约风姿又有何人能够多看几眼呢？

倘若凡事未有变化，那人生将少了多少乐趣。就是因为不知道下一个瞬间会发生什么样精彩的邂逅，而碰撞出什么样微妙的情感，生活才比故事更为精

彩。忧从中来的美丽女子恍惚间担心那归人悄悄在身后出现，又怎么会喜欢自己的头发乱了的模样呢？于是伸手向脑后，欲重新挽起那一头如瀑的青丝，却忽然听闻那枝头不知何时落了几只鹊儿的叫声。忽然想起老人常说的喜鹊叫，喜事到。女子不觉微微一怔，停下了手中的动作，嘴角轻轻上扬。也许，这一次，便是他真的回来了吧！

这样的如花美眷，这样的似水华年，这样的景致全靠一位词人的描写，说他是词人不如说他更像一个画家。在人们空白的心底总是能勾勒出一幅又一幅超越时间和空间的画作，仿佛看词的人就身处在彼时的场景，仿佛曲径通幽处就绕出一位翩翩佳人。

时光延续着，我们无法去揣测到底这时光背后的终极是些什么，但是我们可以用自己的感知来将这一切很认真地记录下来。很多知道的人会觉得冯延巳不是个很好的政治家，可他是个很好的词人。或许，我们会给予他的评价是一个懂得感受生命与时光的看客。冯延巳的词句在俊朗飘逸间总是会多出那么几分婉约，却与盈盈弱弱的浮花弱柳不同，清淡而坚挺。王国维在其《人间词话》中如是评道：“冯正中词虽不失五代风格，而堂庑特大，开北宋一代风气，与中·后二主词皆在《花间》范围之外，宜《花间集》中不登其只字也。”若不是看见了满目的沧桑，若不是悟尽了世间百态，又怎会执笔写下这样跨越生命宽度与长度的诗词？

冯延巳的忧愁总是朦胧的，《点绛唇》含而不漏，或者《醉人眸》无声无响。也许这般深藏的忧愁与其几任为官又不得不卸任有关，在仕途之中走得久了，难免会有所厌倦，也难免会有所顾虑。所以冯延巳的词作从不大张旗鼓，也没有满腔仇慨，只是淡淡一写，你若喜欢便当一件爱物在手中把玩，吟哦几句，唇齿留香。你若真的是懂，那便将之当件珍宝，只需细细品鉴就好，也无需费心揣测，因为写词的本意就并未有多深。所以，冯延巳的词一直是没有大悲大喜的，淡淡地撩动着读者的心弦，或者也是为自己寻一位知己或挚友最好的方式。

只愿求得一心人中，这一心人对于历史上的文人墨客来说，未必就是那个厮守一生的女子。也许更多的人是为了求得那个懂自己，无需多言的知己。三

杯两盏淡酒下咽，你知我心，我明你意，这般的交往平日看着也许平淡如水，却情深意重。

冯延巳的才情，使得李璟对他多生了几分信任同好感。悲春伤秋的文人，会让人心生敬意和好感。那是感受于生命的温和，那是感知于世界的平静。冯延巳的才情，让他的敌人都感到不安，觉得因着那些过人之处而被冯延巳不入眼里，踩在脚下。据《钓矶立谈》记载，冯延巳特别能言善辩，且为人诙谐幽默，这样一个人在皇帝身边，却最后未成什么奸佞之臣，也足以见得冯延巳本无作恶之心。

李璟身为一国之君，或许早已发现这一点，但是纵然冯延巳如何淡泊明志，却终拗不过皇帝想将其留在身边。古录中记载，冯延巳的辩说纵横，如倾悬河暴雨，听之不觉膝席而屡前，使人忘寝与食。也许，心中有真实所想，胸中有宽广抱负，只因身处帝王身边，位高权重反倒无法自由地说出任何关于政事的内容，因此冯延巳的心意或许都寄托在了自己的词中，也许那不明来路的忧思便出自于此。

冯延巳同样善工书法，《佩文斋书画谱》列举南唐十九位书法家的名字，其中就有冯延巳的名字。冯延巳本就是这样一个文人，潇洒于尘世本也可以放浪不羁。然，命运还是喜欢捉弄人，也或许，若非那些仕途官场的经历，我们也看不到那些不同的花间派、晚唐派词作了。

冯延巳同李璟或许就是这般淡泊如水的交往。毕竟一君一臣，太多的束缚让两人无法如伯牙子期一般奏一曲高山流水。所以，李璟给冯延巳最厚重的礼物，便是自由。

自由，并非就是去做自己想做的任何事，反而更多时候是可以去不做那些不想做的任何事。对于冯延巳来说，为官，未必就是一件好事。虽然满腹经纶，虽然才高八斗，但是政治上的纷争总会让这个可以在山水间吟词作赋的人变得看不清未来。

同样，几次免官也是李璟对于冯延巳最大的保护。究竟，冯延巳心中是否明白早已无从查证，而他同党羽一同被除，却得以保全自身，又何尝不是最大的证明？或许冯延巳心中明亮如镜，或者他政治上的无所作为也有许多迫不得

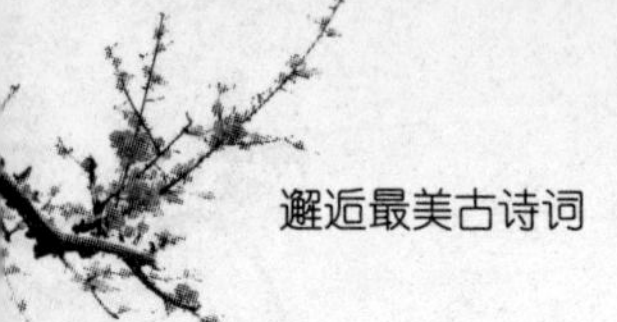

已的理由，可由此而发，无奈于自己看重的挚友是一朝天子，词中隐隐透着那淡淡的忧愁也就有迹可循了。

春风乍起，让人顿觉温暖，一心想着这结局必定美丽如画，想必女子最后如同那枝头啼叫的黄莺，多子多福。而冯延巳，却一直在自己的生活里，看着别人的故事，他自己的剧集却如同秋风一般，劲浪而清爽，吹过之后总是让人心头留下一丝淡淡的忧伤。

山一重，水一重，冯延巳的忧愁在山水间被一点点放大。泪眼问花花不语，乱红飞过秋千去。这样看似杂乱无章的几缕惆怅就这样被摆在眼前，想去做些什么，终究是剪不断理还乱的忧愁，最后又好似放任其自由发展一般，随秋风一同消失在天际。

冯延巳的惆怅，也许就如同这词作中写的心情一样，被捡起，然后放下，往复不止的纠结，直至临终，依旧自喟自叹着一生所经历的事情。

40. 刘禹锡／酬乐天扬州初逢席上见赠——沉舟侧畔千帆过，病树前头万木春

巴山楚水凄凉地，二十三年弃置身。

怀旧空吟闻笛赋，到乡翻似烂柯人。

沉舟侧畔千帆过，病树前头万木春。

今日听君歌一曲，暂凭杯酒长精神。

一轮孤月在天际，起舞弄清影却无人可以欣赏，就是这般孤独与无助。没有其他人会看见自己处于这样的境地，也没机会能够找寻到曾经看见的尽头。这条路，没有尽头。就是在这样的山水之间，才会倍感凄凉，山是一个人的山，水也是一个人的水，想找人一起欣赏，奈何无人伴于身侧。

凄凉，不是因为衣食住行单薄，不是因为风餐露宿辛苦，恰恰是因为这样一个人被流放的孤独。似真似幻的孤单岁月，每天醒来都期待是一场梦，自己只是在这漫漫无期的梦中苦苦找寻了很长很长的时间，虽然一无所获，然而却终于醒来。

其他人还有谁会记得这样的自己，谁的记忆又曾经会为此停留呢？这样孤单寂寥的二十三年，仿佛超然于世，又仿若自己是被世界所遗弃的那个人，再看不到从前的风光与景致，再不被旁人提及。

二十三年，我轻轻数着每一个年头，我甚至记录下这难熬的分分秒秒，怕的是，自己会如同别人一样产生了遗忘。倘若真是不记得，那也便是对自己这

二十三年流逝的时光最大的不公平吧！所以不可以忘却，也难以忘却，否则连自己都会质疑，是否曾经存在过——这样的世界是否存在过，而这样的自己是否也曾经存在过？

如果，时光还记得；如果，生活还记得；如果，那遥遥传来的笛声还记得，会不会就有人在这世间的某个角落仍等待着我归来？

无处可寻，无法寻找，却遥遥听得到那悠悠的笛声，这调子不似白日里跳跃，可若多言忧伤，又太过矫情，想起那首《思旧赋》，想起向秀途经友人故居，听到邻居的笛声，不禁悲从中来。而此时此刻的自己，又何尝不是百感交集？在这样难以忘却的时候，不知道等待自己的是什么，却觉得那些情绪曾经如此难以安放。

曾经走过的小巷，曾经流连的市集，曾经与三五知己把酒言欢的亭台楼阁，无处不在诉说着自己那段逝去的故事。感谢上天，却也有些埋怨，为何大家都已经不在了，却空留我一人再次返回这里，看遍那世态炎凉，看尽那人间冷暖，然后一个人在往事里反复徘徊，走不出来。

久谪在外，再次回来，好像晋人王质一般在山中如梦似幻地过了个几百年，可是这段漫长的经历却没有看神仙下棋那般简单，再次回到这里，一切都已经浸满了物是人非的滋味。一花一草，都比旧时艳丽，却再无法勾起我欣赏的欢欣，一砖一瓦，也许都比从前光鲜，却再无法引得我驻足欣赏，心里念念不忘的，只是旧日二三事。一个人站在这里，回忆扑面而来，悲伤也同样让人无计可施，然而除了自己，还有谁记得？

寂静的水面隐约可以看到沉舟颓败地横在那里，是否一如颓唐的我一般，毫无精神，失落地隐藏于角落之中。如果说，躲避是最好的面对，那么为何我一再的躲避都是没有结果的呢？也许不该再这般消沉下去了吧，任凭周遭是何等的境遇，也不该再这样将自己一低就低到了尘埃里。

那沉舟，想躲也躲不开意气风发的新船，那直挺的桅杆和飘扬的船帆，都在诉说着新的故事。也许，明天太阳依旧升起，腐朽的沉舟会在太阳刺眼的光线中，灰飞烟灭。而一直向前的新船会一一划过身边。我曾经跨越过山海，看过那么多的日出与日落，看过无尽的黑暗，也懂得珍贵的光明，为何却仍旧将

自己束缚于这小小的皮囊之中，无法突破情绪带来的悲春伤秋。

枯枝败叶都已经萎缩的那一棵老树，不知道什么时候都已经病的一塌糊涂，即将面临着覆灭和死亡，每个路过的人都不禁想到什么时候它会停止生长，连我也是如此想着。可是这病恹恹的老树前却是一片繁华的春景，在这个生机盎然的时节里，繁花绿草惹人心醉，燕子往复徘徊，道着春意的喜讯，这一派万物复苏的景致也许就是让那棵老树迟迟不肯放弃的理由吧！只要看见那一丝丝的生机，只要感受到那一点点的春意，生命就没有理由就此放弃，执着未尝不是一种更好的选择。

不一样的人生，就有不一样的选择，在面对这些时，放弃也许是个美丽的姿态。轻轻转身，留下美丽的背影，然后静得都可以听到叶子落下的声音。或者，挣脱开那双纠缠不清的手，指尖的余温慢慢消散，然后再不去追究前尘过往，从此踏上另一段旅程。就好似听闻知心的朋友三两句劝慰，或者一首情深意切的曲子，前方的路总不至于还是自己一个人独自前行。也许好友并不能一直陪伴着自己步履蹒跚地前行，但是好友总会知道你所处的那个境地，并且在远方遥遥的为你祈祷，祈祷那风雪终有一日消散。也许石头不会开花，星星不会说话，但是穿越了无边的风雪之后，友谊的温暖一定终将抵达。轻轻拿起手中的杯盏，一品再品，并非是靠着酒精的力气让自己遗忘，而是靠着遥祝友人的情谊支撑着自己的精神，给予自己一番慰藉，然后整理好心情，重新大步向前。诗人就是这样，无需太多言语，一杯酒下肚，从此融化在门外的风景里。

这样一首悲喜交加，又重赋希望的诗词来自于诗人刘禹锡。人们常常嘲笑命运弄人，这个在诗句字里行间无处不透着感叹之情的诗人也是如此。刘禹锡曾经是中山靖王的后裔，遭逢安史之乱，父亲举家迁徙，之前的刘禹锡在书香门第中成长。每日无忧无虑，终日与诗词歌赋，琴棋书画为伴的刘禹锡自然讲起话来也是唇齿留香。

旧时的时光总是那么美好，好的在它悄悄流逝之后让人无比的想念。当岁月的清风拂过斯人的面庞，刘禹锡也转眼长成了翩翩少年。当他踏出家门的时候，想必会有那么一丝眷恋和不舍，想必还会对未来有更多的期待。会在人生的哪个阶段，会遇见什么样的人，会发生什么样的故事，也许如此的不确定才

确定了生活的曼妙。贞元九年，刘禹锡与柳宗元同时中了进士，也就此开始演绎了如子期伯牙一般的情深意切的友情。

日月更迭是亘古不变的规律，人类在历史上慢慢地向前行进，在自然的规律面前始终无法超越。正是如此，生活中的故事也常常会有着惊人的相似。后人纵然会随意地评说每一段故事的结局，也可以由着自己观点来判断前人的是非，但是追究对错终究难以实现真正意义上的进步。诗人和政客，常常会有一样的结果，恰恰是在这样有喜有悲的境遇面前，产生了一段又一段的佳作。

飞鸟终究会在天际翱翔，没有脚的飞鸟也只能在生命走到尽头的时候止步。刘禹锡的人生没有终点，和许多同期的政客一样，他们期许的是为了生命和时代产生的变革。变革的风险惊涛拍岸打在这些先驱者的身上，变革的结果也会在失败或者成功面前落下帷幕。在那样一个久远的年代里，刘禹锡经历的是风吹雨打，是遥远的背井离乡，是故人跟随生命的步伐所产生的离去。悲欢离合面前，自己的渺小会被无限放大，遥远的地平线走到尽头，也只是另一个新的起点，往复不止，背道而驰，这一切让人难以靠近，却又无法轻易放手。

一盏清酒，一饮而尽之后有苦涩，也有醇香；一株腊梅，风送余香之后有芬芳，也有清寒。对于一个诗人来说，这一生纵然过尽千帆，却也依旧尝得出不同的五味陈杂。不同于时代背景下的优柔寡断，刘禹锡的诗一为表明心志，二求开拓自己未来的人生，所以也由此开辟出了贞元年间诗歌超越空间的维度，跨越萧瑟风情的新局面。没有喜悲无常的作品，反倒是豁达和积极占据了刘禹锡后来诗作的重要篇幅。这些开阔舒畅的诗作使得刘禹锡自己也更显得俊朗向上，时而流露出一些轻盈，时而又表现出一些孤高，人生本就如此，不同的是，有人选择了自己熟悉的方式进行表现，而有的人，穷尽一生，饱尝苦楚，却依旧将其埋藏于心底。

繁华凋零，黛玉葬花自是一番风情，古树知秋，却又有几人可以看得到那些属于明日的重生？刘禹锡的豁达虽然是人们可以知晓的道理，但是当自己亲身遭逢那百般的变故，又有几人可以依旧以诗歌寄托志向，以佳作寄托惆怅？在这些豪放的诗句中，我们可以看到这位诗人的独特气质，我们可以品到一个孤臣的苦楚过往，却寥寥数人可以真的做到那种面对人生挫折所产生的越挫越勇的豁达和反抗。

在一片颓唐的景致面前，生命不曾停下脚步，时光依旧流逝。不论在何等境地之中，接受每一个存在，面对每一个存在，赞颂每一个存在，这才是人生中最为坚毅而高洁的厚重内蕴。沉舟侧畔有千帆驶过，将期望寄托于其展开的帷幔之中不足为奇，病树前头有万木生长，将激情注入其新长出的枝桠更是无妨。也许下一个轮回里，生命的模样截然不同，但是刘禹锡在生命面前的乐观豁达，依旧不会改变。一曲唱罢，一盏喝干，无悔的人生就该如此！

41. 陆游 / 书愤——出师一表真名世，千载谁堪伯仲间

早岁那知世事艰，中原北望气如山。
楼船夜雪瓜洲渡，铁马秋风大散关。
塞上长城空自许，镜中衰鬓已先斑。
出师一表真名世，千载谁堪伯仲间。

红尘滚滚，岁月如歌，穷尽一生的等待是最长情的告白，伴随一生的陪伴是最深情的誓言。心底最珍惜的那个人若是无法久久地陪伴，不如放下一份痴迷，再拾起另一番执着。少不更事的年少时光中，看见亭台的花开花落，听见池鱼跃出水面的声音，天际一轮明月也只因无悔的生命而稍显冷清，夏夜的凉风吹过才忽觉秋天将至，已是有枯叶落于地面而无声。正是年少不知世上的艰辛，总是自己在云山雾绕中寻找烦恼，却哪里晓得，那后半生的穷途末路和亡命天涯。

遥遥的登高北望，满目疮痍虽有殇情，却难以掩饰那恢弘的气势，层峦叠嶂之外更是无穷无尽的一马平川。在感叹自然的鬼斧神工之时，心中又何尝不是骄傲与自豪。生于这样一片圣洁广袤的土地之上，再加上年少春风的满心雄才大志，更是渴望着将这大好河山曾经遗落的部分找回，拼凑成更为完整的大一统疆土。在同一时刻的旁人，或许知道少年的儿女情长，也猜测过其中的爱恨情愁，那些原本私人的情感如流星在天际划过，转瞬而逝。没有结局的结局就此敲定，下一程，已是胸间更雄浑的壮志难酬。

三杯两盏淡酒，残留于杯中，仍尝得出余温，心头那份悠悠的思念犹在。这份不同于年少的思念被无限放大，夹杂着满心的苦楚终于爆发。在这些纷扰面前，选择逃避未尝不是能让勇气再度燃烧的方式。游踪所至，步履蹒跚，人生何处不艰难。那一夜，天上白雪纷纷，在楼船之中望着渐渐将船掩盖的大雪，心中也好似借着寒冷诉了衷肠。白雪的纯净，难以舒展紧锁的眉头，阵阵的寒风也吹不散那尘埃一般的忧愁。这一次，在瓜州慢慢地漂泊，依旧还是迷失了方向。举头可见的风景却更加让自己显得仿佛已是千里之外，曾经向往的自由自在，早被壮志山河吞噬得所剩寥寥。良时恐作他年恨，大散关头又一秋，这样直白的说明比起铁马秋风大散关更为有力。金戈铁马之间，本以为可以将自己的全部气力用来保家卫国，却奈何有心杀敌，无力回天。清风萧瑟又极显肃杀，想来这得以收复河山的机会在自己面前白白错过，心底的恨就此再也挥之不去。

万里长城永不倒，并非只是一朝一夕的神话。每当在边关志气满满地看着远方残阳如血，就会想着自己少年意气，挥斥方遒。开阔的视野无边无际，没有尽头，无处凭栏的一丝孤独凭空而来，漫上心间。曾几何时，那如狼似虎的军队也不曾让人畏惧，粼粼闪烁的金甲在战场上诉说着鲜血和荣耀，没有畏惧，没有退缩，只有滔天的气势和心中最大的理想。再次忆起那曾经的岁月，心中还是难以平复那豪情万丈的波澜，还是会想起当时那灿烂的霓虹。可是此时再看看镜中的自己，岁月摧残的容颜愈发地显露老态，风霜一点点布满的不仅仅是这日复一日的生活。

鸿雁在天际缓缓飞过，队队排成行。失意又落寞的依靠在窗边，不禁想到当年孔明坚持北伐，尽管以出师未捷身先死的结局告终，但还是为自己留下了长久的美誉。老泪纵横之后不禁感叹，纵观千古悠悠的历史，又有几人可以与诸葛孔明相提并论？朝野之上，魑魅魍魉的小鬼也无处不在，自己纵然如何有力，也难以将一腔热血得以寄托。再一次表明自己恢复中原之志亦将“名世”，皆因在这世间无处可寻那一处寄托，便只好将渴求慰藉的灵魂放到未来，愤懑之间胸中一腔豪情只能倾诉于此。

这样一首句句尽是愤怒和忧愁的诗歌，就来自于诗人陆游。纵观陆游的

一生，有情有义，年少的岁月，红烛帐暖全都写尽了自己和一生挚爱的儿女情长。奈何造化弄人，很多时候一生所求都会落得终无所得的结果。最终，陆游没有和自己心头的挚爱在花前月下过完美好又完满的一生，然而陆游的情怀也未曾就止步于此。陆游的一辈子，没有办法坚守自己的心中所爱，却为国恨家仇的问题紧紧地维系了满腔热血，在他的执着之中，时而悲伤，时而愤懑，却写满了对于国家深深的依恋。每一首诗歌，都在倾尽所有写下了自己的期许，每一首诗歌也都在其中刻尽了自己对于明天的收复所产生的新希望。

青涩的时光里，初夏的荷花刚刚绽放，偶尔会有蜻蜓翩翩立于花上，荷花心中许有明志，蜻蜓心间也未尝没有高飞的念头。陆游心中的远大理想，在年轻时就得以建立起来。陆游的高祖是宋仁宗时太傅陆轸，后来祖父和父亲也相继为官。谁能面对祖国的满目疮痍坐视不理，谁能在战火纷飞的腐朽王朝纸醉金迷？陆游看见的是当时宋朝腐败不振、屡遭金国（女真族）侵略的情形。早在陆游出生次年，北宋首都汴京就被金人攻占，宿命是一早就写好的事实，襁褓中的陆游被迫随家人过上了颠沛流离的生活。也许从那时起，风向已定，形势已决，陆游的一生便就此写下了属于他自己的故事。

无风无雨的生活不会让人在困难面前下定太大的决心，无欲无求的岁月也无法让人在结局面前产生过多的情怀。偏偏越是情感细腻，偏偏就越是感受到命运的不公。陆游在流离失所的转徙中慢慢长大，因受社会及家庭环境影响，自幼就立下志愿，欲将自己祖国的大好河山全部收回。陆游一心的执着让他在成长的道路上始终坚持对抗金军，这样的做法难免引起了当时投降派的一致反对，在这种打压下艰难地走在仕途上，陆游深深地感觉到了扑面而来的无奈和悲哀。后来陆游选择了中年入蜀抗金，也正是这种长期的军事生活让陆游后来的文学作品慢慢产生了更为丰富的情怀。

世间万物看起来都是有为法的，若是有一天面对利弊的时候是无为之法，那么想必方是有所成就的大家所为。陆游深陷于迷局之中，很难将自己的所处境地看得清楚，以至于很长时间陆游都在饱经丧乱的生活中感受到岁月所侵刻的艰辛。曾经陆游深爱表妹唐婉，后来被迫与之分离，然而看不见却未尝就不会想起。唐婉是陆游心头的一颗朱砂痣，时而又似那自窗外落在床前的白月光，在这深深的思恋里，陆游或许心底也对于生活的不公产生了反抗的念头，所以后来对于祖国的抗敌事业倾其所有。

豪情万丈与恃才放旷是不可同日而语的概念，虽然都有着文人对于世界的清高和藐视，但豪情万丈就是天际振翅的雄鹰，而恃才放旷则似没有目的终点的飞鸟。飞鸟飞过诉说着欲壑难填的悲情，诉说着对于花花世界的种种似是而非的矫情，而雄鹰则不再去讲述自己曾经过的风景，只是努力的向着自己要去的地方翱翔。陆游叫自己放翁，也和鹰翔而过是同样的心情。记得曾经与共事的人有些矛盾，便被说成是不知深浅，不守礼仪的粗野之人。陆游索性便叫自己放翁，这未尝不是一种对于世界的嘲讽，既然被说成是这样，便权且当做一个狂放的人罢了。明哲保身的平庸不入放翁的法眼，矫揉造作的情结也不是放翁的风格，于是就这样，放翁一名从此流传千古。这个事实让人将陆游与那些平庸之辈的另眼对待，也让陆游的境界得到了一个新的升华。

诗人的才情并非只将自己的心思在诗句中达到永恒，陆游的成就也并不是只在诗中才得以绽放。城南小陌又逢春，只见梅花不见人，陆游曾经在诗句中以梅花自喻，将情系一生的那个人镌刻在自己的诗句中。在与书卷为伴的岁月里，陆游还在深厚的奠基中创办了自己的藏书馆，作为一名藏书大家立存于自己的生活中。除此以外，陆游在绘画和书法方面也有着极深的造诣，每一幅作品都被他自己赋予了浓厚的意义和情怀。

半生胸怀半世情，再回首已经是雁过也，云淡风轻。风吹过的寂静，已经可以听得到花落的声音，自己内心的跃动便慢慢地呈现出来，得以被自己用最真诚的心聆听。在清净中修行自己，人生的路才不会无趣又漫长，陆游年轻时曾在云门寺中随父亲隐居，就是在这种修行里为自己的人生找到了方向，放小了的是自我，拓宽了的是自己的整个人生。

从懵懂无知的青葱岁月，随即背负着远大的抱负行进至人生的中途，陆游一直在竭尽心力地抒发自己对于国家荣耀的热情，为了实现曾经的理想而努力着。虽未曾如诸葛孔明一样在皇帝身边辅佐多年，却产生了一样执着的爱国情

怀。尽管，陆游自叹尚且不如孔明一般为国倾尽一生，但是他对于祖国的眷恋却从未被人们所淡忘过。风去无痕，陆游用生命写就的诗篇绕梁三日，余音尚未绝迹于世间。纵观放翁一生为出师，遑论个人所成是否在伯仲间得以衡量，至少是做到了无愧于心，无愧于后人！

42. 李煜 / 虞美人——春花秋月何时了

春花秋月何时了，往事知多少。

小楼昨夜又东风，故国不堪回首月明中！

雕阑玉砌依然在，只是朱颜改。

问君能有几多愁？

恰似一江春水向东流。

山川岁月，肆意横流。终负了这个男子一生最大的期愿，以江山为代价，令他的诗风兴意全然换了颜色。

词意有了出处，灵魂却无处皈依。

如果不是李煜，谁还会在历史的浩淼烟波中去格外怀想这个叫南唐的苟延残喘的颓废之国的往事？这只是一个假设，却存在着非常大的可能性。正是他不尽的才情引得人们对他，和他的生存环境浮想联翩，并引得一众史学家们寻根探究。

这世上若有一个乌托邦，最好就在南唐，那里没有战乱，因为有一个不懂文韬武略的君主；那里只有诗赋与音律，因为那里有一个造诣非凡的词人与乐师。

李煜，字重光，南唐的第三任君主，也是最后一任。南唐命运多舛，时运不济，这与李煜的命运有着必然的关联。如果南唐没有最终没落，君王没有沦为阶下囚，也就没有李煜脍炙人心的词赋传世。

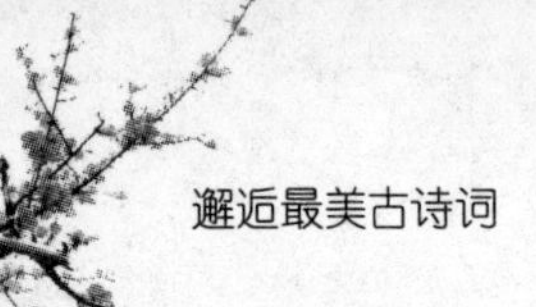

只是，但凡有心，恐怕谁也不愿意沦落为亡国之君，如困兽求生。

李煜生在帝王之家，却是李氏皇族中最不愿意袭位的一个。他一直的选择是做一个风流倜傥的文人墨客。他通晓音律、善于辞章，更精通书画。其实，他是一个不折不扣的文学全才。只是生于帝王之家，瞬息万变的局势不会因为他哪方面有所弱、哪方面有所强而有所偏倚。这便是他生来的悲剧之源。

这位在史学家眼中无所作为、懦弱无能的皇帝，在文学界中却有着极高的声誉，他的很多作品都流传后世，并成为经典。

他好读书，爱藏书，常作精细校勘，施以完备编纂，何其难得。

他擅绘画，尤其以翎毛墨竹为最长，不凡，自有一番清爽异于常人。

他更擅长词赋，情真切，意动容，伤心处令人为之潸然，却是于不知不觉之中浑然天成，远非刻意造作，不加斧凿。

他是南唐中主李璟的第六子，本应该无缘皇位，倒更合了他的心意，可以寄情山水，工其所长。

不能承位，却已至娶妻之龄。

周娥皇是南唐宰相之女，出身名门，琴棋书画样样精通，尤其以音律著名，这对李煜来说，无疑是上天赐予了他一枚明珠。一对才子佳人的结合似乎预示着幸福生活的开启。娶娥皇时，李煜身为皇子，却不能令他的志向有所转变，朝着政治奋发图强。这大概是历史上唯一一个视皇位为洪水猛兽的国主吧。

与娥皇在一起，就像久旱逢甘霖，作为一个才情横溢的男子，自然渴望有人能共同分享自己对文学或者是音乐的喜好，两人总有共同的话题，所以，他们二人的感情水涨船高，如胶似漆。从这一时期李煜的诗中可以得见。他写《浣溪沙》："红日已高三丈透，金炉次第添香兽。红锦地衣随步皱，佳人舞点金钗溜。酒恶时拈花蕊嗅，别殿遥闻箫鼓奏。"道不尽的缠绵悱恻，风流缱绻。

李煜写《后庭花破子》："玉树后庭前，瑶华妆镜边。去年花不老，今年月又圆。莫教偏，和月和花，天教长少年。"在诸多的他的词赋中，这个总被诟病，实在太过直白不够艺术，远不如他的其他作品。但也许，李煜就是想这样赤裸裸地表达他对娥皇的感情。尽管李煜这样期待，但是娥皇依然还是在她

29岁的时候离开了人世。

这大概是李煜所遇到的第一次真正的挫折，这是他第一次感受到疼痛，感受到生活的真实与残酷，多少风花与雪月，终有一天会东流，不管多少深爱，也终有一天会离别。

在此之前的时光里，李煜与娥皇的生活甜蜜且美好。

应该说，这是李煜颇为享受的一段时光，上有父皇坐镇江山，下有兄长弘冀虎视眈眈一心想当皇帝，却正好应了他的期许，就这样下去吧，最好河山日好，夜夜平安。

李煜为人做事颇为小心谨慎，性思敏则心忐忑。这在他使用的笔名中屡屡得见，他常用隐字。若不是刻意为之，恐怕也是心有所向。想要隐去战乱，隐去皇位之争，隐去这世间所有的杀伐。

当他沉浸在所渲染的诗情画意中时，如痴如醉的陶醉令他不能感受到南唐此时已近亡国大祸的现实。

公元959年，在南唐发生了一件大事，李弘冀毒杀了他们的叔父晋王李景遂。李弘冀为人猜忌严苛，因为父亲曾经提及位终及弟，李弘冀终于忍不住要为未来的皇位之路扫清障碍，作出了弑叔之举。

只是，弘冀这一举，并未给自己换来皇位，在不久后他暴病身亡。无奈，虽然，最初南朝重臣曾上表李璟，推举李煜的七弟李从善作为太子备选人，原因是，李从善做事果敢，为人稳重，可以倚信。却引得李璟大怒，坚持封李煜为吴王、尚书令、知政事，并令其住在东宫——储君之宫。可见，也许在李璟心里，经历了太子弘冀弑叔的惨痛教训后，他更倾向于选择这个不善谋刃，待人接物极为宽容的儿子。

公元961年的六月，李璟病亡。年仅25岁的李煜被推上了他人生中表现最差劲的位置——一国之君。本来就已经身处飘摇的南唐，此时，更是由于李煜的继任而进一步走上了亡国之路。

李煜打定了主意不做这个真正的国君，他没有父兄一般的气魄，也没有他们一样的野心。于是，在登基后不久，他就向宋太祖卑词上表——《即位上宋太祖表》，并送上贡礼“金器二千两，银器二万两，纱罗缯彩三万匹”，向北

宋纳贡称臣，为了表白称臣的诚意和真心，他还自请降格，改南唐国主为江南国主。

这是他的态度，也是他的期待。他希望万里河山不必姓李，只要能够平静地活下来，写诗作画，便是他想要的人生。这是区别于任何一代帝王最本质的差异，哪一代帝王不在做着“普天之下，莫非王土；率土之滨，莫非王臣”的千秋大梦。

天不遂人愿，想想，也算笑话一则，他的兄弟以身试法想要夺得皇位，结果，未得善终；他一心一意躲避着阴毒的太子二哥，一面不理朝事的沉缅花间辞色，最终却被命运所捉弄，真是造化弄人。

由于他骨子里的优柔寡断和轻信薄言，令他终于犯下诸多政治大错，令南唐小国更趋于破灭的边缘，他把不该杀的都杀了，把该杀的全留下了，这是致命的，但也同样是他不自知的。

雕镂小亭中的斟饮吟唱，群花簇拥时的轻歌曼舞，都纷纷化为国家的风雨飘摇，旭日不稳。

李煜无心政治，自然也没有这样的政治觉悟。即使，李煜选择了毕恭毕敬地倚靠大宋，却依然换不来大宋王国的安心。一味屈辱退让，只换来了短暂的富贵荣华，苟活偷安。

李煜的期求却不是北宋大军的真愿，一统江山的愿望在北宋的铁蹄下必然是最渴望的。于是公元973年，宋太祖下了令，令李煜去开封，他的囚徒之路已然开始。他托病不去，这顿时激怒宋太祖，派曹彬率领军队去攻打南唐。

一向舞文弄墨的李煜，此刻突然要做一件与他的理想相悖离的事情了。面对亡国的现实，乱了手脚，却又不得不挺身而出，发出了与金陵城共存亡的铮铮誓言。但他依然渴求现世安稳，于是派了吏部尚书徐铉出使东京，厚贡方物，以期求和。但这样的幻想被宋太祖的一句“卧榻之侧，岂容他人鼾睡”破灭了。

公元974年，宋太祖令北宋大军分三路进攻南唐。一个是马上打下江山的一代英主，一个是沉缅诗词歌赋，完全不懂政治的文人皇帝，这场战役是早已注

定了的结局。

宋太祖开宝七年，公元975年，北宋向南唐发动了全面进攻，并攻破唐都城金陵，其实，在这一场战役中率军大将并没有遇到什么强有力的抵抗。

李煜奉表投降，从此世上无南唐。

宋军进攻，唐军抵御，势必使得金陵城生灵涂炭，主战派依然发出主战的呼声，这个一向懦弱的皇帝却头一次基于自己的立场做了一件事，那就是投降，这样就避免了杀戮大开，对一众百姓造成更多的残害。

这样做的结果便是，李煜终于还是离开了故土，登上了北上的宋船。他写下了《破阵子》：四十年来家国，三千里地山河；凤阁龙楼连宵汉，玉树琼枝作烟萝，几曾识干戈？一旦归为臣虏，沈腰潘鬓消磨；最是仓皇辞庙日，教坊犹唱别离歌，垂泪对宫娥。

这得来不易的后唐江山，终于断送在了这个文人皇帝手中，他表达的方式居然是垂泪对宫娥。他的脑子里确实不曾存过对江山的半点遐想，他只有身边的这一方天地，供词赋供音律。南唐的万千百姓黎民，也因为皇帝的无能成了亡国之百姓。呜呼，哀哉。

“违命侯”便是他在开封的封号，要叩头谢恩，山呼万岁。李煜在此时，终于体会到了之前的声色犬马所带来的离恨。

寄人篱下的生活，从来都不能有声色犬马的机会，覆巢之下安有完卵？无家无国的亡国之君流若飘萍得不到任何的敬意，引人耻笑。

当李煜重新提笔时，心境已然大不同于往昔，那曾经的风花雪月，韶华岁月，在父皇庇护下的心灵游走，此刻已经不再拥有了。面对国破的现实，却已是物是人非了。

经历了亡国之痛的李煜并没有因为懦弱换来家和国静，而是沦为臣虏，受尽凌辱。

此时再提笔，他自然不同于从前，当《虞美人》落于笔尖，这已是另外一个李煜了，在这般磨难的岁月里，他的心情悲苦、懊恼多于享乐。

早知如此，怕李煜也不会有真正的悔不当初，只是历史造作弄人，让他承袭了本不该承袭的一切。随着这首词的传开，他的命运终结于此，这样的结局

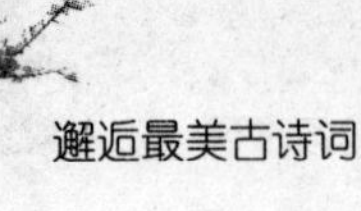

令人无可奈何，一面感叹这世间少了一个懦弱的君主，一面惋惜从此少了一个真正的词人。

来得从容，却终究走得仓促……

43. 蔡邕 / 饮马长城窟行——青青河畔草，绵绵思远道

青青河畔草，绵绵思远道。远道不可思，夙昔梦见之。

梦见在我旁，忽觉在他乡。他乡各异县，辗转不可见。

枯桑知天风，海水知天寒。入门各自媚，谁肯相为言。

客从远方来，遗我双鲤鱼。呼儿烹鲤鱼，中有尺素书。

长跪读素书，书中竟何如？上有加餐食，下有长相忆。

春天本身，似乎就自带不用言说的明媚和盎然，天地万物拥着大好春光，吮吸着甘甜的露水，悄然间拔节、茁壮，某些隐秘的思绪也伴随着生长中的变化开始慢慢张扬起来。

此刻，是谁的思念在空气中蔓延？那久久无人问候的少妇，与空闺日夜相伴，望着河畔两侧的青青草色，对丈夫的惦念顺着河流奔腾的方向，绵延不断，乘着微风，飘散到遥远的地方。

胡思乱想成了每天的例行工作，脑海中杂念丛生，理不清，也剪不断，固执蛮横地霸占着她的思想。不知道他现在身在何方，不知道他是否过得好，满腹愁思却无处安放，只得任它堆积在胸口，在每个傍晚侵蚀着她的灵魂。

昨夜他悄然入梦，就守在她的身边，耳鬓厮磨，有说不完、道不尽的体己话。下一段梦里，她又追随他到了许多地方，一路相伴相随。

梦中的安稳是短暂的，正所谓“日有所思、夜有所梦”，不真切的相逢，敌不过真切的梦醒时分，落寞与寂寥一股脑涌上来，叫人无处躲藏。

世人皆道“草木无情”，殊不知枯桑和海水，也并非麻木无知，残败的落叶也会忧愁，永不结冰的海水也会随寒热变化。对她而言，最残酷的莫过于孤凄冷清的时光，无人对答，无人响应，最是神伤。

蔡邕写下这首《饮马长城窟行》，用文字勾勒出一位少妇的烦恼和忧愁，读罢全诗，感同身受的思绪油然而生。

蔡邕，后人因其官拜左中郎将而称他为蔡中郎。他满腹诗书，颇有远见，却并不留恋功名利禄，一心向往豁达超然的生活状态。拥诗书入眠，与音律格调相伴，便是不可多得的片刻闲静。

大好河山的拥有者屡次向蔡邕抛出橄榄枝，征召他出仕，并许下高官厚禄、锦绣前程。如若换做他人，定是要把酒欢歌的，可他却多次拒绝征召，主动放弃别人热切期望可以获得的名与利，隐于市井。后若不是司徒桥玄再三征辟，他断然不会出任河平长。

怅然天地，终归是要面对的，这任重道远的历史使命，也终归是要扛在肩上的。东汉灵帝时特召拜他为郎中，这是他在官场之上施展才华的开始，是不期而遇的机会。

“罢黜百家，独尊儒术”，汉武帝的一声令下，成就了董仲舒，也成就了儒家新的高度。孔子又一次走上神坛，儒家书籍遂被奉为经典，并成为法定的教科书，设立专门的博士官讲解书籍内容，成为当时判断一切是非的标准，也是一切大事小情的决策依据。儒家地位显赫，甚至决定着社会前进的步调，与黎民百姓的生活息息相关。

被天子定为官学的儒学，自然与之相呼应的便是要有一部标准正确的刊本，而作为评定正误的依据。既然是由人制订的标准，便逃不过个人的私心杂念，受利己动机的驱使，皇家藏书楼里的标准本“兰台漆书”不可避免地遭到偷改。这是不争的事实，也是难以根治的顽疾。

既是被定为标准本，自然承担着分辨正误、判明是非的责任，如今标准不再，又要如何去践行它应有的使命。鉴于标准本不够标准，蔡邕向汉灵帝提出校正经书正误，并亲自刊刻于石的奏请。一国之君汉灵帝闻之自是欣喜，便应许了蔡邕的建议。

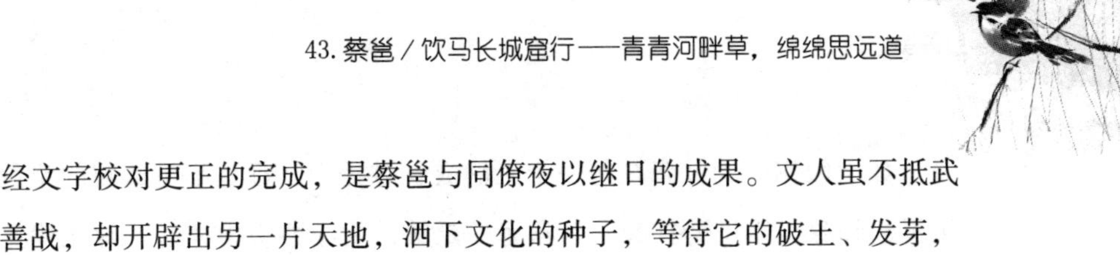

六经文字校对更正的完成，是蔡邕与同僚夜以继日的成果。文人虽不抵武将骁勇善战，却开辟出另一片天地，洒下文化的种子，等待它的破土、发芽，祈盼它的茁壮成长。蔡邕命工匠以小字八分将校正的经文书写于石碑之上，称之为熹平石经。立于太学门外，供学子抄录。

错误得到更正，真理才会广为人知。熹平石经并非简单的石字石书，它是一双订误正伪、平息纷争的手，为读书人提供了儒家经典教材的范本。历代石经的先河就此打开，给捶拓方法以创作灵感，成为雕版印刷术的先驱。

自古为人臣子，能做到忠信二字即为可贵。蔡邕为人刚正不阿，清廉自守，并敢于诤言直谏，更是在皇帝面前针砭时政，大有无所畏惧之风。皇帝毕竟是居于朝堂、万人之上的君主，听到臣子大谈江山社稷，矛头处处指向自己，自然是不会愉快接受的。

奸佞之臣早已对蔡邕恨之入骨，却又奈何他身居高位，只得忍耐。久而久之，但凡蔡邕对时政提出些许激进的意见，皇帝身边的奸臣便趁此时机伙同宦官诬陷蔡邕，势必要将他置于死地。

贵为天子的皇帝啊，也总是被私欲迷了心。他宁可相信小人之言，却不肯相信忠贞之臣。良药苦口却对疾病有益，忠言逆耳却对社稷有益。他却未能明白这样的道理，大抵来说，人都是不喜欢被批评的吧，哪怕明知句句切中要害，还是要一意孤行，保全自己的威严脸面。

蔡邕被流放至朔方——寒冷至极的北方。既然皇帝心意已决，那任凭他再多辩解也无济于事，心灰意冷下他携带全家前往流放之地，从身居要职的文官变成了亡命天涯的罪臣。

天地之大，竟然无法再以自在之身存活。也许流放未必是多么无法接受的坏事，几经周折，蔡邕隐居于吴郡十二年。十二个春去冬来，看尽云卷云舒、花谢花开，日子过得也并非如一般流亡那般凄惨，一家人隐姓埋名在吴郡过着远离战火的生活，也未尝不是一件幸事。

蔡邕的女儿名叫蔡琰，也叫蔡昭姬，晋朝时为了避司马昭的讳而改为蔡文姬，曾写下《胡笳十八拍》的千古绝唱，她的一言一行，深受父亲的影响。

如山般伟岸的父亲在每一个人的成长过程中，都是不可或缺的角色。是父亲挺起胸膛，用肩膀扛起一个家庭的延续，为小蔡文姬撑起一片无忧无虑的天空。他有着显赫的声望与地位，不依靠权势也不是因其富有，是他的满腹才华造就了这鹊起声名。

蔡邕是梁武帝口中“骨气洞达，爽爽如有神力”的大书法家。篆书行笔圆转，线条匀净而长，如行云流水，将美丽庄严的风格流于纸上。隶书讲究波、磔之美，笔画左行如曲波婉转，右行的笔锋开张，捺笔形如燕尾。长横起笔如逆锋切入，中间行笔又带有俯仰之波势，并以磔尾收尾。方、圆、藏、露间笔势飞动，将宽博的气势和独特的韵味演绎得淋漓尽致。

自创书体“飞白妙有绝伦，动合神功”，古朴天真之趣,可谓独树一帜，在书法笔体上颇有见地。将心中所想所感悉数由笔尖呈现在眼前，那些慷慨激昂也好，那些忧郁悲愤也罢，就化作笔笔勾画的笔画，跃然跳动。

十二岁时，蔡文姬便沿袭了父亲在书法上的豪情逸致，每一笔每一画都精致精细，那不是汉字简单的整齐排列，而是一种释怀，一种情愫。稳重端庄，却又不失飘逸顿挫，可谓字如其人。

玄云黯以凝结兮，集零雨之溱溱。路阻败而无轨兮，途泞溺而难遵。

彤云密云间，在泥泞不堪的路途中，背负风雨前行。将社会的黑暗与那世道的艰难隐喻其中，王朝的盛衰更迭牵扯着蔡邕的心，正处穷途末路的大汉王朝摇摇欲坠，浓烈的忧思油然而生。

蔡邕是汉代绵延四百余年中的最后一位辞赋大家，愤懑之事亦或愉悦之情，借以寄托其中，述而成赋。这就是语言的魅力所在，所述之事皆来自于生活琐碎，不矫柔不造作，用简短清新的寥寥数语直抒胸臆。这是属于文人的骄傲，也是他们在这浊世之间唯一拥有的一片澄净。

“叹兹窈窕，生于卑微。盼倩淑丽，皓齿蛾眉。玄发光润，领如螬蛴。纵横接发，叶如低葵。修长冉冉，硕人其颀。绮绣丹裳，蹑蹈丝扉。盘跚蹴蹀，坐起昂低。和畅善笑，动扬朱唇。都冶武媚，卓砾多姿。

这是蔡邕所作《青衣赋》，将对倾慕之人的爱慕之心表露无遗。泛滥成灾的相思扰得人夜不能寐，在庭院中久久徘徊。爱她念她却不能相见，门第之差

将彼此相爱的两个人隔在了银河的两边。

温热的人情世故与冰冷的封建礼教之间，总是矛盾重重，有着难以化解的冲撞隔阂。可世间唯有爱情和思想无法禁锢，与她的心心相印无法割舍。也许会有来自时人的抨击讥笑，“文则可佳，志卑意微”，如若爱情是卑微低贱的事情，那天地之间，男欢女爱难道只是为了繁衍生存、延续后代吗?

既然爱的种子在心中种下，相思会给予它养分，给予它不断生长的力量，直至有一天这份积聚在内心的感情难以抑制，那要如何收场。蔡邕的这份情怀直接感染了蔡文姬的成长，那是敢爱敢恨的勇气，那是义无反顾将一片真心全部奉上的无所畏惧。

光阴荏苒，岁月静好。就在不言不语的光阴流转后，满腹诗书化作一身芳华，出众的气质，横溢的才华，成为难得一遇的女子。仿若从诗画中走来，一颦一笑带着大家闺秀的超然气度。独立于天地间，不卑不亢地将生命化作不朽的颂歌。

蔡邕以无可比拟的卓越才华成为洛阳文坛的领袖，一言一行皆成典范。为人处世自成一派，不媚权贵，不欺平民。穷则独善其身；达则兼济天下。官场鱼龙混杂，尔虞我诈，他却有自己坚持的原则。

正是他的这份不屈服，教会了女儿为人正直，与人友善。他的言行举止将刚正不阿带进了她的一生，她秉承父亲的品格，将坚韧不拔贯穿此生悲欢离合的始终。

44. 鱼玄机 / 江陵愁望寄子安——忆君心似西江水，日夜东流无歇时

枫叶千枝复万枝，江桥掩映暮帆迟。

忆君心似西江水，日夜东流无歇时。

爱情这杯酒蹉跎了她的岁月，曾经的繁花盛开，豆蔻年华，那个阳光下飘逸灵动的女子，吃尽了相思苦，换来一盏孤灯下孤独的灵魂。当红豆熬成缠绵的伤口，还能有谁给她抚平这份难解的哀愁。

子安，李亿的字。

是这诗句里思念着的一个男子。

想要知道，是什么样的女子，在这样日夜不停地惦念一个男子。

这个女子，名叫鱼幼薇。幼薇生于唐武宗会昌二年，正值唐朝经济发达、商业繁荣期。盛世大唐，除却给了人们现世安稳的富足与繁荣外，更是滋养了一方诗词歌赋的天地。以至于，这个女子五岁便可背得百篇诗章，六七岁便能作诗，聪颖灵慧不言而喻。

及至十二三岁，鱼家有女才华横溢的消息已然名动一时，引得人们纷纷赞誉。恐怕，对鱼家来讲，腹有诗书气自华是对这女儿最好的期待。从小就让她饱读诗书，想来是希望这女儿能识文断字，有所领悟，不为世间百般泥淖轻易沾染。

幼薇的父亲是一个满腹经纶的人，在功名上始终未有斩获，对女儿的期待尤甚。及至后来，家道中落，随着他的过世，鱼幼薇与母亲流落于长安青楼娼家聚集之地，寻得一处谋生。

生且不易，何来活得轻松。

年纪尚幼的幼薇尚且不知，在这污浊之地她即将迎来生命中的第一个最重要的男人。他叫温庭筠。他的才华自大唐一路风行，行至今日，为后人所赞叹，他以杰出的文学成就成为了文学史上不朽的诗人。

与鱼幼薇一样，这是一个才思艳丽的男子。自小就聪敏，领悟力极好，又好学，耐得下苦心，钻研学习，他擅长诗词，“每入试，押官韵作赋，凡八叉手而八韵成”，这是怎样一个文思敏捷者，如他这般，凡八叉手而八韵成，自他而始，也最终终结于他，这世间再无第二个。

名声誉响的才女鱼幼薇终于引得了这位一代才子的好奇。于是，在传说中的某一个午后，温庭筠专程寻访到了鱼幼薇。这是一场为才华的找寻吧。

人们总在期待一种来自心灵的响声，这声音不大却能訇然入怀，响彻心扉。于是，在一个低矮阴暗的普通院落，温庭筠得见传说中的小幼薇——小小年纪胸中便自有一番诗情的姑娘。

不必追，这不是一个才子与佳人的佳话，却是一个忘年交的真诚故事。温庭筠虽然才富八斗，相貌却不尽如人意，颇难为情。但，这样一个响当当的大词人的到访，还是让幼微与母亲很受感动。

于是待温庭筠娓娓道来意图后，小幼薇欣然接受了这位年长的才子对自己的考验。即使是人们口口相传的小小才童，也要亲身感受才能信服。于是便有了一则才子与神童的考诗故事流传人间。

温先生提词“江边柳”，时值春日，漫天飞舞的柳絮拂人面颊，轻扫额间，很有画意。

静静的等待，略略的沉思。鱼幼薇不负温庭筠远道而来的期望，在这个命题诗里，淡然地写道：翠色连荒岸，烟姿入远楼。影铺春水面，花落钓人头。根老藏鱼窟，枝底系客舟。萧萧风雨夜，惊梦复添愁。

年纪不大，才情尽显，应该是不辜负温庭筠的专程探望吧，当鱼幼薇躬身

将这诗赋托他面前时，他被眼前这个机敏灵慧的姑娘所折服。

于是，引得一番人间最美的佳话。温庭筠自此，常常出入鱼家，指点幼薇的诗作。大凡才华横溢者都更加爱才吧，这其中的心绪旁人无法体会，也没有机会再去盘问。只从温庭筠毫无保留的指导中就能得出一二，更何况，他不只要指点这小姑娘的诗作，还会时不时帮衬一下鱼家的生活。

如果能一直如此，那该有多好。

这样的日子持续了没多久，一纸调令，温庭筠要赴任湖北襄阳任刺史徐简的幕僚一职，离开长安，远去千里。

温庭筠的到来，无疑给这个正处在成长期的少女播洒了一道暖阳，在这道阳光的照耀下她渐渐成长。

纵然不舍，终要离别，不误前程。

如果说，日日的相见带给鱼幼薇的定然不只是诗作上的长足进展，恐怕还有暗生的情愫。一个是历经世事的男人，一个是情窦初开的少女，纵有情愫，亦有亲人般的依赖。于是，鱼幼薇在思念之时，便写下了五言律诗《遥寄飞卿》："阶砌乱蛩鸣，庭柯烟露清；月中邻乐响，楼上远山明。珍簟凉风著，瑶琴寄恨生。嵇君懒书札，底物慰秋情。"由秋及冬，鱼幼薇的字里行间满是思念之情。这样的诗信，权以慰籍失衡之心。而温庭筠始终淡然处之，不为所动。他更知道，对一个初长成的少女来说，更珍惜的应该是什么。

当温庭筠终于回转长安之时，已是两年之后，鱼幼薇已成长为大家闺秀，容颜娇丽，姿态美好。正值最好的年华，却依然待字闺中。

温庭筠是位善良的长者，他依然待鱼幼薇若亲人，扼住作怪的思绪，希望这姑娘能谋得一个良婿。

机会终于来了。

贵公子李亿赴京任职。在某日游览崇贞观时，偶见鱼幼薇的壁上题诗，大为仰慕，赞叹那诗间的满腹才情连男儿都不及。

终于得见鱼幼薇，恰是在温庭筠家里，看上去，这称得上有缘千里来相会的好姻缘，不管是老师温庭筠还是才思敏捷的鱼幼薇都不会知道未来会有怎样

的劫数。

温庭筠想，鱼幼薇能得一个好的归宿，于是欣欣然做月老牵了红线，这一对璧人。年华正好，才貌相配，虽然是做小妾，但毕竟是正经人家。

正值年轻气盛的李亿遇见清丽少女鱼幼薇，自然欣喜若狂。从观壁上好诗的仰慕到见到一个绝妙可人的才女，对李亿来说，心里萌芽的会是什么？

虚荣心必是有的，惊喜更是有的，金屋藏娇的念头想来更是蠢蠢欲动吧。所以，温先生一牵红线，他便应承了。一代大唐才女，美貌佳人，对他来说，恐怕分外有面子吧。

因为有了温庭筠的说和，原本对他心怀情意的鱼幼薇到底是个年轻女子，遇到年纪相仿的青年，自然心生爱慕，更何况这青年还一表人才，家世显赫。既然温先生始终只是一生为师，那终究嫁了才是出路。

一乘花轿，吹吹打打，一个姑娘成了新妇。鱼幼薇不再是名动京城的才女神童，而是李氏妻。一双璧人，花好月圆。李亿爱慕她才情十足，容颜美好；鱼幼薇爱他，年轻有为，视她为知己。

这是一段鱼幼薇不能忘怀的时光，这时光可以用来铭记，鱼幼薇曾经用它来抵挡三年的蜚短流长。

确实美好，但终不能长久。

李亿有原配妻子，且妻子心胸狭窄。自李亿京城赴任，足足一年，屡屡不归家，于是频频书信传来。

曾经的美满与恩爱，都随着李亿正妻的到来无法继续。身为正妻，身为有着良好家世的正妻，显然视美貌与才情并重的鱼幼薇为妖孽，自然要除之而后快。于是，当她抵达李亿为鱼幼薇置办的家宅时，便显示出了正妻的威严，对鱼幼薇一顿鞭笞。鱼幼薇很识大体，疼，她不说，难过，也不说，她以为，这样的忍让便能换来裴氏的体谅，终能安和。然而，事与愿违。

与疼痛的皮外伤相比，让她最难过的是李亿的无动于衷。这个男人在她耳边曾经不停地喃喃言爱，此刻却一声不吭，待正妻发威结束，便给了鱼玄机一纸休书。

并许诺，他日必将迎你回门。

此时的鱼幼薇经历世事无多，所接触的男子无外乎温庭筠这样善良的男子和李亿这般殷富之人，既然已经无法在曾经恩爱的居所生存下去，那就另觅生路吧。

于是，鱼幼薇被送至咸宜观。唐武宗时，大毁佛教却大兴道教，因而道观里的女子成了一道异样的风景，入观的女子数不胜数。

随之而来，便是，这世间不再有鱼幼薇，取而代之的是玄机，鱼玄机。

守着李亿的承诺，她便无怨地开始了等待，却不知，这一别，已经是永远。

此时的鱼玄机，也才不到二十岁，却不得不继续一段不知何时才是边际的漫长清修，还好，此时的她，心里满是李郎子安。

多少日日夜夜，道观里的清冷都令她难眠，一日一日的凄清并不曾毁了她心里对未来的向往，且走，且盼，终有一日她将与子安再重逢。

一个有才情的女子，她唯一的方式便是把无数相思化作诗赋，点点滴滴入心，又滴滴点点入纸，寸寸相思苦，满是相思意。

于是，她不断地写下，子安，子安。“醉别千卮不浣愁，离肠百结解无由。蕙兰销歇归春圃，杨柳东西绊客舟。聚散已悲云不定，恩情须学水长流。有花时节知难遇，未肯厌厌醉玉楼。”

又有我们开头的这首诗，“枫叶千枝复万枝，江桥掩映暮帆迟。忆君心似西江水，日夜东流无歇时。”这是多少的相思啊，忆君的一颗心，就像西江的水，一直流啊流啊流不停。

真不知道，这样的哀愁这个聪颖的女子点化为墨写了多少，一代才女就泡在了这一段相思里。她以为，只要坚持就能守得云开见月明，殊不知，李亿远没有她一样的决心，更谈不上所谓勇气了。在裴氏的监管下，男子李亿终不敢造次，终于任凭鱼玄机日夜等待，空悲切，却没再与她相见。

有花时节知难遇，难遇的人却似乎早忘了与她的约定，迟迟未来；她久盼不至的李郎子安，终于负她而去。

这饱尝时日的相思，只能沿河而下，随意飘荡，就像她，盼不来的承诺散不了的相思。一个年华正好的女子，在最好的年华里只做了一件事，就是等待。

这时的鱼玄机尚不知道她所爱之人已然携妻远赴扬州为官去了，于是，尽把相思付笔墨。

得知朝思暮想的爱人已远赴扬州的消息，鱼玄机如遭五雷轰顶。自己的一腔情意付之东流，真情难换薄幸之心啊！从此，她看破红尘，及时行乐，对爱情不再幻想，走上了一条放荡不羁的人生之路。

不怕相思苦，只怕相思人不忆。

45. 元好问／摸鱼儿·雁丘词——问世间，情为何物

问世间，情为何物，直教生死相许？
天南地北双飞客，老翅几回寒暑。
欢乐趣，离别苦，就中更有痴儿女。
君应有语：
渺万里层云，千山暮雪，只影向谁去？
横汾路，寂寞当年箫鼓，荒烟依旧平楚。
招魂楚些何嗟及，山鬼暗啼风雨。
天也妒，未信与，莺儿燕子俱黄土。
千秋万古，为留待骚人，狂歌痛饮，来访雁丘处。

浮生千变，唯有爱情是永恒的主题。纵然有时叫人粉身碎骨，有时叫人肝肠寸断，却丝毫没能影响它的神圣和无可替代。千百年来风云变幻，唯有爱情，可以最简单，也可以最复杂，是如此矛盾的结合体。

问天问地，求神拜佛，如若没有切身的刻骨铭心，怕是无法参透爱情的真谛。它教人悲，教人喜，教人奋不顾身，教人痛不欲生，可唯独无法保证天长地久。聚散无常，也许并不是它的本意，只是俗世间的痴男怨女，总有太多理由去创造爱，也总有太多理由去放弃爱。

天命难违，太多的不可预知在即将到来的路上，容不得谁人拒绝，只好心甘情愿地束手就擒，放下挣扎的念头，乖乖地跟着时间向前走，看透了风景，

却看不破红尘。

爱情究竟是什么东西？竟然拥有如此不可思议的魔力，将芸芸众生困在它的手掌心，任由它翻云覆雨，依旧忠心耿耿地追随，甚至不问悲喜，不顾生死，只为了相伴的片刻，就可以不顾一切，将生死置之度外。

比翼双飞的大雁，拥有翱翔蓝天的自由自在，并肩飞到哪里，哪里就是幸福的港湾。天涯并不遥远，只要恩恩爱爱，彼此依偎，隆冬的严寒不可怕，酷夏的燥热不可怕，能令人惧怕的只有不测的风云，让一切成空。

一对有情人在四季风景中走过了一轮又一轮，说不尽的甜言蜜语，道不尽的你侬我侬，看朝霞，看日落，过着神仙眷侣般的生活。

多情之人最怕离别之苦，相思成灾，让往日沉稳之人也变得坐立难安。天地万物在他们的眼中变得模糊不清，唯有彼此如此清晰，一片痴心，一世缠绵。

浓烈的爱让人沉醉，身处其中，被执着携裹，恨不得拥有生生世世，可以地老天荒，只是再忠贞的爱情总要接受现实的残酷考验，没有谁能有日月的永久光辉，一瞬间的逝去，即是永远的诀别。

绵绵山峰，皑皑白雪，万里云海，一片寂静。日头从东方冉冉升起，攀到顶端，随后徐徐降落，它驱走黑暗，带来光明，又在特定的时间里撤走光明，迎来黑暗。

金章宗泰和五年，年仅十六岁的青年诗人元好问，怀着满满的自信赶赴并州，准备应试。路上偶然与一位射雁者结识，耳闻了一个凄美感人的故事。

一对比肩齐飞的大雁，其中一只被猎人射杀，丧失了生命力的大雁如同秋叶般下落，而结伴而行的另一只大雁，亲眼目睹了同伴的陨落，竟悲鸣着，从空中直冲到地面，殉情而死。

一人苟活又有什么意义？与其在哀痛中了却余生，不如早早与无情的世界做个了结，宁愿结束生命，也要誓死捍卫自己一往情深的爱情。不是不爱了，而是彼此的缘分就此打住，只好无奈地追随对方而去。

为爱殉情的悲壮，深深撼动了元好问的灵魂，他不敢想象，当它直冲而下的瞬间，到底抱着多大的决心，它如此勇敢，可以不计较生死，只为了给爱情最后的圆满。

尚且对爱情懵懂的元好问，买下了这一对大雁，为了让它们能够如愿，他小心翼翼地将它们合葬在汾水旁，并怀着千万分的赤诚之心，为它们建了一个小小的坟墓，起名为“雁丘”。

它们生时形影不离，但愿死后也能长相伴、长相依，不再受外界的打扰，安心长眠于此，有彼此的陪伴，断然不会觉得孤单吧。

随后，元好问心情澎湃地写下《雁丘》，即是流传百世的《摸鱼儿·雁丘词》，大雁绝望的哀鸣，催人泪下，叫人久久不能忘怀。那是它留给世界最后的诉说，哪怕粉身碎骨，也无怨无悔。

失去至爱的疼痛，让人抓狂，也让人沉沦，阴阳两隔的事实叫人难以置信，会成为久久不能愈合的伤口，即使时过境迁，所经历过的凄风苦雨一如昨日，历历在目，如此生动鲜活，叫人无处躲闪。

从此形单影只，只有落寞的影子作陪，再无人应答那些知心的话，再无人回应那些私密的心情，生活开始变得愈发艰辛，才终于明白岁月是一种煎熬，侵人心，蚀人骨。

汾水一带，曾繁荣一时，汉武帝常在此巡幸游乐，每每到此，总有喧天的萧鼓、四起的棹歌在此恭迎，好一副气派景象。如今再一眼望去，只剩下孤草青烟，萧条冷落。

斯人已逝，做再多也注定是无用功。可爱情给了人们生死相许的胆量，在爱情面前，生亦何欢，死亦何苦，不外乎如此。一向高深莫测的上苍，也会嫉妒这对为爱献身的大雁，纵使化作尘土，也会留下世代相传的美名。

时光会替人们记住，这一段至死不渝的爱情，任天地轮回，九泉之下，它们终是可以依偎在一起，互相取暖，度过一个又一个的春秋冬夏。

叩问上苍，情为何物？“直教人生死相许”就是最掷地有声的答复。情至极处，已然由不得犹豫和考量，还有什么是比“有情人终成眷属”更令人着迷的结局。

一天一地，一日一月，两颗心凑成一个完整的世界，风花雪月，旖旎风光，令多少落单的人向往，哪怕是微光里的倒影，都在嘲笑孤单之人，偌大的世界，空旷无声，要拿什么来取暖。

洞悉爱情真谛的人，正是元好问。生于金元时期，字裕之，号遗山，太原秀容（今忻州市）人，著名诗人、史学家，有着令世人瞩目的才情，留下众多璀璨的艺术瑰宝，点缀了历史的天空。

他的祖上是北朝魏代鲜卑的贵族拓跋氏，生于金代封建士大夫家庭，是唐代诗人元结的后裔。他的生父元德明，原本有一颗入仕之心，可天不随人意者十有八九，累举不第，屡败屡战的决心，始终没能战胜屡战屡败的现实，值得庆幸的是，当这件事情注定无法完成时，他拥有豁达的心态，及时释怀，开始从仕途转向山水之间，吟诗作画，好不快活惬意。

他的继父元格在掖县、冀州、陵川、略阳等地为官，常常携元好问同行，潜移默化间开拓了他的视野，增长了他的见识，大千世界，他领略到了更多的风景。郝天是他的师父，引导他潜心经传，阅读百家，钻研诗歌，成为他的指向标。七岁能诗，堪称神通。

二十年来，编纂著述不可计数，为了保存金代文化，呕心沥血，耗费心思。编纂完成极高史料价值的《中州集》和《壬辰杂编》，并在有限的一生中，创作出为数众多的诗歌，皆围绕国家和人民展开思考，《论诗》绝句30首更是在文学批评史上占据着不可估量的重要地位。

“动可以周万物而济天下，静可以崇高节而抗浮云”，是他经世治国的抱负主张，可惜豪情万丈的英雄气概没能战胜曲折黑暗的现实，过于完美的理想与弊病丛生的现况并不匹配，致使怀才不遇成为定局。

怀揣梦想的人有千千万，真正有机会大展英姿的人，寥寥无几。不是对梦想不够坚定或执着，只是火热的心总会被冷冰冰的现实磨灭殆尽。他想要出仕，想要凭借个人的满腔热情捍卫国家和人民的荣耀，只是造化弄人，终究还是产生了归隐田园的念头。

出仕还是归隐？这二者在他的脑海激烈地斗争着，互不相让，都想拔得头筹，最终，他还是选择了后者。与青山绿水相伴，换个心情去欣赏大好山河，别有一番风味。从此，他有了充裕的时间，悠然的心情，开始涉足诗、词、文、散曲和笔记小说，文学的各个领域几乎都有涉及，尤以诗的成就最高。

元好问拥有洞察一切的眼睛和心灵，他的作品中糅杂着各式各样的题材和内容，将人民饱受天灾人祸的悲苦描写得淋漓尽致，而他的词更是被誉为金朝一代之冠，博采众长，又不受婉约或豪放风格的限制，后人赞其词不仅“乐章雅丽，情致幽婉”，又“深于用事，精于炼句”。

也许精于文字的人，都有着敏感又敏锐的心，沉静起来不死板，欢脱起来不浮夸，元好问即是如此。

相传，忻州一带有个名为黄罗道的恶霸，无人敢招惹他。每逢秋收时节，他都会随身带好红、黄、蓝、白、绿五色纸，随意在田间地头溜达，瞅准谁家的庄稼好，就自在地将五色纸挂到谁家的地头，这就意味着凡是挂了五色纸的庄稼，都将归黄罗道所有，百姓怨声载道，却无计可施。

正在定襄神山念书的元好问得知此事，便让家家户户在地里都挂上五色纸，如此一来，等黄罗道前来验收的时候，无法分辨庄稼的好坏，也就只好放弃霸占良田的想法。

斗转星移，几千年过去，直到如今，每逢农历七月十五这一天，忻县一带的农民仍保留着在自己种的庄稼地里悬挂五色纸的习俗。元好问的机智是有目共睹的，如若能有这样一心为民的官员，该是黎民多大的福分。

在他二十二至三十五岁之间，人生之中布满了荆棘，让他经历挫折，尝遍辛酸。科场的不如意，战祸的连绵，甚至是家破人亡的悲剧，都一一冲击着他。无奈之下，他只好由山西逃难到河南，并在豫西逐渐定居下来。

也许曾经的元好问，并未料到自己的人生会有如此之多的挫折磨难，更不会想到原本平顺的生活会出现这么多的转折和艰辛，命运之中有太多不尽人意，有太多悲欢离合，他懂得，这就是人生，也是生活。

46. 卓文君 / 白头吟——愿得一心人，白头不相离

皑如山上雪，皎若云间月。闻君有两意，故来相决绝。
今日斗酒会，明旦沟水头。躞蹀御沟上，沟水东西流。
凄凄复凄凄，嫁娶不须啼。愿得一心人，白头不相离。
竹竿何袅袅，鱼尾何簁簁！男儿重意气，何用钱刀为！

当浓情蜜意成为过去，当信誓旦旦成为虚伪，当两情相悦成为泡影，爱情注定是镜花水月，再难以触及。被放弃的那一方，终归要面对感情的哗变，爱是真的爱过，不爱也是真的不爱了。

再多挽留也是枉然，与其成为他人不屑的纠缠，不如忍痛割爱，忍下一时的短痛，开始崭新的下一站。无休止的哭闹只会将曾经的眷恋抹杀，既然他人已经移情别恋、心有所属，不如干脆利落地斩断情丝，让他人解脱，更是让自己解脱。

何为“爱情”？如此简单的笔画，却拼凑成世间最为复杂的纠葛，它是如此耐人寻味，即使明知会是飞蛾扑火的惨烈下场，却依旧奋不顾身，一而再、再而三地舍生取义。

也许芸芸众生多是天生的孤独患者，内心都在渴望着能与另一个人相拥取暖，不再惧怕人生的漫漫长路，所以总是不假思索地爱上谁，又或者不经意间被谁爱上，成就一段良缘或孽缘。

爱情本应如天山之上的皑皑白雪，圣洁璀璨，纯粹到一尘不染；如夜空

之中的皎皎明月，轻柔光明，透亮到一目了然。不管爱情是否还留在原地，都不必彷徨，因为爱情本身，是长久的，只不过是些许善变的人，破坏了爱情的氛围。

永远爱他，是她亲口说过，只是如今物是人非，她的真心还在，她的承诺还作数，他的心却不在她这里了，他有了新的爱人，他的热情和体贴已然转移到了别处。

皆说“新人笑，旧人哭”，她却不愿如此。两个人的事情，就需要两个人携手努力，既然有一方选择退出，那么剩下的一方也就没有坚持下去的必要，是去是留，是他的权利，而她也拥有爱或不爱的自由。

一个人走了，也许会带走些许温存，早已习惯了相拥而眠，转眼变成孤枕难眠，只是她将全部的不甘与失落，完美地隐藏在无人知晓的地方，可以失去爱情，却不能丢了骨气。

爱恨情仇，就此一笔勾销吧，不要再提及往事，一切恩怨就在最后的聚会中烟消云散，从明日起，互不打扰，各自奔前程。

当初那个为了爱不顾一切的女子，抛下所有，毅然地选择随他而去，哪怕苦和累，都未曾如其他女子那般凄凄哭泣，因为她笃信眼前的这个男子，坚信拥有的这份感情，他绝对不会背叛她，她肯定他的一心一意，所以她也无怨无悔。

她始终相信天长地久，彼此情投意合，又怎会无端地生出分离的苦恼，细水长流、柔情似水，也不过是短暂的。可“情意”二字，岂是儿戏，破碎的爱情，是任何金钱财富都难以弥合的。

由古及今，对于爱情的祈愿，不外乎“愿得一人心，白首不相离”。当她鼓起莫大的勇气，决定将全部的真心奉上时，就意味着她心甘情愿地追随某个人，爱护某个人，与此同时，她也盼望着同等的回应。

情到浓时，分分秒秒都要在一起，看不够她的面容，听不够她的声音，动静之间皆是不可复制的美景，一颦一笑都是上苍的赏赐。

时间是真心的鉴定者，是谎言的终结者。也许在最初，并没有掺杂一丝一毫的虚情假意，立下的山盟海誓也是发自肺腑的告白，那些天长地久、白头偕

老的愿景也是诚心诚意的祈盼，只是可惜往事不堪回首，过往愈是甜蜜满足，如今就愈是心酸尴尬。

许许多多的女子经历过类似的情节，爱得赤诚热烈，却以独角戏剧终，她们中的大多数人，都曾经尝试过种种办法，想要让变了心的爱人回到身边，只是可惜，让负心汉回心转意莫过于让太阳、月亮互换。

写下这首《白头吟》的女子，曾经深爱过，当爱情逝去时，却没有执拗于他，她郑重、自持，拿得起也放得下，这就是来自汉代的才女——卓文君。

她的爱人便是大名鼎鼎的司马相如，二人相识、相恋，立下厮守终身的誓言，卓文君做到了从一而终，司马相如却没能守住自己的诺言。

发迹后的司马相如，急于摆脱苦日子，渐渐耽于逸乐，日夜笙歌，周旋在脂粉堆里，不能自拔，甚至想要纳一位茂陵女子为妾。新欢和旧爱，他选择前者，而忽略了对后者的尊重和爱护。

卓文君愿意为了爱吃尽苦头，却不愿意忍受丈夫分心的委屈，想要厮守，就要拿出完整的一颗心，她岂能容忍与其他女子一起，分享自己丈夫的爱呢。

一首《白头吟》，表明了她无可动摇的立场，同时，随诗附书曰："春华竞芳，五色凌素，琴尚在御，而新声代故！锦水有鸳，汉宫有水，彼物而新，嗟世之人兮，瞀于淫而不悟！朱弦断，明镜缺，朝露晞，芳时歇，白头吟，伤离别，努力加餐勿念妾，锦水汤汤，与君长诀！"

司马相如沉浸在花天酒地中，往日的夫妻情分唤不回他的真心，他给卓文君写了一封只有十三个字的信："一二三四五六七八九十百千万。"

乍看之下，让人摸不着头脑，卓文君却一眼看破了其中的含义，一行数字中唯独没有"亿"，岂不是对她已经"无意"的暗示，想到此，她泪流满面，失声痛哭。

她难过的是曾经笃信的一切，如今变得这般可笑；她释怀的是，不论结局如何，她都要振作起来，失去爱不可怕，可怕的是连同自己一起失去了。

随即，她以一首《怨郎诗》作为回复，"一别之后，二地相悬。只说三四月，又谁知五六年。七弦琴无心弹，八行字无可传，九曲连环从中折断，十里长亭望眼欲穿。百思念，千系念，万般无奈把郎怨。万语千言说不完，百无聊

赖十倚栏。九重九登高看孤雁，八月仲秋月圆人不圆。七月半，秉烛烧香问苍天，六月伏天人人摇扇我心寒。五月石榴似火红，偏遇阵阵冷雨浇花端。四月枇杷未黄，我欲对镜心意乱。急匆匆，三月桃花随水转，飘零零，二月风筝线儿断。噫，郎呀郎，巴不得下一世，你为女来我做男。”

卓文君是聪明睿智的女子，面对他的不忠，她没有低三下四地委屈求全，而是决定恩断义绝，她将内心的纠结挣扎深藏在心中，不露痕迹。她始终爱着他，不想失去他，却没有像一般女子那样哭哭啼啼、纠缠不休。

曲终人散的凄凉，是她一个人在承受。哪怕分开，也真诚地希望他可以衣食无忧，可以过得比从前更好。她不是那种一味隐忍的女子，她的眼泪只有自己才能看到，她将豁达和坚强展现在他的面前。

想要白头到老，真的那么难吗？这并不是异想天开的奢望，更不是无人实现过的愿望，那为何想要得到却如此不易？

她没有一副铁石心肠，昔日的爱人有了新的归属，她着实开心不起来，如果说真爱是廉价的，是轻易可以转移的，那她的爱又算什么。

可以放手去爱，也可以及时止住，对他的爱就点到为止，何不成全他，从而放过自己。曾经拥有过的浓情蜜意啊，就当做一场梦罢了，在某一天的梦醒时分，看清自己，挥一挥手，与昨日作别。

卓文君想要忘记的过去，处处透着无限美好。

司马相如，字长卿，是蜀郡成都人，喜好读书，善于弹琴，为人风流洒脱，早年贫困潦倒，而卓文君生在富贵人家，养尊处优，只是命运弄人，年纪轻轻便开始守寡。

在一次宴会上，卓文君的父亲卓长孙耳闻司马相如是有名的文人，便邀请他来家中做客，同时发了一百多张请帖，邀请了众多县里有名望的人。

宴会之上，酒足饭饱过后，司马相如悠然地弹起琴来，一支短曲终了，掌声雷动，琴技之高超，名不虚传。众人毫不吝惜赞美之词，对他大加称赞。

此时的卓文君，一袭白衣，正躲在竹帘后面，她早就听闻司马相如，如今得以一睹他的风采，当然不会错过如此绝佳的机会。司马相如也发现了竹帘之后的窈窕淑女，他稍作调整，随后一首《凤求凰》让宴会的气氛达到顶点。

他是在用曲调向卓文君示爱，对琴理颇有研究的卓文君，自然懂得其中的深情，只是作为女子，不好抛头露面，要适当矜持。

宴会结束后，司马相如立即买通了卓文君的仆人，让他帮忙送给卓文君一封求爱信。小女子情怀的卓文君，接到信后，一字一句地看了许久，怀着激动忐忑的心情，反复斟酌。她自知父亲不会同意她与他的亲事，便决定铤而走险，偷偷从家里跑出来，与司马相如连夜乘车来到了司马相如的家乡成都。

天下的热恋都是如出一撤，透着道不尽的甜蜜，哪怕是清贫的生活，也乐在其中。可甜蜜并不是生活的全部，平凡人终究要回归现实，操心柴米油盐的琐碎，一旦遭遇贫穷，就注定多些辛劳。

思量再三，卓文君和司马相如决定回来临邛，卓王孙对女儿私奔的事情很是恼火，不肯接济他们。无奈之下，小俩口只好自食其力，开起了一间酒馆，卓文君心甘情愿地当垆卖酒，司马相如也放下名人的架子当众洗涤碗筷杯盘，提壶送酒，担当起酒保的工作。

父亲始终是父亲，不忍心看到女儿如此辛苦，便分给他们童仆百人，钱百万缗，并厚备妆奁，接纳了这位女婿。生活富裕起来后，两个人又无忧无虑地开始了饮酒作赋、鼓琴弹筝的自在生活。

不久后，司马相如凭借才华四溢的《子虚赋》《上林赋》，得到皇帝的赏识，拜司马相如为郎官，后来又再拜为中郎将，名利双收的司马相如，与卓文君的感情渐行渐远，便有了《白头吟》的一幕。

历经感情的波折，司马相如看到妻子的《怨郎诗》后，深感惭愧，他对不起自己当初的一片痴心，更对不起妻子的一往情深。

强烈的内疚感席卷全身，让他不得不重新反省自己的所作所为，终于决定用驷马高车，亲自回乡，把妻子接往长安，践行“白首不相离”的诺言。

卓文君值得拥有白头偕老的爱情，她的善解人意和豁达大度，老天爷都看在眼里，如此女子，怎能辜负。

47. 李贺 / 致酒行——少年心事当拿云，谁念幽寒坐呜呃

零落栖迟一杯酒，主人奉觞客长寿。

主父西游困不归，家人折断门前柳。

吾闻马周昔作新丰客，天荒地老无人识。

空将笺上两行书，直犯龙颜请恩泽。

我有迷魂招不得，雄鸡一声天下白。

少年心事当拿云，谁念幽寒坐呜呃。

惶惶一生，最不甘心的状态便是穷困潦倒，生活的不如意如密密的水草，缠绕在他的周身，任凭他如何挣扎，始终无法得到解脱。

漂泊落魄的岁月里，唯有一杯又一杯的清酒，能暂时缓解他的惆怅，借酒消愁，轻轻将酒杯放下后，忧愁又锲而不舍地聚拢过来，嚣张地霸占他的情绪，控制他的举止。

一同喝酒的友人在一旁苦苦相劝，衷心祝福他身体健康，不愿看他如此消沉，伶仃大醉一场只是短暂的虚无，余下的依旧是不可抗衡的命运归宿。

遥想当年，主父向西入关时，由于资用困乏，不得已在异乡滞留数日，相思心切的家人折断了门前的杨柳，翘首以待他的归期；马周客居新丰时，天荒地老都无人赏识，却意外凭借薄纸上的几行字，博得了皇上的垂青。

无人惦念他的下落，也无人知晓他的胸怀，徒有孤独寂寥的魂魄，在黑夜与白昼相互交替的岁岁年年里，迷失了方向，只得一边慢慢摸索着出口，一边

轻轻地无言叹息。

雄鸡响亮的啼鸣声，响彻云霄，划破了天际，阳光重叠着铺满大地，崭新的一天又开始了，可生活的不顺还在继续重复着上演。拥有凌云壮志的青年才俊比比皆是，谁不想一飞冲天，靠近渴求的理想，只是无人知晓旁人的困顿独处，那是自我的较量纠结。

午夜梦回时分，是不得志的无奈，一个人时的唉声叹气，让原本就已是苦滋味的日子更添苦涩，碌碌终生，艰难前行。

世人称他为“诗鬼”，目光迥异，黑色的眸子里有熊熊的烈火，燃烧着他的灵魂，炙烤着他的心神，他就是唐代诗人——李贺，一位在抑郁感伤中探索人生归属的男子，焦思苦吟的生活方式创造了奇光异彩的世界。

李贺，字长吉，福昌昌谷人，后世也因此称他为李昌谷。贫寒的家境困扰着他，折磨着他，他试图在漫长黑暗的隧道中找到一丝曙光，来驱散阴霾，奈何一场空。

无尽的追索，至死方休。

公元816年，短暂的二十七载人生画上了休止符，也许于他而言，这才是人生最大的遗憾，在风华正茂的年纪结束，还没来得及向命运做出挑战，还没力争到底，上苍就已经剥夺了他的机会，实在值得唏嘘感叹。

一颗新星的陨落，必然会在夜空中留下痕迹。李贺诗词风格的形成，受楚辞、古乐府、齐梁宫体、李杜、韩愈等多方面的影响，在日积月累的生活历练中，不断熔铸和提炼，终于有了自己的独树一帜。

他驾驭着天马行空的想象力和瑰丽奇峭的语言，描绘出一幅幅丰富奇特的画卷，《秦王饮酒》中“羲和敲日玻璃声”，《天上谣》中“银浦流云学水声”，《梦天》中“玉轮轧露湿团光”，堪称匪夷所思。

畅游九天之上的天河、月宫，纵论千秋古今，探访魑魅魍魉，无拘无束，旖旎绚烂，叫人忍不住拍手称绝。他仿佛能够看到常人无法企及的另一个高度，随后将语言千锤百炼，再加上浓丽的色彩，使之成为不可多得的上乘佳作。

他的语言尤其凝练峭拔，具有较强的独创性，此诗一出，便与众不同，格外惹人关注。终其一生，追求一个“奇”字，这也是他的良师益友韩愈所代表

的韩孟诗派崇尚的追求。

李白为“诗仙”，杜甫为“诗圣”，刘禹锡为“诗豪”，白居易为“诗魔”，而李贺凭借自己“鬼、泣、血、死”的四字真言，被称为“诗鬼”。

毛先舒在《诗辨坻》说：“大历以后，解乐府遗法者，唯李贺一人。设色浓妙，而词旨多寓篇外。刻于撰语，浑于用意。”薛雪则认为：“唐人乐府，首推李、杜，而李奉礼、温助教（即温庭筠），尤益另炷瓣香。”

对语言雕琢求奇的刻意追求，也在另一方面造成了些许的瑕疵。他充分做到了奇特，却带来了晦涩，故意堆砌的辞藻无形之中让所描述的形象欠缺完整性，也打乱了脉络情思的连贯性。

毋庸置疑，他的独到之处，也是他的弊病。杜牧曾含蓄委婉地评价李贺说：“贺能探寻前事，所以深叹恨古今未尝道者，如《金铜仙人辞汉歌》《还自会稽歌》，求取情状，离绝远去笔墨畦径间，亦殊不能知之。”

李贺是唐宗室郑王李亮的后裔，但系远支，与皇族关系已很疏远。他的父亲官低位卑，家境并不宽裕。童年时，李贺即能作诗，待到15、16岁时，他的工乐府诗已然与先辈李益齐名。

元和三、四年间，李贺前往洛阳拜见韩愈，随后，韩愈竟然与皇甫湜曾一同回访，激动之余的李贺写下了闻名遐迩的《高轩过》。其父名晋肃，“晋”“进”同音，与李贺争名的人，说他应避父讳不举进士。

韩愈亲自作《讳辨》鼓励他大胆应试，无奈“阖扇未开逢猰犬，那知坚都相草草”，礼部官员的昏庸草率，致使李贺虽应举赴京、却未能应试，遭馋落第。

仕途失意的李贺，郁郁寡欢地拖着体弱多病的身体，将全部精力一股脑地投入到了写诗创作的事业中，以笔书心，将内心深沉的苦闷倾泻到纸上，寄希望于不动声色的诗词。

人人皆有彷徨无助，只不过不是人人都可以找到出路。

李贺是中唐时期颇具代表性的浪漫主义诗人，是中唐到晚唐诗风变化的开拓者。每一字、每一句都带着来自内心深处的呐喊声，生不逢时的苦闷打压着他的精神，憧憬过无数次的理想、抱负都如水中倒影般不可触摸。

由于藩镇割据、宦官专权，黎民百姓遭受着日益深重的压迫，残酷的剥削挤压着百姓们的生活空间，国不泰、民不安，大唐从此由盛转衰，再不见曾经的昌盛繁荣。

百姓正在经历着什么样的日子，统治者没有看到，李贺却全看在眼里，正如他所遭受着的苦难一样，是艰难度日，是勉强维持生活，如此苟延残喘，又有何意义。

特定的生活环境造就了李贺特定的艺术表现力，在他的笔下，充满着感伤情绪，好景不长、时光易逝的悲凉贯穿始终。他过得苦，想得多，反复斟酌上天的用意，却迟迟不得真谛。

《文献通考》中说："宋景文诸公在馆，尝评唐人诗云：'太白仙才，长吉鬼才。'"李白的飘然洒脱是李贺所难以具备的，诗仙游走在山河之间，慷慨豪迈，他甩开衣袖，纵情高歌欢唱，与志同道合的朋友推杯换盏，可以不顾皇权，开怀而来，开怀而去。

李贺不同于李白，于他而言，最大的敌人不是自己，而是生活。命运待他并不公平，现实中的种种成为他无法斩断的羁绊，束缚着他的手脚，禁锢着他的未来。

初次涉足世事的李贺，有着少年特有的热情，对人生的未知地带，充满征服欲望，奈何还未开始，就因为荒诞的原因而早早结束。纵然心有万分不甘，却只得被动地接受，压抑着内心的愤懑不平。

《李长吉集》引黄淳耀的话评价李贺的这首《至酒行》说："绝无雕刻，真率之至者也。"黎简评价说："长吉少有此沉顿之作。"一贯走阴郁风格的李贺，在这首诗中，却运用明快的语言平铺叙述，可谓别具一格。

唐中期黑暗的政治斗争衍生出众多不良的社会现象，高官厚禄者依旧挥霍无度，百姓更加贫困疾苦，李贺以生活在底层的阅历，将所见所闻一一描述。

在他游历大江南北的过程中，亲眼目睹了各地贵族官僚的腐朽骄奢，而宦官集团的无能更是加剧了唐朝的衰败，割据一方的藩镇祸国殃民，致使天下生灵涂炭，多少人家破人亡、妻离子散，世间时时刻刻都在上演着悲惨的生离死别。

他想要改变自身，想要改变整个社会，只可惜报国无门，没有人赏识他的才能，没有人能够给他改变的机会，所以只好郁郁寡欢着，迷茫着整个人生岁月，不断寻找着出口，却始终走不出人生的困惑。

困厄的仕途和缠身的疾病都没能让他放弃积极的政治抱负，他说“臣妾气态间，唯欲承箕帚”，大胆批判宦官专权，表达对宦官无能的不满；有着“天荒地老无人识”的无可奈何；也有“男儿屈穷心不穷，枯荣不等嗔天公”的豪气冲天；也不乏有“少年心事当拏云，谁念幽寒坐呜呃”的张扬澎湃；最是那“男儿何不带吴钩，收取关山五十州”的雄心壮志叫人难以忘怀。

道不尽二十七载华年的艰辛与不易，命运本就由不得人自主选择，他想要拼上性命与世俗的悲苦相抗衡，到头来终究是发现了自己力不从心，感叹命运之不公，揣测来生之几何。

孰是孰非，都不好妄作判断，悠悠时光流转过后，也许会留下只言片语的判词，成为留在这个世界上为数不多的印记，这个世间他曾经来过，曾经发出过嘶声力竭的呐喊声。

此生，他不甘心，他期待与众不同的来生。

48. 陆游 / 钗头凤 · 红酥手——一怀愁绪，几年离索。错，错，错

红酥手，黄縢酒。满城春色宫墙柳。东风恶，欢情薄。一怀愁绪，几年离索。错，错，错。

春如旧，人空瘦。泪痕红浥鲛绡透。桃花落，闲池阁。山盟虽在，锦书难托。莫，莫，莫。

来不及诉说的想念，埋葬了多少悲春伤秋的梦。无法触及的容颜，揉碎了多少魂牵梦萦的渴求。换不回难再续的曾经，照亮了多少怅然若失的前途。多想牢牢握住你的手，从此看尽人世匆匆。一如从前，红尘万丈有你便不再觉得辛苦。

与你和过的词，喝过的酒，和你走过的春秋冬夏，一挥手就已定格在当下，望而却步。当年相知未相守，空叹年华似水流。思悠悠，徒留遗恨在梦中。

纤纤细手，捧起时光里满满的爱意。黄封着的美酒，陈酿出旧年里点滴的往事。春风拂面，最是你那醉人的温柔。窈窕细柳，却绾不出你的青丝如旧。怎能让我忘却你，在这最美丽的时刻。恼人春色，妖娆新绿，满城风光都抵不过翩翩若鸿的你。

怎奈何，此消彼长的风迅疾险恶，翻云覆雨的命运之手终究将这美好打破。世间离合总大过欢愉片刻。心中无计可施的忧愁也只能愈渐浓稠，自此也就惊觉起这流水的岁月，将这样分别的时光竟隔断了几个年头又几个年头。细

细想来，当初所谓究竟是对是错呢?

我是那么那么的想念你啊，想念那一年相知的我和你。此生不该相见，偏偏想念。造化弄人在这寂寂沈园中，何故又重逢。春风如旧，伊人憔悴，泪阑珊。这样消瘦的你，怎叫我不难过。这浸湿的泪，滴滴灼烧在我心头。

尘世中最差强人意不外乎悲痛分离后的久别重逢。怎叫人不心酸。自此一别，繁花皆已落尽再无绽放时，亭台也不过是人去楼空，萧索凄凄再无新生，就像那瘦容的你和孤寂的我。曾经相守的许诺依然还在，却也无法说出口。就请莫怨莫怪，莫念莫想。

世间情大抵如此，相知相守的幸事多是可遇不可求的。大多数相爱的人都要经历或多或少的风雨，然后纠缠，可能最后错过，恋恋不舍，憾而不得。

最让人无法接受的，或许不是你我各自嫁娶，杳无音讯。而是，多年以后的偶然相逢。早已不是当年模样的你，在这物已全非的故地面面相觑。心中纵使有百般感受都已毫无意义。任时光匆匆流转，浩瀚苍渺，都已将过去点滴付之东流。也只有莫、莫、莫。

这便是南宋词人陆游写出的千古绝唱。古来圣贤皆文采韬略，南宋以来文人墨客更是比比皆是。在文学的浩渺星空中，陆游无疑是耀眼璀璨的一颗。他一生勤学勤思，笔耕不辍，自言“六十年间万首诗”，是现如今存诗最多的文人。朱熹也曾在《答巩仲至》中评价道：“放翁老笔尤健，在当今推为第一流。”

他是生于乱世，颠沛流离中勤勉博学的诗人。他是仕途坎坷，一心不变只为抗金救国的勇士。他是命途多舛，起起落落中心境从容的适者。他的诗，豪情万丈，他的词，气吞山河。他的散文，书法更见其才华横溢。陆游，是豪情的诗人，是多情的词人，是南宋一代诗坛的领袖，更是爱国主义民族气节的千古豪杰。

诗人大多感怀伤秋，悲天悯人。但陆游绝不是这样敏感脆弱的词人。豪情是一杯酒，壮志则是永在心中。也曾有过的迷茫和失意，在生活的感悟中慢慢熬成最豁达的洒脱。他用坚韧摆脱困境，一悲一喜不过是世间浮云。

少年时的陆游饱经丧乱，造就了坚韧的品格。乱世当头，奸臣当道。怀才不遇的陆游几次错过夺得功名的机会。二十几岁时应试进士，取为第一，却因秦桧而未能功成名就。再次考取亦是如此，一腔热血不得志的放翁，因主张御侮救国，恢复中原，有悖朝廷妥协的方针，依旧未能考中。自孝宗即位后，以陆游善词章，熟悉典故，因此被启用，赐其进士出身。

这偌大的朝廷，因为有人懂得，所以才被委以重任。因为志向相投，所以才得以施展抱负。也同样有人，为了功名，为了利禄，只为一己私欲，不思江山社稷。陆游几经罢免，在起起落落中走过他的仕途人生。在一生得到又失去中渐渐感悟，这生的意义。

初初认识到的放翁，便是自小学课本里“山重水复疑无路，柳暗花明又一村”的豁然开朗。被罢职的难过了然无存，热爱着这片温情的土地，享受着命运带给他的种种感悟，这是豁达的陆游。

在家乡的生活，是淡然的。与百姓的交往，是亲切的。在这自然风光里，更加地热爱这片生长的土地，更加珍惜这样祥和的生活。如果天下太平，这将是人间何等乐事。

词人的情怀，大抵还是会托物言志的。孤高不自赏的梅不就如同这壮志难酬的自己吗。“无意苦争春，一任群芳妒。零落成泥碾作尘，只有香如故。”尽管处境艰苦，尽管报国无门，也自坚且行。这是绝不同流合污的陆游。

世间事大多浮浮沉沉，乱世之中若要安稳终是难事。更何况，是这样满腔报国热忱的放翁。

“壮岁从戎，曾是气吞残虏。阵云高、狼烟夜举。朱颜青鬓，拥雕戈西戍。笑儒冠、自来多误。”壮年之时参军的陆游，吞杀敌虏豪情万丈，烽火狼烟弥漫的战场，是他叱咤风云的地方。能实现多年救国杀敌的梦想，是何等的潇洒舒畅。这是意气风发的陆游。

放翁的一生，一心都致力于挽救国家，为后人所敬仰的是那不变的爱国热忱。而在他诗词中所提及的，更是有很多值得我们后人研究，学习的方法。不论是“纸上得来终觉浅，绝知此事要躬行”，还是“雕琢自是文章病，奇险尤伤气骨多”，都是他对学习，对作文的感悟，亦是他做事的一种态度。这是质朴自然的陆游。

“胡未灭，鬓先秋，泪空流。此生谁料，心在天山，身老沧洲。”也是有失意的陆游，晚年也心系国家的他，更是写出众多至今都为人赞叹的名句。有“千年史册耻无名，一片丹心报天子”的壮志，也有“呜呼！楚虽三户能亡秦，岂有堂堂中国空无人”的豪气。更有“夜阑卧听风吹雨，铁马冰河入梦来”的坚韧。亦有“遗民泪尽胡尘里，南望王师又一年”的悲凉。

晚年的放翁，在家乡山阴养老，过着闲适的生活，也时刻不忘关系危难的国家。陆游的一生，都是在民族矛盾异常尖锐的南宋度过的。即使在他重病行将去世的时候，仍念念不放收服失地，恢复祖国统一。“死去元知万事空，但悲不见九州同。王师北定中原日，家祭无忘告乃翁。”这是一生都深深爱着这个满目疮痍的国家的陆游，这是陆游留下的最后一首诗，也表达了他一生最大的心愿，看到祖国的统一。

可能人生就是这样的事与愿违。很多我们想要得到的，一心想要实现的理想也好愿望也罢，终究都是不得善终的。陆游用尽一生也没能看到祖国统一的那天，可是却让我们透彻地看到了那样一个真性情，敢直言的豪气英雄。也不知生在乱世是他的幸还是不幸，也不知是南宋造就了这样的他，还是他点亮了整个颠沛流离的南宋。

比起陆游，更爱称他为放翁，就像他那些诗中的自诩。“何方可化身千亿，一树梅前一放翁”中他的高洁，“上马击狂胡，下马草军书中”他的豪气，“沈家园里花如锦，半是当年识放翁”中他的痴情。

我们熟知的放翁，质朴，正直，一腔热血，英姿勃发。诗词里的放翁更是将自身的情感抒发得淋漓尽致。而我们的放翁，也同样是心思细腻感情真挚的。

舞文弄墨的诗人，总是多情的，爱星空灿烂，爱山水浩淼，爱梅兰竹菊，也更是珍惜那可遇不可求的知己。自古圣贤皆寂寞，唯遇知音而珍贵。放翁是幸运的，知音难觅，人生能遇一唐婉是何等的幸事。放翁亦是不幸的，迫于母命万般无奈下，与心爱的女子自此分离，终是佳人难再得。

奈何命运捉弄，分别近十年后的春天，满怀忧郁心情的放翁故地重游，正值思念颇深之处，借酒浇愁之时，抬眸便见到那朝思暮想心心念念的人儿。是不是心里太苦，才以至于“错、错、错”的质疑着，是不是终究明白早已无法挽回，所以是劝慰，也是告诫地说着“莫、莫、莫”。

这被后人构想了数次的场景，这被后人传扬的千古绝唱。放翁啊，你可曾有过一点点想要不管不顾，携着心爱的人从此浪迹天涯的心思？你可曾有过万分的悔过，如果当初不曾放开彼此，会不会坚持到最后？

想来世人皆是如此吧，曾经相知相好，总以为终能相守。奈何凡尘种种，阴差阳错，大多不了了之。再重逢，是五味杂陈还是早已云淡风轻。世间又有几人，能一生只爱一个人。

即使分离，即使后来佳人香消玉殒，也不能阻止放翁一如即往的爱意。“城上斜阳画角哀，沈园非复旧池台。伤心桥下春波绿，曾是惊鸿照影来。”这是放翁沉默的爱，这是放翁埋在心底隐忍的爱。

“世间安得双全法，不负如来不负卿”，尽管放翁与唐婉在一起的时光短暂，但那一定是他们彼此最快乐的时光。世间有太多难以两全的事情，有人说陆游负了唐婉，唐婉何其不幸。其实，这样的分离对两个心中只有彼此的人又算得了什么呢，放翁用一生去怀念，去想念，那时间空间都阻隔不了的爱。

愿天下太平，终是为亲眼所见。得一称心知已，亦未能相守山盟。一生中的起起落落，恍若一场波澜起伏的大梦。可谓是“集中十九从军乐，亘古男儿一放翁”！

49. 王建／新嫁娘词——未谙姑食性，先遣小姑尝

三日入厨下，洗手做羹汤。

未谙姑食性，先遣小姑尝。

古人云：“女子无才便是德”。翻开历史的习俗，女子不需要博览群书，不用行万里路而陶冶情操，更不提倡女子在治理朝政中大显身手。或许只要足不出户，深居闺中，修身养性才可以达到一个标准贤德女子的美名。

当历史昨夜的腐朽被今日的微风再度吹起时，往昔的思想，古人的习惯像电影一样再度上演，我们会找到诸多曾经栩栩如生的画面，而这样的画面主要就是来源于过往那些著名诗人的妙笔。在他们的笔下总是可以用简单的话语，富含着饱满的热情和耐人寻味的韵律写出了关于生活的一切，有的尽如人意，有的写实贴切。以至于时隔千年后我们还可以从这样的诗中复原出古人生活习俗的点滴片段，由此可以延伸去联想到更多已逝的情景。

人生在世，谁不是带着面具地生活？不同的时期，不同的环境，给予了我们不同的身份，儿时单纯的时光总是一去不回，亭亭玉立也不过是未婚少女的特质，温柔体贴，善解人意，贤良淑德，是每一个女子未婚前应该具备的整体涵养。

当一个女子以完美的个人状态出嫁的时候，也许当晚为之动容的只有她的夫君。在观念上人们习惯把女子嫁为人妻看作是人生另一个起点。这样的观念至今还在延续着。与此同时还有一个不可回避的话题，那就是婆媳的相处之

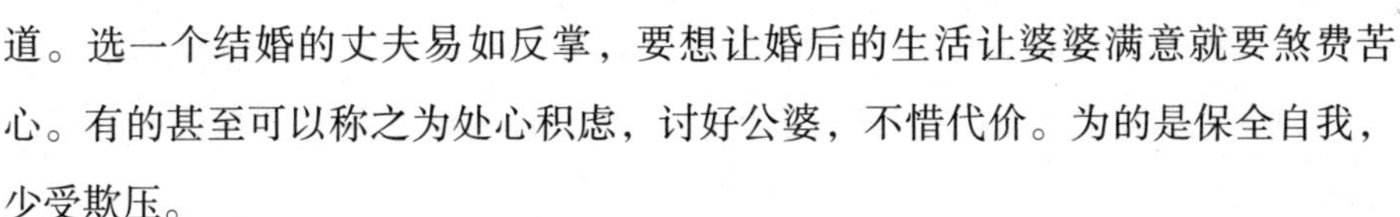

道。选一个结婚的丈夫易如反掌，要想让婚后的生活让婆婆满意就要煞费苦心。有的甚至可以称之为处心积虑，讨好公婆，不惜代价。为的是保全自我，少受欺压。

古代的女子天生被卑微选中，无论嫁与任何家庭都要上得厅堂，下得厨房，论资排辈，看婆婆脸色行事，这样的生活现状使得女性完全失去了原本该有的尊严。

唐代诗人居多，关于女人结婚和婚后生活的诗词数不胜数，但是只有王建的《新嫁娘词》最具代表性，在艺术手笔上不亚于任何其他诗人。只是王建是在何种特定的情形下才创作出这样脍炙人口的诗句再无处寻。人们所能记住的只有关于这一切诗中描绘的内容。

公元767年，唐代诗人王建出生在一个穷困的家庭，终日为了基本的衣食住行而奔波，穷困潦倒的生活给了他创作的源泉，走南闯北的岁月中他在生活之余体察了民情，因此在他的作品中总是可以找到百姓的疾苦，生活的艰难，特别是对于劳动妇女长期遭受压迫的同情和怜悯。

而他的诗词多数立意新颖，题材典型，别具一格。《新嫁娘词》或许就是在王建搜集了大量的关于婆媳生活现状之后，感慨居多，有感而发。

女人一生两个难，难为人妻，难为人母，为人妻者不仅要照顾好夫君，得到丈夫的喝彩，还要博得公婆的赞许。而为人母者，既要在媳妇面前摆出威严的一面，又不能让自己的儿子为难。因此，人们常说做人难，做女人更难。

不过相比之下，最最为难的还当数新入门的媳妇。万事开头难，新媳妇也毫不例外，古代的道德礼仪总是讲之不尽，其中的门道也是花样百出，特别是在婆媳相处之中，表现得更是淋漓尽致，很多刚入门的新媳妇一开始就会见识到与婆婆初次相处的下马威，让身为婆婆的人自以为是得到了尊严的维护，实际上这只能是无知和愚昧的再度展现。

不过在古代还有一种说法，那就是新入门的媳妇儿要用多种办法给公婆留下一个极好的第一印象，这样才便于日后的相处。但是这样好的第一印象绝对不是那么简单就能实现的。

据说古时候有一个习俗叫做“过三朝”。这个荒谬的习俗一直延续到了清

代。此习俗说的就是新媳妇要在过门后的第三日亲自下厨，大显身手。这次厨艺的展示直接会影响到她日后的生活，婆媳的关系以及自己在公婆心中的地位。

此时此刻，真正拼的并不是什么厨艺，而是人与人之间的智慧差异，智者先胜，既不徒劳，也不费力，愚者费时费力，终究得到个埋怨，沮丧而归。

但是世上智者少矣，愚钝者甚繁。多数新媳妇由于刚刚过门儿，一切都还在摸索的状态，只能是撞运气，虽然一样都小心翼翼，可是下厨做菜着实不是件简单的事情。如果直接去问公婆爱吃什么？遇到讲究少的公婆会直接答复，遇到讲究多的公婆既不会直接答复，还会认为这样的媳妇什么事情都不用心。

为人的相处之道就是一门特有的学问，凡事皆是如此。即使新媳妇幸运地选中了公婆爱吃的菜做出来，也未必会让公婆满意。众口难调，谁知道谁会喜欢什么味道？如果新媳妇按照自己的意愿或者自己家中的习惯去做，咸淡均难调，过咸过淡都是有让公婆不满意的可能。

而这句“洗手作羹汤”，就从一个极度无关紧要的细节，描写出了新媳妇初次下厨的紧张和谨慎小心的态度。洗手是新媳妇谨小慎微的举动，处处担心自己会出现任何的闪失。

在后文中“未谙姑食性”，简单的几个字就写出了新媳妇小心谨慎的原因。因为她并不了解公婆的食性，就像是未知的天气一样，刮风下雨，难以预测。简单的一道汤羹，即使她自己认为做得再完美，也未必能让公婆满意。

因而，聪明的新媳妇就会想办法来让自己巧妙的过关。而这样的方法就是“先遣小姑尝”。为了能让自己顺利过关，聪明的新媳妇自然不会去问自己的丈夫，男人粗心，未必留意，可女儿则不同。小姑是婆婆的一面镜子，常言道：“姑娘是妈的贴心小棉袄”。也就是说小姑的喜好多数也是婆婆调教的结果。知母莫若女，找到自己的小姑，让她来品尝自己所做食物的味道，小姑吃了就等于婆婆尝了，色香味儿是否需要改动也就得出答案了。

这里所展现的就是新媳妇的特有智慧，找小姑品尝，小姑多数未成年，思想幼稚，行为简单，直言不讳，不会想到品尝一道菜背后隐藏的多种延伸问题，而姑嫂之间，长者为嫂，嫂子让小姑来品尝，出于礼貌，只要嫂子有事情

差遣她，她就要去。这样原本复杂的问题就会迎刃而解了。

王建的这首词写出了聪慧新媳妇的行为，因为他常年生活沦落在下层百姓状态，敢于描写劳动者的心声，很多诗句都写出了当时人们生活中各种不如意。

不过婆媳关系却是中国千年文化中一直无法得到最合理解释的。所有女子未来都会为人妻，但是却不知道未来的日子等待自己的会是什么？婆媳难相处，是古往今来众所周知的。因此，才会有类似“清官难断家务事”的种种说法。

没有人能合理地解释婆媳之间到底谁对谁错，往往胜负难分，或者说家事怎能分胜负呢？

更重要的是我国是一个文明古国，礼仪之邦，对于长幼尊卑做为新媳妇自然要明白。敬重婆婆，是相处之道。虽然故意刁难的婆婆不在少数，但也要看新媳妇如何利用自己的智慧巧妙地逃脱。

看似是描写婆媳相处关系的词，却隐藏着另一层特殊的含义。有的人说它是想通过婆媳、小姑的这种描写形式来侧面烘托出初入仕途为官之人的为官之道，官场诡诈，处处提防，凡事忍让，多用智慧才能长久地立足。

而初为官者，由于对环境和事实动态都还尚未摸清，最好为自己选一个类似小姑这样的人，为自己暗中指明方向，而这样的人要单纯一些，能够一语惊醒梦中人，这样自己才能避免一些初出茅庐会遇到的祸事。等时间慢慢过去了，自己摸索出了为官之道后，一切就可以顺水推舟，不费吹灰之力了。

还有的人认为这样的描写方法，是想要写出初次步入社会的艰难。女人嫁人后就相当于是步入了社会一样，从结婚的那一刻起就开始要去接受另一个复杂的家庭，要看人脸色行事，不能蛮横不讲理，不能不顾及婆婆的感受，要让自己尽量将一切都做得面面俱到才是。

刚步入社会人就是这样，一切都是未知，为了生存，最好是找到捷径，唯一的办法就是找一个老者，让其指导自己前方的路。

诗人王建用了轻松的手笔写出了诸多寓意，用新嫁娘的方式表达了复杂的道理，如果他单纯地为了描述为官之道而描述，只会让这首词庸俗不堪，要是用那样的方式直接去描写，他的这首词也不至于流传到今日了，这就是写词的

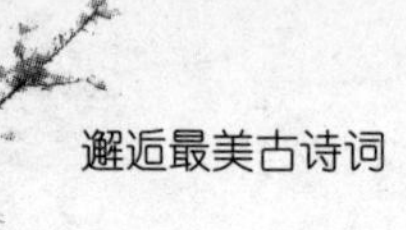

精妙之处。

王建的一生写了大量优秀的反映人们生活现状的乐府诗，不过像这种在《新嫁娘词》中肯定新媳妇巧用智慧的还是不多。

这一首词让古时新媳妇的初婚生活再次重现，似乎那些忙碌的身影，委曲求全的的脸庞就在人们眼前晃动，但是那只是属于那个年代的无奈。当一些善用头脑的新媳妇学会了用手段来征服婆婆的时候，上演的就是幸福的戏码。

因此，所谓的人生就取决于智慧的应用。新媳妇的聪慧，是人生精彩的一课，但愿人们都能效仿新媳妇，巧妙地避开种种考验。愿人与人之间的相处更加融洽。

参考文献

[1] 紫衣飘飘. 长相思：唐诗宋词背后的唯美故事 [M]. 武汉：湖北人民出版社，2011.

[2] 思履. 唐诗宋词 [M]. 中国华侨出版社，2012.